臺南作家作品集

電波聲外文思漾

黃鑑村（青釗）文學作品暨研究集

顧振輝 著

一九〇五年日本臺灣總督府檔案中，關於黃鑑村祖父黃鷺汀擁有煙酒專賣權的記載。

一九〇七年日本臺灣總督府檔案中，關於黃鑑村的祖父黃鷺汀經商經歷的記載。

福建省晉江市安海金墩的黃氏家廟今貌

臺南西華堂今貌。

原臺南一中今貌。

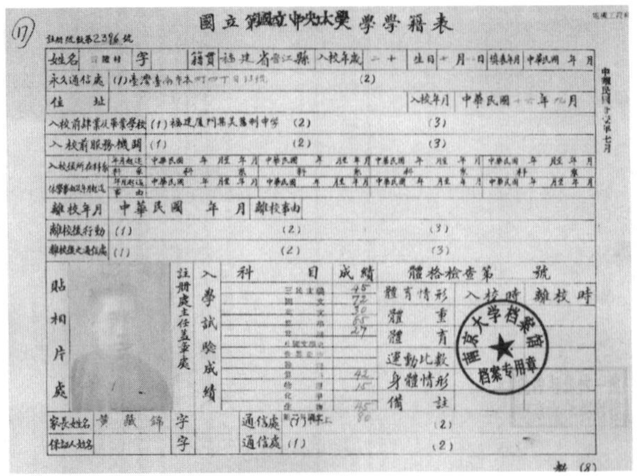

國立中央大學學籍表

姓名	字	籍貫 福建省晉江縣	入校年歲 二十	生日 十月一日	填表年月 中華民國 年 月
永久通信處	(1)臺灣臺南市本町四丁目13號	(2)			
住址		入校年月	中華民國十六年九月		
入校前肄業或畢業學校	(1)福建廈門集美高初中學	(2)	(3)		
入校前服務機關	(1)	(2)	(3)		
離校年月	中華民國 年 月	離校事由			
離校後行動	(1)	(2)	(3)		
離校後之通信處	(1)	(2)	(3)		
貼相片處	註冊處主任蓋章處	入學試驗成績	科目 成績	體格檢查第 號	入校時 離校時
				體育情形	
				體重	
				體育	
				運動比較	
				身體情形	
				備註	
家長姓名 黃獻錦	字	通信處	(2)		
保證人姓名	字	通信處 (1)	(2)		

一九二七年，黃鑑村南京國立中央大學學籍表。

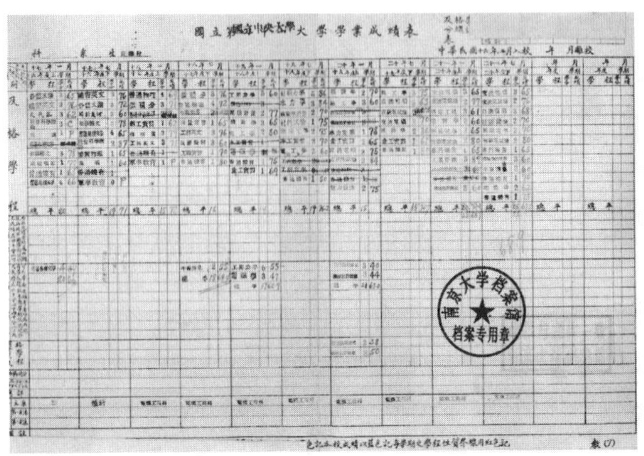

國立中央大學大學學業成績表

一九三二年，黃鑑村南京國立中央大學成績表。

南京國立中央大學校景，一九二七年

黃鑑村以青釗的筆名發表在《臺灣民報》上的劇作《巾幗英雄》（一九二八年）與《蕙蘭殘了》（一九二九年）

巾幗英雄（上）

青釗

第一幕

登場人物

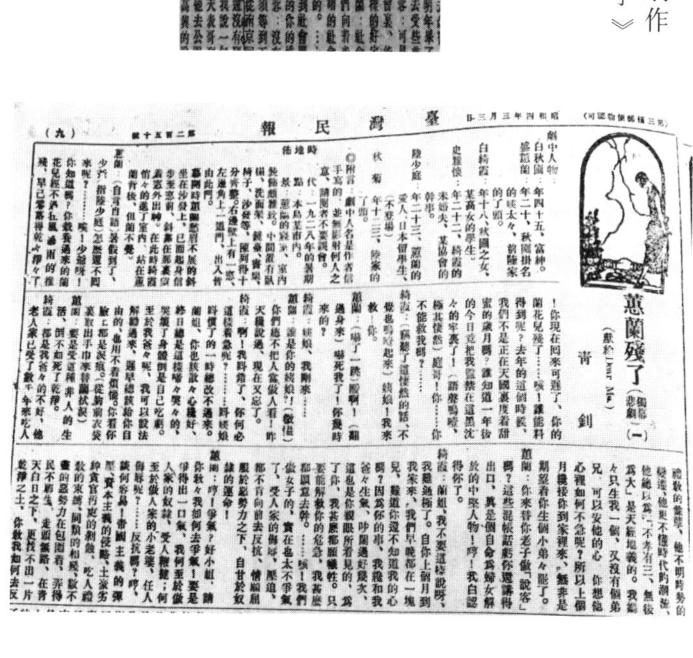

臺灣民報

蕙蘭殘了（獨幕悲劇）（一）

青釗

劇中人物：

白秋圃：年四十五、富紳。

盛蕙蘭：年二十、秋圃的姨太々，前陸家的丫頭。

白綺霞：年十八、秋圃之女、某高女的學生。

史耀恢：年二十二、綺霞的未婚夫、某協會的幹事。

陸少庭：年二十三、蕙蘭的愛人、日本留學生。

秋菊：年十三、陸家的丫頭。

時：一九二八年的某期

地：本島某市內。

一九三四年，《申報》刊載的由黃鑑村編的《模範日華新辭典》（前）及與人合著的《怎樣研究日語》（後）廣告。

譯者黃鑑村先生

福建晉江人，國立中央大學電機系畢業，曾赴日深造。先後創辦中華無線電傳習所及無線電界技術月刊。現任省立臺北工專電機科教授兼工場主任、臺灣電視公司副主任等職。著有無線電及電視工程叢書共二十餘種。

一九六八年年出版的《彩色電視製作技術》扉頁中關於黃鑑村的介紹

台北市私立中華無線電專校第四屆工程科畢業師生合影 1952 4.20.

一九五二年，黃鑑村（前排正中）在位於臺北市西寧北路五十六號中華無線電傳習所與畢業生合影，膝前幼兒為黃華容。

發表於《無線電界》雜誌一九五七年第五期上的科學預言小說《五十年後寶島奇談》署名：「陳曉禾」

科學預言小說

五十年後寶島奇談

陳曉禾

「………………，」

「我說女人永遠是優秀的統治者，五十年後男人要全體變成女人的附件……」，張禿子吸一口煙，還想繼續發表他的高論。

「算了吧，那個再談女人的是王八蛋。」

「………………。」

涵碧樓的長廊上坐着四個青年，正在天南地北的瞎聊，因爲時在冬天，日月潭遊客稀少，他們更得其所哉，漫無止境的聊下去。汪洪文似乎對「五十年後的女人」這一題目，談得乏味，想換另一話題。

「五十年後的選美標準，恐怕要看誰的屁股大了……。」張禿子對女人問題還想戀戰，管他王八不王八。

「說到屁股，」周誠由屁股二字得到靈感：「五十年後，我們現在的屁股所在地，變成個什麼樣呢？會不會變爲百尺層樓？或者變爲僅可供情人們幽會的茅亭？」

「誰敢說？說不定潭枯樓塌，這裡已變成荒煙蔓草狐鼠出沒之地哩！」汪史文習慣於唱反派戲。

「爲甚麼要變？除掉女人，這裡依然是涵碧樓。」張禿子仍舊維持他的「唯女人始變論」。

「你說怎麼樣，我們的天才幻想家，你這位自始至終不發一言的旁聽者？」周誠轉向一位沉默瘦削的青年。

「變，要變，這裡要變，全臺灣都要變。」幻想家被逼着不得不開口。

「聽你的，難得你開口，如何變法？」大家異口同聲再逼一句。

二〇〇一年《無線電界》雜誌創刊五十週年之際，重刊該小說，署名「黃鑑村」

黃鑑村

五十年後寶島奇談

本會榮譽會員黃鑑村先生爲"無線電界"雜誌社創辦人，際此五十週年社慶，特將黃老於五十年前所撰寫的科學預言小說"五十年後寶島奇談"予以刊登，一方面紀念黃老，二方面對黃老於五十年前的先知卓見，均在五十年後全部應驗，值得欽佩

編輯論誌

「………，」

「我說女人永遠是優秀的統治者，五十年後男人要全體變成女人的附件…」，張禿子吸一口煙，還想繼續發表他的高論。

「算了吧，哪個再談女人的是王八蛋。」

「………。」

涵碧樓的長廊上坐著四個青年，正在天南地北的瞎聊，因爲時在冬天，日月潭遊客稀少，他們更得其所哉，漫無止盡的聊下去。汪洪文似乎對「五十年後的女人」這一題目，談得乏味，想另一個話題。

「五十年後的選美標準，恐怕要看誰的屁股大了…。」張禿子對女人問題還想戀戰，管他王八不王八。

「說到屁股，」周誠由屁股二字得到靈感：「五十年後，我們現在的屁股所在地，變成個什麼樣呢？會不會變成百尺層樓？或者變爲僅可供情人幽會的茅亭？」

「誰敢說？說不定潭枯樓塌，這裡已變成荒煙漫草狐鼠出沒之地哩！」汪史文習慣於唱反派戲。

「爲什麼要變？除掉女人，這裡依然是涵碧樓。」張禿子仍舊維持他的「爲女人始變論」。

「你說怎麼樣，我們的天才幻想家，你這位自始自終不發一言的旁聽者？」周誠轉向一位沉默瘦削的青年。

「變，要變，這裡要變，全台灣都要變。」幻想家被逼著不得不開口。

「聽你的，難得你開口，如何變法？」大家異口同聲再逼一句。

「要變就得嘛，何必追問，總而言之，變得繁榮，變得離奇的繁榮。」它仍然是這樣撥不起勁。

黃家三代人合影
後排左起：黃榕桓、張懿範、黃李水枝、黃藏錦、黃沈惠珠、黃鑑村；
前排左起：黃華容、黃貢午、黃麗鈴。

黃家三代人在永康的家中合影。
後排左起：陳大川、黃鑑村、黃沈惠珠、陳淇美、黃清滂、黃懿範、黃榕桓、黃貴渶、羅悟非；中排左起：黃華飛、黃貢午、李水枝、陳波美、黃藏錦、羅明哲；前排左起：陳念生、黃麗鈴、黃華容、羅乃尹。

時年五十二歲的黃鑑村與第二任妻子黃沈惠珠在結婚紀念日於日月潭涵碧樓的合影

在臺視任職期間，黃鑑村在控制室的留影

二〇一八年十一月二日下午，新北市新店區三圓羅馬社區。筆者（後左）與陳大川（後右）、黃貴渶（前左）、黃清涔（前右）口述歷史採訪後的合影。

二〇一八年十月五日中午，臺北上海隆記飯店。右起：筆者、黃華馨、黃華容、黃超駿在餐敘中，對口述歷史的內容進行了補充。

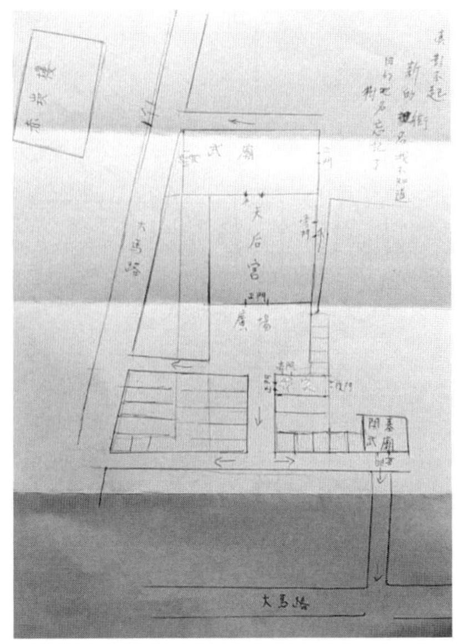

由黃貴渶手繪的黃家祖居的位置圖

黃家祖居今貌，位於臺南大天后宮正門對面左前方。

臺南黃藏錦家族譜系

本譜系圖參考自《砮溪黃氏祧譜．金墩千一公派下支系》，福建晉江安海金墩黃氏家廟所藏，二〇一五年重修，黃雙路提供，頁1—5、65；《黃氏族譜》，黃華容提供。

說明：為譜系呈現的集中整飭，本圖省略了黃藏錦父兄輩後代的信息。圖中方框為男性，圓框為女性，冠夫姓者為配偶。

年淮

鷺汀 = 黃洪吉
鷺汀 = 黃何梅

藏錦 = 黃蘇快
藏錦 = 黃李水枝
藏錦 = 黃曾喜

鑑村 = 黃陳愛月
鑑村 = 黃沈惠珠

華萌　華馨　麗娟　麗珊　華雄　麗珍

華剛　麗英　麗蘋　華宏　華容　華飛　麗鈴

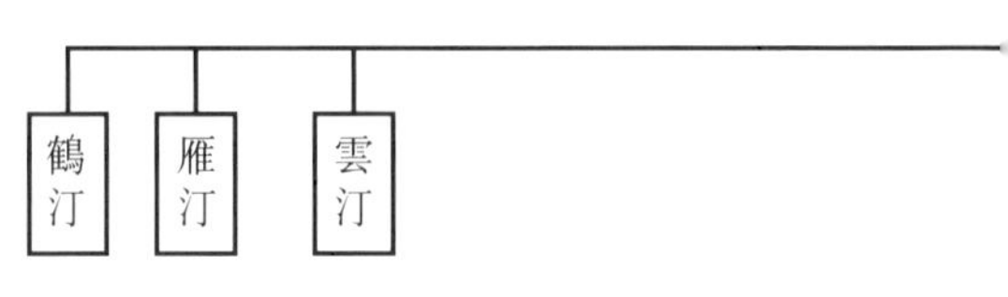
鶴汀
雁汀
雲汀

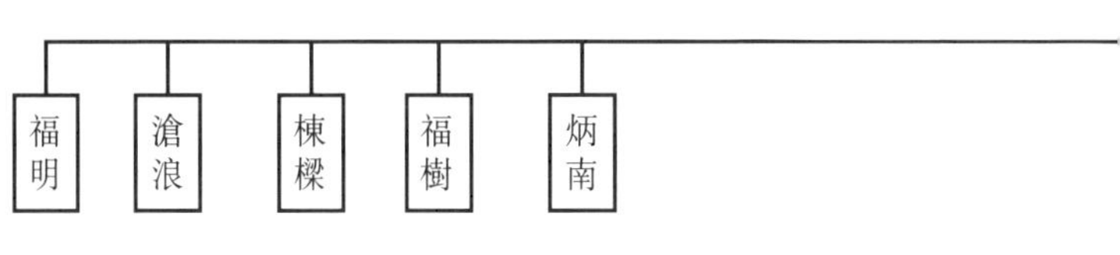
福明
滄浪
楝樑
福樹
炳南

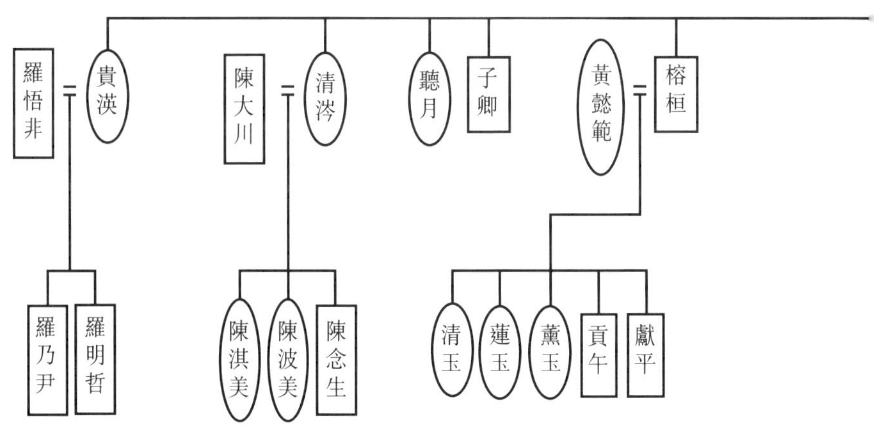
羅悟非
貴渶
陳大川
清涔
聽月
子卿
黃懿範
榕桓
羅乃尹
羅明哲
陳淇美
陳波美
陳念生
清玉
蓮玉
薰玉
貢午
獻平

市長序　文學為鏡而照見古今，人文薈萃乘南風拂來

由文化局所出版的「臺南作家作品集」，自二〇一一年起，每年一輯，今年已是來到第十輯，在過往所收錄並出版的作品集，成冊集結宛如將夜空璀璨閃爍的星芒，十年光景凝縮其中，除了搜羅上一代優秀的文學作品，更鼓勵下一代的在地創作，促使「文學」化為一面明鏡，不只照見文壇的古往今來，也映照出臺南隨時代而變遷的種種樣貌。

臺南敦厚的風土人文，在賢人雅士們的筆耕墨耘下，篤實地刻寫在冊冊扉頁上。幾百年來，隨之所積累出的文藝涵養，有時藉以傳統戲劇的身段、台步，搭配著鑼鼓的喧嘩樂音，生動地演繹了對這片土地的文史情懷；作家們透過小說、散文，書寫在地的日常風景，讓人們對古都的記憶得以延續而流傳；時有詩人朗讀的細軟呢喃之聲，讚嘆著南方季節的更迭與自然環境的萬千變化——歷史如大河奔流、氣勢磅礴；先賢有云：「為天地立心，為生民立命，為往聖繼絕學，為萬世開太平。」時代如巨輪，永恆輪轉——皆是對文化傳承重要的體現，亦是身為後代所應一肩扛起，承先啟後的重任。

此次出版的作品當中，柯柏榮《記持開始食餌》為臺華雙語現代詩，展現臺語及華語的成熟運用流暢精彩，讓更多讀者得以親近臺語書寫；陳崇民《亂世英雄傾國淚》為難得的傳統臺語歌仔戲及布袋戲劇本創作，語言書寫精通純熟、歷史細節考據詳細且人物描繪深入；連鈺慧《月落胭脂巷》臺語小說文筆靈巧生動，劇情跌宕起伏引人入勝；資深作家張良澤教授彙集其創辦的《臺灣文學評論》中的編輯手記《素朴の心》，以及清華大學研究生顧振輝的論文《電波聲外文思漾——黃鑑村（青釗）文學作品暨研究集》，顯見臺南仍有許多尚待發掘的文學作家作品。

臺南是一處人才輩出的沃土寶地，不斷孕育出新一代的創作者，藉以詩歌、散文、劇作、小說等文體，演繹詮釋他們眼中的風景，多元文風和題材也讓臺南的藝文愈發茁壯、弦歌不輟、得以灌溉出這片茂盛蓊鬱的文學之森。人文薈萃如乘南風拂來，期許下一個十年，又見臺南文學枝繁葉茂、花開繽紛之時的到來。

臺南市長

黃偉哲

局長序　此時的文學　彼時的人生流轉

南風吹拂，翻動寫滿詩牆的文字，不知不覺便隨風吟唱起悅耳的詩句。我們穿梭於總是鬧熱沖沖滾的古老城市，遙想四百年來的歷史逐一搬戲在野臺上粉墨登場直至一曲終了，心潮仍然澎湃久久無法散去餘韻。屬於這塊土地的語言如蝴蝶般飛舞躍動，落足於紙張上的筆墨化為精采生動的故事。詩、散文、小說、戲劇……許許多多的文學創作在此地滋養茁壯，形成臺南文學的獨特魅力。

時光荏苒，歲月如梭，轉瞬之間臺南作家作品集至今來到第十個年頭。本年度徵集收到十件作品，經審查評選後，最終選出三件優秀入選作品，加上二件推薦邀稿，總計收錄五件優秀作品。

臺語詩人柯柏榮的詩集《記持開始食餌》，字字鏗鏘，擁有能撼動讀者靈魂的穿透力；本名連鈺慧的臺語小說家小城綾子的臺語小說集《月落胭脂巷》，故事取自日常亦回歸日常，角色對白生動活潑，刻畫出世間的百態與人情冷暖；長義閣掌中劇團藝術總監的劇作家陳崇民的戲劇劇本《亂世英雄傾國淚》中收錄的歌仔戲與布袋戲劇本，如自古典的題材與臺灣歷史中穿壁引光，每一幕都讓人目眩神馳、如癡如醉。

而與臺南文學結下良緣的留臺學子顧振輝，其作品《電波聲外文思漾——黃鑑村（青釗）文學作品暨研究集》，是將無線電研究學界的學者黃鑑村，在過去曾發表過的作品重新梳理，替臺灣大眾小說自戰後消失的二十年當中，補上另一段極為重要的史料拼圖。

此外，在臺灣文壇有著舉足輕重的影響力，同時是知名作家的張良澤教授所創辦、編撰的《臺灣文學評論》中，每期為刊物所寫下的編者手記〈素朴之心〉，見證了臺灣文學的演進變化，也將讀者、作者，甚至是編者之心牽繫一起。

除此之外，本次評審入選作品皆為臺語佳作，可見臺語一點一滴地在本市扎根發芽茁壯，終於綻放如鳳凰花熱情、蘭花般優雅的優秀文學作品。母親的語言喚醒我們對鄉土的熱愛，透過文字的傳遞，紀錄人生的過往與未來的期望，並且更加珍重愛惜身邊的人們與事物。

時間流轉不息，臺南的前世今生依舊令人著迷不已。文學穿梭時空活躍於這座歷史悠久的土地，彼此交會形成心中最眷戀的文學城市。

臺南市政府文化局　局長

總序　堅持的力量

文／陳昌明

網路時代，紙本印刷不易，作家作品集的出版亦受質疑。當各縣市作家作品集逐漸落幕，臺南市政府文化局卻能持續挖掘優良作品，堅持的態度才是讓文化生長的力量。

此次作家作品集共有五冊。其中兩冊是推薦邀稿，屬前輩作家的文獻整理出版，一是顧振輝整理的《電波聲外文思漾——黃鑑村（青釗）文學作品暨研究集》，一是張良澤《素朴の心》。徵集則由十件作品中選出三件，分別是連鈺慧《月落胭脂巷》、柯柏榮《記持開始食餌》、陳崇民《亂世英雄傾國淚》。

《電波聲外文思漾——黃鑑村（青釗）文學作品暨研究集》是兩年前清華大學劉柳書琴教授寄來給我，她指導研究生顧振輝發表的論文，我看完後頗為驚訝，這本論文讓我看見日治時期的臺灣劇本與一九五〇年代的科幻預言小說，資料極為珍貴。黃鑑村筆名青釗，曾就讀臺南一中，先後創辦無線電傳習所及《無線電界》，是臺灣無線電技術的開拓導師，其著作影響深遠，此次發現的文學作品在當時有重要開創性。

淡水工商管理學院最早創立臺灣文學系，張良澤教授回臺後，擔任第一代系主任，張教授創辦季刊《淡水牛津文藝》，繼而轉型為季刊《臺灣文學評論》，兩份刊物發行共計十四年。《素朴の心》是從這龐雜的編輯手記中，挑選與時事相關，或重要文學記事，彙集成冊，僅按發表先後排比，略無連貫，卻頗堪回味臺灣文壇的文友交誼。

連鈺慧《月落胭脂巷》，是一部臺語小說集。初審時編輯委員都頗欽佩，筆名小城綾子這位作者的才華，這部小說動人的情節與流暢的語言，讓我們看見臺語小說精采的表現。

陳崇民《亂世英雄傾國淚》，一共收錄了兩個歌仔戲劇本及三個布袋戲劇本，這些精采的劇作早已得過許多文藝創作獎，能在此次作品集出版，也讓作品集在劇本領域更為充實。

柯柏榮《記持開始食餌》詩集，詩的風味迷人，又以「臺華雙語」對照的方式，加上羅馬字註解，讓臺語詩寫作有不同的形式，形成另一種寫作的風貌。

雖然今年因為經費的關係，只能出版五部作品，但只要不間斷，每年都能有這樣的精采佳篇，堅持的力量，會展現文學最動人的風景。

推薦序　找到青釗的蕙蘭

文／邱坤良（國立臺北藝術大學戲劇學系教授）

日治時期的臺灣，相對《臺灣日日新報》、《臺南新報》等官方報紙以報導政策及社會新聞與大眾娛樂生活為主，《臺灣民報》及後來改組而成的《臺灣新民報》，則扮演「臺灣人唯一言論機關」的文化啟蒙角色，刊登許多與臺灣現代性有關的文學、戲劇作品與議題討論。《臺灣民報》創刊號（一九二三年）轉載獨幕劇本《終身大事》，這是胡適受易卜生《娜拉》（傀儡家庭）影響，在《新青年》發表的現代劇本（一九一九年三月），標榜「婚姻自由」、「女性自主」意識，對當時社會問題劇的創作影響至深。而後《臺灣民報》刊登多篇創作劇本，一九二八年至一九二九年（昭和三至四年）接連登出七部創作劇本，包括青釗的《巾幗英雄》（一九二八年六月）、《蕙蘭殘了》（一九二九年三月），兩個劇作女主角都叫蕙蘭，名同姓不同。

《巾幗英雄》是二幕劇，註明「贈南一中畢業諸鄉學友」，內容描繪施蕙蘭與其高女同學的讀書與感情生活，劇本藉角色的口白對社會制度、學校教育、階級平等有所批判，並以蕙蘭在學校說臺灣話受到校方壓迫的事件，反映民族自覺的現實問題；《蕙蘭殘了》劇作家註明是「獨幕悲劇，獻給 Dear Mo」，突顯底層臺灣人的悲涼處境。女主角盛蕙蘭自小被賣到陸家當ㄚ頭，後與少庭少爺產生情愫，少庭赴日讀書，陸家兩老不樂意兒子愛上ㄚ頭，把蕙蘭送至白秋圃當姨太太，蕙蘭好不容易在白秋圃女兒協助下恢復自由身，等待少庭回來團聚，不料結局是被告知少庭帶了一個漂亮日本女人回來，蕙蘭不堪打擊，舉槍自盡。

跟那個時代的「進步」作品一樣，青釗劇作主題意識強烈，企圖以較具批判性角度探討政治、社會、文化與性別問題，反映知識分子鼓吹自由平等與民族精神，卻又處處表現出矛盾的行徑，「天天高唱解放，唱得愈大，自己家裡的ㄚ頭才愈蓄得多」（《蕙蘭殘了》），同時也顯露了殖民地作家民族意識的現實與侷限，《巾幗英雄》中的施蕙蘭本來將代表學校，呈送成績供蒞臨臺灣的「宮殿下」覽閱，只因在學校講了一句臺灣話，校長把這份「殊榮」改給別的同學，讓蕙蘭忿忿難平。

青釗在《臺灣民報》刊登的劇本，迄今無演出紀錄，算是案頭劇作，當時不曾引發討論，少有人留意「青釗」是何許人也，直到顧振輝二〇一九年六月在《臺南文獻》第十五輯發表〈《臺灣民報》劇作家青釗生平考〉，學界方才清楚青釗的真實名字。

振輝出身北京中央戲劇學院和上海戲劇學院，目前就讀國立清華大學臺灣文學研究所博士班，曾獲清大陸生獎學金。他是從《巾幗英雄》中有「贈南一中畢業諸鄉學友」

的題款推斷，青釗是臺南一中的學生，可能是臺南人，再從圖書館期刊論文檢索系統中，查出一九五六至一九七八年在《無線電界》雜誌上，五十一篇署名「青釗」、「黃青釗」的文章發表，最後在臺灣省行政長官公署的《臺灣省各機關職員錄》，找到別號「青釗」的臺灣石炭調整委員會基隆辦事室主任黃鑑村的年齡、住址，透過臺北的中國無線電協進會，振輝聯繫到青釗的兒女——黃華馨、黃華容與黃麗鈴，獲得一些青釗及其家族資料，依此爬梳、勾勒青釗的生平事蹟及家族系譜。

根據振輝的研究，青釗本名黃鑑村（一九〇六至一九八二），原籍福建晉江，世居臺南，曾就讀臺南一中，畢業於廈門集美中學，後赴南京就讀國立中央大學電機系，也曾赴日留學，先後創辦中華無線電傳習所及《無線電技術月刊》。黃家是臺南地方望族，熱心寺廟、館閣活動與地方公益，青釗的曾祖父黃年淮喜歡南管，名列臺南振聲社先賢圖，應該是曾以人力物力奉獻給這個目前所知臺南最古老的南管館閣。青釗的父親黃藏錦本身曾粉墨登場，查閱《臺灣日日新報》臺南戲曲活動報導，屢見黃藏錦之名，應該是京調（正音）子弟。

除了劇本，振輝也考證曾在《臺灣民報》發表〈南京臺灣留學生的真相解剖〉（一九二九年七月十四日）一文的作者身分，他根據紫鵑的這篇駁斥日方報刊污衊臺灣留學生的文章，提及集美中學，文末還註明此文書於南京中央大學；而後根據「紫鵑女士」在《臺灣民報》發表的〈戲曲成立的諸條件的商榷——致葉榮鐘氏的一封信〉（一九二九年九月十五日），以及在上海發行的《無線電雜誌》，也有人署名「紫鵑」發表〈小式倍率表的製造〉以及與人合譯〈無線電工程師給其小弟弟的信〉數篇，從紫鵑、紫鵑女士的無線電專業背景，及其南京中央大學臺灣學生身分與對集美中學了解甚深，加上對戲劇有自己的觀點，這些理由讓振輝研判紫鵑、紫鵑女士與青釗為同一人，皆為黃鑑村的別名（筆名）。

青釗的劇作反映一九二〇年代的現代思維，表現手法直白，劇場性薄弱，一般臺灣現代劇劇研究者未予以重視，倒是這些年中國大陸學界研究臺灣文學史者常會提到這兩部劇作，例如劉登翰等人主編的《臺灣文學史》，將臺灣新戲劇創作的發展分為一九二〇年代、一九二〇年至一九三七年、一九三七年至一九四五年，每一個階段都推出代表作，青釗這兩篇發表於一九二八年至一九二九年的創作，卻為「一九二〇年至一九三七年」的重要劇作。振輝對青釗作品的研究亦從大時代的主題意識出發，包括「中日間的地方意象」、「女性本位的人物塑造」、「由糙轉精的劇作結構」，「反殖民與啟蒙立場的衝突揭櫫」，「國語白話的劇作語言」、「審查制度下的文本呈現」，闡述青釗劇作的特色。不過，他也認為《巾幗英雄》與《蕙蘭殘了》創作於青釗的大學時代，「作為一名理工科學生的業餘創作，難免有其幼稚不成熟的地方」、「戲劇創作的規律還把握不好，集中體現在作者對於戲劇結構技法的欠缺與粗糙」。

振輝所謂「戲劇結構技法的欠缺與粗糙」在青釗劇作中很容易看得到，例如《巾幗英雄》的結局是蕙蘭在畢業謝恩會當著校長、老師、同學面前，指責校長將她「成績應當享受的權利給埋沒了」：

蕙蘭：（忍不住站起來、很悲憤的說）……只說了一句臺灣話罪過就這麼嚴重嗎？試問諸位先生平時常說「公平無私」，可是現在的「公平無私」到那裏去了呢？（滿室的空氣緊張了！教員雖時去開門、有的用紙筆她講的話、不平的學生都興奮了！大概除了校長、誰還不同她表同情呢？）

校長：……（狼狽了！良心上大概慚愧了吧！）

級主任：（跑到校長前面跪下）這種對於他的處置、自己要負責辭職。

校長：不是你的責任，如果你要辭職，我應該先辭職的。（向着學生）請大家不要把這內容漏洩被外人聽見！啊！

戲就在此悄悄落幕，讓整齣劇作顯得淺薄。振輝拿這齣戲與稍後的《蕙蘭殘了》進行比較，「則可以發現作者在技法上的顯著進步，這樣的進步也應和中國現代戲劇文學由早期文明劇向成熟階段過度的發展光譜」。從《巾幗英雄》到《蕙蘭殘了》，是否如振輝所說的「由糙轉精」仍可討論。且看《蕙蘭殘了》戲劇一開始的處理：

幕開時……

蕙蘭：（自言自語）暑假到了、少爺（指陸少庭）怎麼還不回來呢？……唉！少爺呀！你知道嗎？你栽養過來的蘭花經不過狂風暴雨的摧殘，早已零落得乾乾淨淨了！你現在回來可遲了，你的蘭花兒殘了……（語聲嗚噎、極其淒然庭哥！你……你不能救我嗎？……

綺霞：（竊聽了這悽然的話、不覺也嗚咽起來）姨娘！我來救—你。

蕙蘭：（嚇了一跳）噯啊！（翻身過來）嚇死我了！你幾時來的？……

這是傳統戲曲角色的自報家門，敘述簡單，由蕙蘭哀怨的自白，以及與來訪的白家小姐和其男友三人間的對白與互動，交待戲劇情節，最後傳來未在戲中登場的陸家少爺帶回新歡的消息，蕙蘭迅速回書桌抽屜取槍……，人物與情節的安排鋪陳不深，但比起《巾幗英雄》，確是創造戲劇情節的懸念，稍稍「由糙轉精」。

振輝研究青釗，發揮了「上窮碧落下黃泉，動手動腳找東西」的功力，堪稱青釗的隔世知音，這部內容豐富的《電波聲外文思漾——黃鑑村（青釗）文學作品集》是振輝整理出來的青釗研究資料彙編，反映臺南一位富家子弟在日治及國府統治時期的工作與生活情形，其一生行誼與所涉及的志業，包括劇作、科幻小說、雜文在內的著作盡數蒐羅。從戲劇研究角度，振輝討論青釗兩篇劇作及臺灣現代戲劇史的若干觀點，容可待進一步商榷，但毫無疑問地，他對兩篇劇作及劇作家的探究，可為臺灣現代戲劇史與臺南地方文化志補上一筆。

二〇二〇年五月二十五日

推薦序

文／朱雙一（廈門大學臺灣研究院教授）

新竹清大臺文所博士班的顧振輝同學，搜集並研究臺南先賢黃鑑村先生行歷和著作的《電波聲外文思漾》一書行將出版，邀我作序，深感榮幸。拜讀書稿後，更深受感動！記得十多年前，我到臺灣參加學術研討會，發表了〈臺灣民報對於五四新文學作品的介紹及其影響和作用〉一文，文中之所以特別提到了署名「青釗」的兩個劇作，乃因無論從思想內容或情節對話而言，它們確實屬於《臺灣民報》上為數不多的創作劇本中的佼佼者。至於作者在末尾標明自己原是臺南一中學生，當時就讀於南京中央大學，更讓我感到好奇和興趣。然而畢竟時隔久遠，「青釗」明顯是筆名或字號而非正式姓名，而自己又身在大陸，到臺灣機會、時間均有限，也就畏難作罷，未加深究。沒想到同樣來自大陸的顧振輝同學，有著遠超於我的聰慧心思和敏銳眼光，經過鍥而不捨的努力，採用先進的方法，竟然得出了「青釗」即是黃鑑村先生的重要發現，並一一拜訪其家人親友，從而詳細瞭解了鑑村先生的品德經歷和文學創作，甚至還發現了黃先生的另一筆名「紫鵑」及相關作品。振輝對於作者「真身」及其經歷的考掘，使我們能夠跳出就文論文的局限，而獲得了更寬廣的視野和更深刻的認知。具體說來，有如下幾個方面的重要拓展。

首先，當我們瞭解了鑑村先生的家世和經歷，就更能理解他為何會這樣寫，以及其背後的深刻意涵，而這些在振輝的論文中有很詳細的、令人信服的闡發。例如，黃氏祖籍福建晉江，到臺南後發展成頗有地方聲望的富商仕紳家族，這是黃家子弟能夠進入本來專為日人子弟開設的學校當「共學生」的原因。鑑村先生從小聰慧過人，報上曾有他因成績居首而上臺領獎並致辭的報導，可見《巾幗英雄》中成績最優者就能在畢業典禮上代表同學致辭的慣例，其實也是作者的親身經歷。儘管他與日人子弟「共學」且學冠群倫，前程似錦，卻深深感受到殖民地子民遭受歧視和欺壓，即使在學校這樣的文雅之地和對於含著金鑰匙長大的富紳子弟，也未能倖免。於是在長輩的支持下，鑑村先生放棄了在旁人看來鋪滿陽光的寬廣直道，毅然返回祖國，先是就讀於南洋華僑陳嘉庚回祖國捐建的廈門集美中學，後又考入位於南京的國立中央大學。

鑑村先生此舉的意義，在於他其實走出了一條看似有點「另類」，但對於臺灣學子而言，卻有著特殊價值的新路。在當時的臺灣，殖民當局固然開了一個小口，讓少數臺灣人子弟也能夠受到高等教育，但其專業卻局限於醫學和師範。這一政策的「後遺症」後來顯現出來，即在光復後的臺灣，也許並不缺醫生、教師教師有個從日語轉為漢語的問題，但很容易克服），卻嚴重缺乏不同行業的專業技術人才，這也是當時國民政府教育部要特別發文，動員廈門大學的數百不同專業畢業生前來臺灣的原因，而他們此後數十年在臺灣經濟、社會發展中所起的巨大作用難以盡述。其實何止廈大畢業生，齊邦媛《巨流河》中作者的先生到臺灣後服務於臺灣的鐵路系統，以及鑑村先生的兩個妹夫也都是來自大陸的不同行業的專業技術人才，都充分地證明了這一點。

鑑村先生前往大陸求學，得以在被規限的醫學、師範之外選擇其他專業，從而在臺灣光復之時，被國民政府派回臺灣擔任管理要職。未幾，出於對其所學專業的熱愛——這種熱愛當然緣於其良好的發展前景和重要性——鑑村先生轉而在社會上創辦無線電專業學校和雜誌，組織專業協會，作育英才無數，且在臺灣的電視事業興起過程中，發揮了舉足輕重的作用，也極大化地實現了其個人的人生價值。而這一切，都緣於年輕時代的那一次斷然而又明智的抉擇。振輝還在《申報》等舊報刊上發現鑑村先生在一九三〇年代曾在上海加入「中國工程師學會」，擔任「中國大陸電信函授學校」校長，以及在《申報》發行的《無線電週刊》中擔任編輯等，幾乎是一九五〇年代後他在臺灣所做工作的「預演」，進一步說明在大陸的求學從業經歷對於鑑村先生而言，其意義有多麼的巨大而深遠了。這也證明，無論身處哪個時代，只要兩岸存在相互往來的通道，大陸始終是可供臺灣青年選擇和馳騁的廣闊天地。

其次，鑑村先生的赴大陸求學，特別是選擇南京而非一般人更為嚮往的上海——他曾在一篇文章中闡述南京優於上海的理由，並勸說臺灣學子前來南京——說明他其實受到了包括國民革命、左翼文學等在內的大陸當時政治、文化潮流的影響，從而加強了他固有的祖國認同以及對於日本殖民者的離心傾向。他曾撰寫了《南京國立中央大學概況》一文，並注明「預備留華者之參考」，詳細介紹了其就讀學校的招生簡章、大學本部各學院組織概況等，特別說明國內學子趨之若鶩的五大原因，包括設備完善、費用低廉、對貧寒學生免費、校風良好、畢業後「服務有所」等，期待其他臺灣青年前來的殷切之情令人動容。他寫道：「該校校風素以樸實好學見稱，同學中雖或有一二所謂資本家之少爺小姐，日著治艷洋裝，以耀人目，大抵男女同學多以儉素自守，毫不務華，一以學問是求」。作為一位富家子弟能有此對奢華的自律、對勤儉樸實作風的推崇，實在難能可貴；而振輝認為鑑村先生在此期間受到當時中國大陸風頭正盛的左翼革命浪潮的影響，是有充分根據的。

在另一篇署名「紫鵑」的〈南支臺灣留學生的眞相解剖——答昭和新報〉文中，鑑村先生以其親身經歷，對《昭和新報》上的「謠言怪談」加以駁斥。針對該報所謂到從臺灣到大陸求學者均為「在臺灣或日本的學習不得入學的劣貨」，作者指出恰恰相反，他們大多為臺灣著名學校的優秀生轉學過去的——鑑村先生自己的經歷顯然增加了他立論等底氣——另有部分則為「無產階級的子弟」，在臺灣被剝奪了受教育的權利，「幸有教育平民化的中國」讓這些「有志求學而走頭無路的學生」有所歸宿。針對該報所謂「中國的教育破產了」的另一謠言，鑑村先生仍以他親歷的廈門集美學村的實況加以反駁，指出「不用說臺灣、就是日本全國恐怕也找不出一個比集校更規模宏大的中等學校來」，而「該校的程度比臺灣各中等學校爲高」，「其校風之良好、其成績之斐然、為一般社會人士所共鑒」。推而廣之，作者指出「中國近年來到處的學校、不論大中小學、大都是男女同學、使男女的教育機會能夠均等」，此為時代新潮，不容道學家污蔑。這篇文章揭破了殖民者誣衊貶低臺灣人祖國之教育事業的不實之詞，也用事實證明在當時的中國——即使像福建這樣的地處邊陲省份——其教育「現代化」的程度，也未必比殖民地臺灣來得低，這是我們在賴賢穎、魏清德等作家文人筆下，也能見到的。振輝發掘「紫鵑」的意義，於焉彰顯。

這種緣於所見所聞而產生的認同祖國、反日抗日的傾向，在鑑村先生劇作中表現為強烈的反帝反封建的主題。如果說反殖抗日的主題直接來自無時無刻不在發生的殖民者對於臺灣人的歧視和壓迫，那反封建、爭民主、追求個性解放的主題，則更多來自

「五四」新文學以及受其影響而產生的臺灣新文學。這是因為在一九三七年「皇民化運動」之前，殖民當局出於籠絡臺灣地主仕紳階層以及「愚民」的目的，放縱甚至鼓勵諸如建醮、買賣婚姻、鬼神迷信等封建習俗，張我軍等則從大陸「五四」新文化運動中借來反封建的思想武器。〈巾幗英雄〉的本事是一個真人真事的新聞報導，兩相對照，可知在情節主幹上並無多大改變，主要表達對於民族歧視政策（包括不准說臺灣話等）的抵制和反抗，反映了真實事件與作者親身經歷的契合所引起的創作衝動和靈感；但劇作顯然在此之外又添加了許多內容和細節，而這更多屬於反對封建禮教習俗、爭取個性解放的主題。如劇作中出現了另一女生黃佩蓉，勇敢抵制父親為了討好「賣國賊」而要將她嫁給其留學日本兒子的包辦婚姻，執著地追求自己的真愛——一位人格高尚、有血性、考進祖國國立大學的臺灣青年。後者並鼓勵佩蓉也到大陸上大學。這些描寫和施蕙蘭所謂「你看這破碎的山河蹂躪到什麼田地！我們還能算受人權保障的人嗎」等語，都可說是將「反帝抗日」和「追求民主」結合在一起的例子。

臺灣與日本青年之間的愛情婚姻描寫，在當時的臺灣文學作品中時常可見。如吳濁流筆下的胡太明鍾情於日籍女教師久子而厭煩臺籍女教師瑞娥，實際上代表著此時胡太明對於殖民宗主國「現代文明」的傾心和嚮往。然而，殖民者和被殖民者的鴻溝橫亙其間，難免以失敗告終。《蕙蘭殘了》中的陸少庭對家中婢女盛蕙蘭始亂終棄，留日後帶回日本女子結婚，此舉既有被日人標榜的「現代文明」所吸引的成分，同時也有婢女秋菊所說的「我們有一位日本的少奶奶多好！以後我們再也不給日本人欺負了」的原因，可見日人的欺壓像陰影一樣隨時籠罩在臺灣人的頭上。而盛蕙蘭聽說陸少庭變心的消息後，毅然舉槍自盡，同樣是對日本殖民統治和蓄妾養婢封建習俗的雙重抗議。

鑑村先生因無法忍受日人的歧視欺壓而前往大陸求學，其作品具有抗日主題是必然的；而兩部劇作又都同時表現出強烈的追求個性解放的反封建主題，這就更多地顯現了來自大陸五四以來文學思潮的影響。這或許是鑑村先生自己都始料未及的額外收穫。振輝反復強調鑑村先生作品與大陸五四新文學的關係，是很有說服力的論斷。

最後，很值得多加討論的還有科幻小說《五十年後寶島奇談》。如果沒有振輝對於周邊資訊的發掘，或許這只是一篇很普通的作品。儘管從後設的眼光看，由於出現得很早而具有臺灣科幻文學史上的意義，但就其思想內容而言，並不起眼，未能引起廣泛注意，毫不奇怪。然而，經過振輝的發掘和細考，原來小說內外另有「故事」，呈現出兩岸同胞相濡以沫，組成「命運共同體」的象徵意義。原來該作本出自鑑村先生妹婿陳大川先生手筆，而由當時擔任刊物主編的鑑村先生等加以潤筆後發表。署名「陳曉禾」正是作者本名「大川」反寫的「小河」的諧音。而百歲老人大川先生在振輝的採訪中詳細說明了小說人物命名的由來，如小說中雙胞胎姐妹的原型，正是鑑村先生的雙胞胎妹妹，其中一位正是大川先生的愛妻。現實中，分別娶了家境殷實、富有地方聲望的黃家雙胞胎姐妹而成為鑑村先生妹婿的，都是來自外省的技術、管理人員。無可否認，光復後臺灣確實存在著某種程度的省籍矛盾，但黃家伸出雙手接納了這兩位在臺灣並無根基、剛到臺灣也許囊中羞澀的外省籍青年，甚至免去了按照當地風俗需要拿出的高額聘禮等，讓兩對不同省籍的青年組成美滿家庭，依靠自己的雙手成家立業。

正如振輝所分析的，當時文壇充斥著「反共懷鄉」作品，但該小說沒有劍拔弩張的戰鬥氣氛，也沒有外省人的懷鄉書寫，而是呈現一個理想而又美好的臺灣，其暢想飽含著對斯土斯民的溫情與信心；而在其背後，是一位臺灣女婿幸福順遂的心境，流露的是作者對這片土地、土地上人們的感恩之情。其實，在現實生活中，像這樣的例子不知凡幾，這說明，省籍矛盾固然存在，但並不像後來被誇大渲染的那麼嚴重。在民眾真實的日常生活中，不同省籍的人們是那麼自然而然地融合在一起，無關黨派，甚至與政治、權力也沒有多大關係，更多的是命運的相連，利益的相關，這顯然再次演繹了全體中國人「命運共同體」的真諦。當年鑑村先生前往大陸求學、從業是如此，而臺灣光復後從大陸來到臺灣，貢獻自己的知識、技術和青春，並在臺灣安身立命的外省籍人士也是如此。

我慶幸自己能夠讀到這部讓我深受感動，並衍化出諸多感想的書稿，這當然首先應感謝劇本、小說的作者鑑村、大川兩先生，同時也應感謝相關資料的發掘者顧振輝同學。鑑村先生是當年由臺灣來到大陸求學的「臺生」，而振輝同學卻是由大陸來到臺灣求學的「陸生」，這似乎有點巧合，但也並不完全是巧合，其中或許有某種必然的規律在起作用？我希望振輝也像當年的鑑村先生一樣，在來到海峽對岸的學習中，能夠學到更多的知識和技能，滿載而歸，從而開創出更美好、更有意義的人生。

二〇二〇年五月八日

36
37

推薦序

文／李文益（中國無線電協進會 理事長）

三年前（二〇一七年）的一個秋日的午後，我接到了一通來自於清華大學博士班研究生顧振輝同學的來電，說他研究《臺灣民報》劇作家青釗時，發現他恰是本會的耆老黃鑑村先生，請求前來協進會拜訪並尋求相關的資料。意外之餘，我欣然地向他提供了家屬聯絡資訊，並建議他直接與家屬聯絡，可取得更精確的第一手資料。由此，顧博士的研究得以進一步地深入。亦讓我對這位前輩有更深一層的了解，之前我只知道他是本會黃華馨前監事召集人、黃華容前副理事長的尊翁。平時對黃鑑村先生的一些豐功偉業了解闕如，經閱讀了顧博士提供的相關資料後，才得知黃鑑村先生不但是一位愛國知識分子、工程專家、教育家還是一位卓有成就的文學家、家世不凡的臺南鄉賢。他不僅對臺灣早期的電子工業、廣播電視、無線電等產業發展貢獻良多，對本會創會籌備之初也曾經盡過心力。因為年代久遠我們許多晚輩都不知道這些往事，此次承蒙臺南市文化局的垂青，能有機會彙整顧博士的研究成果及黃華馨與黃華容兩位先生提供的寶貴資料，這些鮮為人知的事蹟得以出版成書供世人參考，亦感恩他老人家過去對本會的貢獻。

CRA（中國無線電協進會）在一九五五年成立時，黃鑑村先生曾積極參與創會工作、他也是本會創始理事之一。為了爭取普通民眾中的無線電愛好者參加本會，他也曾利用於中廣公司、民本電臺、華聲電臺進行關於無線電空中教學的時段，順便呼籲聽眾加入CRA。因此對無線電有興趣的愛好者或從業者紛紛加入本會，同時他們也會求學於黃鑑村先生創辦的「中華無線電傳習所」，學習無線電科技的基本原理和實務課程。在教學之餘，黃鑑村先生也鼓勵學生加入本會。因此到目前為止仍有很多會員皆為當年畢業於「中華無線電傳習所」、亦是黃鑑村先生的高足，可謂「桃李滿天下」。同時，黃鑑村先生又創辦了「無線電界雜誌社」，出版甚多與無線電相關之專業叢書及《無線電界》月刊。深受廣大業內人士及愛好者的歡迎。許多本會會員、機關團體、業界、甚至海外人士，均訂閱此刊物。該刊物內容先進、原理與實務兼顧。筆者也曾經是「無線電界月刊」的忠實讀者。黃鑑村先生雖忙於教育推廣，但在百忙之中不但戮力宣傳推廣本會，而且對本會的「無線電季刊」也相當支持。當時，黃鑑村先生被本會當時的理監事會特聘為總編輯，在黃鑑村先生及其團隊的同心協力下。該刊每期均能保質保量地按時出刊，直至他逝世為止。黃鑑村先生自本會草創起盡心盡力地為本會服務了三十餘載。鑒於黃鑑村先生對本會助益良多，在他自臺灣電視公司退休之時，榮獲本會榮譽會員之殊榮，可謂是實至名歸。

黃鑑村先生除了創辦「中華無線電傳習所」、「無線電界雜誌社」外，還創辦「中華電子工程函授學校」，馳名海內外、嘉惠不少國內外學子及無線電同好和業者。對我國萌芽時期的廣播電視、無線電產業、電子業等發展，貢獻也相當卓著，例如：臺灣電視公司創立之時，由本會理監事會決議，在全省重要地點設立黑白電視機觀賞站，鼓吹民眾購買黑白電視機，這項活動是由本會與臺灣電視公司及日本東芝公司合作，可見他對推展電視事業的發展不遺餘力。一九七〇年代中期，政府在推動「十大建設」期間，為推廣臺灣的電子產品，本會的黃履中、蕭茂如、黃鑑村等理事，授權於層峰，並由省電工器材公會舉辦第一屆電子產品展覽會，由當時省電工器材公會總幹事蕭茂如先生主持，本會黃履中、黃鑑村理事協辦。這個電子展覽會辦得相當成功，一直沿續至今，對臺灣的電子工業後續發展產生了深遠的影響。

「哲人日已遠，典型在夙昔」。本會就是有這些像黃鑑村先生這樣德高望重的前輩們勠力同心的付出，才有今天我們協進會的永續發展。「高山仰止，景行行止」，他們不計毀譽、無怨無悔的奉獻精神值得我們去尊敬與紀念，更是我們學習的楷模。期望此書的出版能讓更多的朋友可以了解黃鑑村先生這一生不凡的行誼與成就！

二〇二〇年三月

推薦序

文／黃鑑村先生哲嗣　黃華馨（行二）、黃華容序（行六）

家父黃鑑村先生字青釗，祖藉福建晉江。一九〇六年生於臺灣臺南市。家父身為家中長子的他，自幼聰慧。據說家父九歲時就以高超的象棋棋藝在家鄉遠近無敵手。當時臺灣為日本殖民地，全臺學校之日、臺學生混班，日籍教師對日籍學生之態度頗為偏袒，對臺籍學生又橫加歧視。家父難忍其辱，憤而離開臺南一中前往福建廈門的集美中學就讀，由於其表現傑出成績優異，越級畢業。爾後考入上海交通大學，次年轉往南京國立中央大學就讀電機工程學系，學有專精，一九三二年畢業後任職上海「申報」報館，負責無線電技術專欄，從事無線電學教育工作外，並兼編輯日本語文教材，展現其多方面才華。日本侵華太平洋戰爭爆發，避居浙江菱湖，由於在報社服務之前，已經在臺灣民報發表過兩篇著作，二幕劇《巾幗英雄》及獨幕悲劇《蕙蘭殘了》。具備如此之經驗與才氣，為了在避難期間得以糊口，曾以女性筆名創作武俠小說，言情小說投稿報社，賺取稿費。

一九四五年日本戰敗臺灣光復，家父被國民政府經濟部工礦處派遣來臺灣接收臺灣工礦公司，十一月就任臺灣石碳調整委員會辦事處主任，一九四七年轉任樹華公司業務專員，至一九五一年辭職。有感於當時社會有關無線電科技之相關學習機構幾無任何單位具備此專門學問，因此以一人之能力與財力創辦了中華無線電傳習所，爾後更開創了《無線電界》雜誌，讓當時一般百姓透過閱讀此雜誌進而對無線電科技產品得以一窺究竟，並於教學之餘更埋首寫作甚多無線電科技讀本，堪稱當時「臺灣第一」的無線電科技讀物。一九六〇年家父被高層延聘為臺灣電視公司第一位工程人員，藉其專才籌劃工程部門的設置，數年後即將成立的中華電視公司，及中國電視公司延攬禮聘為工程顧問，為各電視臺播放天線、攝影棚及各地區轉播發射臺之架設，貢獻良多。

家父黃鑑村先生曾於臺灣大學及臺北工專的電機系任教，並創辦「中華無線電傳習所」，「無線電界」雜誌社，作育英才，桃李滿天下。一九八二年家父因肺部感染辭世。其行誼高潔，永誌人心。

家父平時待人謙和、作風嚴謹，對子女的教育也是以自由主義的精神尊從其個人的發展志趣，從不橫加干涉。家父也一直心繫家鄉臺南，曾先後數次攜家眷回府城省親訪舊。父親饒有興致地帶著我們在赤崁樓上、開基武廟前細說從前有趣的掌故。這些都是我們子女共同而又美好的童年回憶。平時家父並不常談論政治也不常談起自己早前的經歷。近年來，承蒙清大臺文所博士班的顧振輝先生孜孜以求的嚴謹研究，令家父早年的生平經歷以及文學相關的成就得以清晰完整地呈現。令我後人甚為感佩。承蒙家鄉臺南市文化局的將家父列為「臺南歷史文化名人」，並贊助出版相關專書。令父親往生近半個世紀後，能以此「榮歸故里」，令我後人感慨萬千！感恩之餘亦與有榮焉！

二〇二〇年三月

44

45

目次

戲劇作品

《巾幗英雄》

（贈南一中畢業諸鄉學友）

青釗　著

上[1]

第一幕

登場人物：

施蕙蘭：高女將畢業的學生

黃佩蓉：蕙蘭的同學

秋香：蕙蘭的丫頭

布景：一間洋式的自修室、室中陳飾雅致。左右壁各一門、左壁一門通寢室、右壁一門通客廳。室的右方一張方形的自修桌、中間擺着幾本教科書和幾張報紙。左方有一隻沙發。

幕開時蕙蘭座[2]在方桌前看書。

秋香：（走進室來）小姐！你的同學來找你、她座在客廳裏呢。

蕙蘭：是誰呢？

1 此部分刊載於《臺灣民報》，第221號，昭和三年（1928）6月3日，版9。者註：在文學作品整理的部分，將盡量按照原文所使用的文字與標點符號進行整理。

2 報紙原文為「座」。

秋香：就是那一位常來的黃家的小姐啦。

蕙蘭：是她嗎？快請她進來罷。

秋香：好！我去請。（下場引佩蓉進）

佩蓉：好小姐啊！人家來了你連理也不理、只管在這裏假用功啦。

蕙蘭：我道是誰來了呢、原來就是你這矮胖子！

佩蓉：好！你又罵起我來了！誰是矮胖子啊！？我不給你一個利害你不怕。（笑[3]嘻嘻的走近蕙、要呵療她）

蕙蘭：（格々的笑着）好姊々！你不胖、你不是胖子。……好姐姐！饒我這一遭吧、下次我再也不敢罵你了。

佩蓉：我曉得你下次不敢了呢！（還是繼續着給黃呵癢）

蕙蘭：好姊々！你再這樣、我眞的要惱了、你一來了總是要吵鬧、怪不得人家要叫你「潑辣貨」。

佩蓉：你又來了、要我再來一個是不是？（又伸手去撕她的嘴）

3 此處報紙原文為「築」。

蕙蘭：不來了！不敢了！我們好好的談話罷。（此時兩人停止吵鬧、抱擁着座[4]在沙發上）

秋香：（奉茶進）黃小姐！請用茶罷。

佩蓉：秋香！我們是自家人、你也這麼客氣！要喝茶我自己會去倒的。（秋香下）

蕙蘭：喝罷！客氣話不必說了！（喝茶）……我好想聽見密斯林說你畢業式行過了就要出嫁、是罷？

佩蓉：你聽她的話？這人老是喜歡說謊！

蕙蘭：你不必瞞着我、喜酒我總要吃的。不但密斯林這麼說、就是你家裏的瓊花（佩蓉的丫頭）昨天也對我說過、你以爲瞞得過我嗎？

佩蓉：這毛丫頭該死！不干她的事、她偏要多嘴、等我回去和她算賬。你且說她對你怎麼說。

蕙蘭：你又擺起資本家小姐的架子來了！你這種小姐的脾氣老是不改！聽說你還是動不動就要打罵瓊花是不是？唉！難道你讀了這十幾年書、腦筋還是這麼腐敗嗎？前天的言說會上你一上臺、開口就是甚麼自由啦！平等啦！甚麼解放啦！說得眞動

4 此處報紙原文為「座」。

聽。唉！你只會出風頭罷了。自由平等嗎？哼！談何容易！……單靠着口頭去提倡是無效的、最緊要的工作是努力去奮鬥、努力去實行啊！像你一面高唱着自由平等、一面家裏養着丫頭、正是俗語所說的「嘴念阿彌陀、手拿殺牛刀」啊！你有資格來做新時代的人嗎？

佩蓉：（漸漸有惱羞成怒的表情）你的舌頭只會生得罵人啦！難道你家裏沒有養着丫頭嗎？

蕙蘭：哦！你沒有眼睛看々我們的秋香像不像是一個是個丫頭？我簡直當她是我的親妹々、我不是對你說謊、你是常來我家的、也該曉得罷。秋香爲甚麼會到我家來呢？事情是這樣的：那一年秋香七歲的時候、他的父親就死了、可憐她家窮得連一頓飯都沒得吃、那裏有錢來治喪事呢？所以她勢不得不犧牲她的一生的幸福來做個賣身葬父的孝子了。她的母親苦苦的來哀求我媽媽做些好事把秋香收留起來、給她幾個錢去葬她的父親。我目睹這慘狀、爲她們流了不少的淚。立刻勸我媽々拿出三百塊錢來給她們去治喪事。以後秋香也就到我家來、我媽媽看待她像看待親生女兒的我一樣的、毫無區別、隔了一年她八歲、我就親送她到公學裏去念書、現在她五年生了、明年畢了業還要送她到高女去受些普通智識呢！

佩蓉：可是現在的黑暗的社會裏、能找得到幾個像你這樣的好家庭呢？

蕙蘭：社會雖是黑暗、只要我們向着光明的路上走、那黑暗的社會也就會光明起來的。……嗳啊！我們怎麼談到社會問題來了啊？……眞的你的婚期就這麼追促了嗎？

佩蓉：沒有這麼快、最早也得須等到五月初、我的表哥剛從南京回來、一切的事體都還沒有預備着呢……蕙妹！我說一句笑話給你聽罷：昨天表哥到我家來、要我陪着他去公園裏玩、我媽媽很不高興地說：「娶過去了再由你們去罷、從來也沒有看過未過門的新娘陪着新郎出去玩的、人家看了、不要笑死嗎！？」我聽了這話、也好氣也好笑、後來表哥回答他說：「妹々自小就和我在一塊兒玩着、我們不過別了兩三年而已、難道從前在一塊兒玩不給人家笑話、現在就給人家笑話了？」我終於陪着他去玩了一個下午。

蕙蘭：哈々々！你媽々的腦筋也是個十八九世紀的老古董！……我眞想不到你這個潑辣貨福氣這麼這麼好、好容易得到這麼一個如意的郎君啊！好了！現在你的靈魂有歸宿了。……不是結婚過就要陪着他到南京去嗎？

佩蓉：是的、他要我預備去考國立中央大學的預科、說這個學校是男女同學、我得考進去了就可以和他在一塊兒研究。可是他說考試眞不容易啦！普通科學是我們讀過的還可以應考、最怕的是要考甚麼三民主義啦！

蕙蘭：你的漢文和英文程度那麼好、還怕甚麼！？至於三民主義我倒也是看過、只須幾天工夫就可以看得了的。

佩蓉：像你這樣的學問纔不怕啦！你看、每年成績的揭示、「施蕙蘭」三個墨飽神足的名字總是排在第一、毫不肯讓人。下星期的畢業式該是你去述答辭罷。……（沉思良久）想出來了、我要問你一句話幾乎忘了、前天級主任叫你甚麼事？

蕙蘭：不要再提起這件事來罷。……唉！我不相信我們白受冤屈、無處伸訴？……

佩蓉：到底是甚麼一回事啊？是受了誰的冤屈呢？你說是罷！級主任叫你幹甚麼？

蕙蘭：級主任嗎？（用着憤恨的口氣）……他說：「本來這次畢業式應該你去述答辭、或是領畢業證書、但是……呵！因爲去年十一月、你曾講一句臺灣話啊！這一句話被校長聽了！所以現在依校長的意見、這種名譽你不能受了！」……

佩蓉：眞々豈有此理！你怎麼回答他呢？

蕙蘭：在這兇惡勢力之下、我怎好回答？我一腔憤恨的熱淚、只好向肚子里流罷了、還有什麼法想？……好好等着機會的到來罷！我一定要……纔能洗盡我滿懷的憤恨！

佩蓉：蕙妹！你也用不着這麼憤恨、自己的身體要緊、氣壞了倒不是好玩的。

蕙蘭：蓉姊！你不要誤會那！我並不是爲我的私事而憤恨啊！你看、現在強權時代、那裏還有公理的存在！法律、法律是沒有了！道德、道德是消滅了！有強權的就有公理、沒有強權的就要受人的支配、做人的奴隸罷！什麼燕趙的俠客、甚麼救世的英雄、怎麼現在都沒有呢！？荊軻的行爲眞可佩呵！現在那裏還有第二個岳武穆呢！（聲淚俱下）唉！你看這破碎地山河蹂躪到什麼田地！我們還能算受人權保障的人嗎？天啊！還我們自由啊！（淚瑩瑩下）

佩蓉：（默然長太息）唉！

（幕下）

下[5]

登場人物：

施蕙蘭：高女畢業生

黃珮蓉：高女畢業生

蔡秀琴：高女畢業生

林菊芬：高女畢業生

毛芸卿：高女畢業生

此外尚有十幾個高女畢業生

校長：高女校長

級主任：高女畢業班的級主任

此外尚有六七個教職員

地點：在南國一個高等女學校內的一個應接室

布景：一間宏大洋式的應接室、可容數十人。室中陳飾雅緻左右壁各四個窗子、南面兩門通操場。室的中央排着兩張方形的大食桌、桌上鋪着潔白的布巾、中間擺着三

5 此部分刊載於《臺灣民報》，第 222 號，昭和三年（1928）6 月 10 日，版 8。

十份的西菜。食桌的兩旁有二三十隻椅子、幕開時秀琴和菊芬從事於室內的陳飾。

秀琴：時候差不多要到了罷、怎麼一個都還不來呀？密斯林！看々你的手錶幾點鐘了。

菊芬：（看手錶）剛剛六點一刻、離開會還有三刻鐘呢！不妨、再等一刻罷！……琴姊！我們又有喜酒可吃了。

秀琴：又是誰的喜酒呀？我這幾天吃喜酒吃的幾乎要發昏。

菊芬：是蓉姊的啊！你不知道嗎？她和她表哥五月初要在公會堂舉行結婚式哪！

秀琴：眞的？……（沉默良久）啊！是了、怪不得……啊！我告訴你罷：上星期我和我妹々到公園裏去玩、一進了園門、忽然遠遠的望見一男一女手攜着手慢々的跑過來。我只認得那女的是我們的同學、因爲她穿着我們校裏的制服。……（忽聽見外面有靴步聲）是誰來了？

菊芬：（走到門口一望）啊！阿芸來了！阿芸！我們等了半天還不見一人來呢！

芸卿：倒是你先來了！裏面還有誰？（進室內）噯啊！琴姊！你也來了！

秀琴：阿芸！你來得剛好！我們等了半天了。來！來！這裏坐下罷。（三人同坐下）

芸卿：我剛從浩然堂過、看見青木和田中她們六七個在那裏買書、也許囘頭就到吧。

菊芬：管她們去死！琴姊！你說下去吧。

芸卿：你們說甚麼啊？

秀琴：我們說潑辣貨啦！……我離得他們遠、所以認不出是誰和誰；後來接近一看、哈哈！原來就是我們那潑辣貨啦！她看見了我、覺得很不好意思似的、雙頰好像蘋果那麼飛紅着。她的表哥還不錯、模樣兒很好、穿着一件淡青色的布衫、看就曉得他是個中國的留學生、人很樸實、不像是個輕薄浮華的青年、眞是天生一對的配偶啦！

芸卿：我正要告訴你、倒不料你們先知道了。我前兩天也碰過他們一次、的確、是天生一對的情人啊！眞快活、她的左手握着他的右手、一面跑着路、一面鶯嚦々嬌滴々的說着情話、說個不休！

菊芬：怪不得這潑辣貨近來老是不來找我們玩……（語猶未了、蕙蘭突然跑進來了）

蕙蘭：哈！哈！你們談起潑辣貨幹嗎？我躲在門外聽得多時了。

菊芬：你這死鬼仔慣會背後偷聽人家的話啦！

秀琴：你幾時來的？潑辣貨怎麼不和你一道來？你們姊々妹々兩個是形影不離的呀！

蕙蘭：形影不離嗎？哼！有了愛哥々就顧不得好妹々了。剛纔去找她、又是陪着表哥出去了、今晚未必到會罷。（倚坐在菊芬身旁）

菊芬：聽說她的表哥家裏窮得無立錐之地、她家裏倒肯把一個千金小姐嫁給一個窮小子啦！

蕙蘭：正是啦！因爲這層事去年纔鬧出很大的風波來、鬧得無人不知！

芸卿：我倒不知道、你們知道嗎？（菊芬和秀琴搖首說不知）

蕙蘭：我告訴你罷！她的父親現當着一個州協議員、你們也許知道的、他帶着一十八九世紀的老腦袋、八股文章也許做得還不差、可日本話一句都不懂、開議會時要隨着一個通譯；像這樣那裏有資格當個議員呢？……（此時田中等六七個內地人同學進來、但她們互相點點頭、道「晚安」而已。蕙仍繼續着往下說）可是這協員的位置是那大名鼎鼎的賣國賊——也許是開國的功臣——某劣紳給他運動得來的呢！原來這個劣紳有個日本留學的兒子、一年回家來。看中了我蓉姊、要來求婚、可蓉姊和她的表哥的愛情正在成熟的時期、那有首肯之理、這婚事也就失敗了。直到去年她父親做了協議員、他再來求婚、她父親感佩着他的功德無以報答、因此就背着蓉姊允許了這項親事。……我喝一杯茶再來講吧、喉嚨乾得要！（芸卿倒了一杯茶給她喝）謝謝你！阿芸。

芸卿：你也學起客氣話來了！……後來如何解除婚約啊？

蕙蘭：（伸出舌尖來潤她的嘴唇又定了一定神）我們島內雖說遲化、然而所謂戀愛自由婚姻自由的聲浪早就澎湃於一般青年人的腦海裏了、可是這老頭子不知死活、竟把一個女兒當做禮物去運動一個議員、唉！眞可惡！要不是蓉姊的爸々、我早就打他個落花流水！（切齒）

菊芬：你的本領眞大啊！哈々々！（譏笑）

蕙蘭：哼！你不佩服嗎？等一回兒看々老大爺的威風罷！你看女子眞不中用嗎？連我們的校長這個老腐敗我都要打他個七死八活呢！

秀琴：好！我佩服你、我佩服你！你往下講罷！

蕙蘭：唉！世界眞是黑暗的世界！人生眞是殘酷的人生！父母本是女兒最親愛的人、爲什麼他們忍心來侵犯他們女兒的自由、把她當做禮物看待呢？虛偽的人生啊！連自己的父母也也都靠不住了。後來這事免不了給蓉姊知道了、可憐她日夜啼哭、尋死覓活、說非表哥她不嫁、寧死也不願捨[6]棄表哥。後來經過多少風波、不

6 此處報紙原文為「舍」

知道爲甚麼鬧到了法庭裏去、好容易纔把這婚約解除了。

菊芬：他的表哥是怎麼樣的一個人、值得她這麼愛他？

蕙蘭：他的表哥嗎？說起來無人無不服他、學問又好、人格又高尚、而且是個有血性的男子漢。他家裏窮得很、那裏得來這許多錢到中國留學呢？不知道的或者以爲是他的姑丈——蓉姊的父親——幫助他的罷、不是的。他是個血氣十足的青年斷不願人家幫助的。有時蓉姊背着家裏私自寄些錢給他用、他也不願承受、害了蓉姊背地流淚、替他擔憂不少。他考進了國立的大學、凡進國立大學的人、省政府照例是有津貼的、竝且現在國民政府所施設的教育是平民化的、學費很便宜、凡是小康之家都有受高等教育的機會；不像此地教育是貴族式的、資本家的少爺小姐纔有資格進中等以上的學校、像那「貧無立錐」的窮小子要受中等教育是夢想所做不到的。……（話說未完佩蓉進了門、背後有十多個同學接踵而至）

芸卿：噯啊！潑辣貨這時候纔來了？（大家起來圍着佩蓉、惟有蕙蘭不理她）

佩蓉：誰是潑辣貨？怪難聽的、以後不許再這麼呌了。（走近蕙）好妹々！你也不稍等一等就來了。

蕙蘭：（雙手插着腰、用着氣憤憤的表情。）哼！好妹々嗎？我曉得一見了愛哥々就把好妹々給忘了呢？（同學們都拍着手大笑起來）

佩蓉：怪可憐的小孩子！不要哭了吧！我一輩子都陪着你玩就好了！（帶着滑稽的口氣、用右手去抱着蕙的腰、蕙的氣方平。）

蕙蘭：嗤！誰要你一輩子都陪着我玩！？你一輩子可以不嫁嗎？

佩蓉：可以的！

蕙蘭：可以的？愛哥々、好妹々、一刻都離開不得、那禁得一輩子？（同學們又拍着手大笑一陣。不多時校長和幾個教員都接踵而入。諸同學離開了坐位對校長和諸先生行禮、然後歸坐。滿室一時肅靜起來。時已七點、謝恩會開始了。

菊芬：（起立）開會！主席陳述開會辭！（就坐）

秀琴：（離開坐位）諸位同學！我們在高女裏四年間的光陰好容易過去了。我們閉著眼睛好好想想看、四年前的我們和現在的我們相差了多少呢？從智識方面着想、我們雖不能說進步到何種程度、但是最低限度、我們也曉得做個「××主義的最忠實的××」了。這種功德應當歸於誰呢？這可用不着想我們立刻可以回答得

出來是應當歸功於校長和諸先生的、所以今晚開了這個謝恩會、用着我們的熱誠來答謝校長和先生。（就坐）

菊芬：（起立）校長先生訓辭！（就坐）

校長：（起立）我所要說的話、在平時都對諸位盡情傾吐了、所要勸告你們的話在開畢業式時也都勸告了的。現在也沒有什麼話可講、但是不能不重複的勸告一句：希望諸位畢業了之後努力去改良家庭、而且做個最忠實的大×××國的臣民（？）這是我所熱望你們的。（就坐）

菊芬：（起立）諸先生訓話！（就坐）等了多時、無人起立、然後就宣告用餐、自由談話。不多時佩蓉站了起來。）

佩蓉：諸位同學！今晚我們的集合也許是最後的一次罷。今後升學的升學、出嫁的出嫁、東奔西走、各得其所。使我們在學時的歡好情感、日隔月疎、甚至老死不相往來、這是多麼可歎的事啊！所以我覺得我們非有另外的組織斷乎不可的。雖然學校裏有畢業同學會的組織、可是學校當局把持着利權、要你死就死、要你活就活。我們學生是活動不得的。誰肯花出錢來做這些騙人的勾當呢？……（主席聽見佩蓉的話頭不好、突然站了起來。）

秀琴：校長先生面前請你客氣一點罷！我們今晚是專爲開謝恩會而來的、組織會的事宜改日再集合討論吧！（兩人同坐下）

蕙蘭：（忍不住站起來、很悲憤的說）怕甚麼！？你們平時都是被壓迫慣了的、受了壓迫、爲甚麼自己不去解放、而永自甘於奴隸的命運呢？……諸位先生！諸位同學！讓我來說幾句罷：去年十一月的事、諸位也許還記得吧？宮殿下要蒞臺灣來了、在那時幾天、我上學時、經過校長宿舍前面、說了一句臺灣話、那知被校長聽見了！於是立刻開教官會議、將我一切要給殿下觀覽的成績改換了別的同學了。諸位想想看、我是臺灣人、臺灣人不講臺灣話、要我們講什麼呢？受了這不名譽的責罰。我以爲可以免了這個罪名、那知道今年卒業式、更又把我成績應當享受的權力給埋沒了！埋沒了！只說了一句臺灣話罪過就這麼嚴重嗎？試問諸位先生平時常說「公平無私」；可是現在的「公平無私」到那裏去了呢？（滿室的空氣緊張了！教員隨時去閉門、有的用紙筆記她講的話、不平的學生都興奮了！大概除了校長、誰還不同她表同情呢？）

校長：……（狼狽了！良心上大概慚愧了吧！）

級主任：（跑到校長前面跪下）這種對於她的處置、自己要負責辭職？

校長：不是你的責任、如果你要辭職、我應該先辭職的。（向着學生）請大家不要把這內容漏洩被外人聽見！啊！

（幕下）

一九二八、四月、卅日脫稿於首都學府

戲劇作品

《蕙蘭殘了》

（獨幕悲劇）

（獻給 Dear Mo）

青釗 著

（一）[1]

劇中人物：

白秋圃：年四十五、富紳。

盛蕙蘭：年二十、秋圃掛名的姨太々、前陸家的丫頭

白綺霞：年十八、秋圃之女、某高女的學生。

史雅懷：年二十二、綺霞的未婚夫、某協會的幹事。

陸少庭：年二十三、蕙蘭的愛人、日本留學生（不登場）

秋菊：年十二三、陸家的丫頭。

◎附言：劇中人名是作者信手寫的、並無影射何人之意、請閱者不要誤會。

地點：本島某市內。

佈景：蕙蘭的寢室、室內裝飾頗雅致。中間置有臥榻、洗面架、鏡臺、書架、椅子、沙發等、陳列得十分齊整。右邊壁上有一窓、左邊角上一道門、出入皆由此門。

幕開時蕙蘭愁眉不展的斜坐在沙發上、已而起身信步至窓前、斜靠在那裏望著窓外出神。在此時綺霞悄々的進了室內、站在蕙蘭背後、但蘭不覺。

1 該部分刊載於《臺灣民報》，第 250 號，昭和四年（1929）3 月 3 日，版 9。

蕙蘭：（自言自語）暑假到了、少爺（指陸少庭）怎麼還不回來呢？……唉！少爺呀！你知道嗎？你栽養過來的蘭花經不過狂風暴雨的推殘、早已零落得乾々淨々了！你現在回來可遲了、你的蘭花兒殘了……咳！誰能料得到呢？去年的這個時候、我們不是正在天國裏度着甜蜜的歲月嗎？誰知道一年後的今日竟把我監禁在這黑沈々的牢裏了！（語聲嗚噎、極其悽然）庭哥！你……你不能救我嗎？……

綺霞：（竊聽了這悽然的話、不覺也嗚咽起來）姨娘！我來救—你。

蕙蘭：（嚇了一跳）噯啊！（翻身過來）嚇死我了！你幾時來的？

綺霞：姨娘、我剛來……

蕙蘭：誰是你的姨娘！？（微慍）你們總不把人當做人看！昨天纔説過、現在又忘了。

綺霞：啊！我叫錯了、你何必這樣著急呢？……叫姨娘叫慣了的一時總改不過來。蘭姐、你也該散々心纔好、終日總是這樣啼々哭々的、哭壞了身體倒是自己吃虧。至於我爸々呢、我可以設法解勸過來、遲早總該給你自由的、也用不着煩惱。你看你臉上都是淚痕。（從胸前衣袋裏取出手巾來替蘭拭淚）

蕙蘭：要是受這種非人的生活、倒不如死了乾淨。

綺霞：都是我爸々的不好、他老人家已受了數千年來吃人禮教的餘孽、他不明時勢的變遷、他更不懂得時代的潮流、他總以爲「不孝有三、無後爲大」是天經地義的。我媽々只生我一個、又沒有個弟兄、可以安他的心，你想他心裡如何不急呢？所以上個月纔接你到家裡來、無非是期望着你生個小弟々罷了。

蕙蘭：你來替你老子做「說客」嗎？這些混賬話虧你還講得出口、眞是個自命爲婦女解放的中堅人物！哼！我白認得你了。

綺霞：蘭姐、我不要這樣說呀、我難過極了。自你上個月到我家來、我們早晚都在一塊兒、難道你還不知道我心嗎？因爲你的事、我纔和我爸々生氣、吵鬧過好幾次、這也是你親眼所看見的、爲了你、我甚麼都願犧牲。只要能解救你的危急、我甚麼都願意去幹。……咳！我們做女子的、實在也不太爭氣了、受了人家的侮辱、壓迫、都不肯向前去反抗、情願屈服於惡勢力之下、自甘於奴隸的運命！

蕙蘭：哼！爭氣？好小姐、請你教々教我如何去爭氣！要是爭得出一口氣、我何至於做人家的奴隸、受人鞭撻；何至於做人家的小老婆、任人侮辱呢？……反抗嗎？哼、談何容易！帝國主義的彈壓、資本主義的侵略、土豪劣紳貪官污吏的剝蝕、吃人禮教的束縛、同類的相殘、數不盡的惡勢力在包圍着、弄得民不聊生、走投無路、在青天白日之下、更找不出一片乾淨之土，你教我如何去反抗呢？

（淚瑩々下、悲不勝言。）

綺霞：唉！（默然長太息）

蕙蘭：爲的是我少爺、要不然這生命早就沒有了、好容易活到現在。（從綺霞手裏接過手巾來拭眼淚）

綺霞：是呀、你剛纔叫的甚麼少爺啦、甚麼庭哥啦、弄得我莫明其妙。到底從那裡又跑出一個庭哥來了呢？你來了這麼多久、也沒有提起過。

蕙蘭：庭哥嗎？他就是我的本家──陸家──的大少爺啦。

綺霞：哈呀、不就是密斯脫陸少庭嗎？

蕙蘭：是的、你怎麼認識他？

綺霞：我怎麼不認識？他和我稚懷哥很要好、去年暑假還時常和懷哥來玩。懷哥說：陸先生愛上了他家裏一個丫頭、哈啊！原來就是你呀！我眞想不到……

蕙蘭：…………（互相沈默良久）

──（未完）──

（二）[2]

綺霞：我們坐下來談罷、腿也站酸了（兩人携手、並肩的坐在沙發生、繼續談著）陸先生的思想也眞古怪、他總看不起我們這些時髦的女學生、我有些不佩服、但是他也有他相當的邏輯、你又不能説他是無理。他説：我們到高女讀書去爲的是擺架子、擺身價、將來好配給公子少爺們享福去！這句話的確是胡鬧。

（蘭似乎不耐煩的樣子）

蕙蘭：這恐怕是他一時有所感觸纔説出的罷、定不是他的本意。

綺霞：但是這些敗類的女學生又不能説沒有、高女畢了業、自以爲無上光榮、自命爲新時代的產物、擺著架子等著佳偶（？）的到來、非家有巨萬的公子少爺或是留學生大人先生們她那裡肯嫁。眼前不是有個例子嗎？你聽見了沒有前幾天有一對青年女跳下了××璣情死了？據説男的是中國的甚麼大學的學生、女的是某高女的學生、兩個人愛上了、女的方面向這位大學生要求千把塊錢的聘金。可是男的是個無產青年、一時那來這千把塊呢？可憐、他們達不到目的就情死了！這不是個怪現象嗎？

2 該部分刊載於《臺灣民報》，第 251 號，昭和四年（1929），3 月 10 日，版 9。

蕙蘭：那是家庭的黑暗、於這女子何干？……所以我說這買賣式的婚姻如果不打倒、將來怕沒有更奇怪的事可看？

綺霞：總而言之、陸先生的思想的確和別人不同。他又說：他要到鄉下裏去尋出一個可愛的鄉姑娘來、把他造成一個理想中的伴侶。原來已經造成了這門一個理想中的人物兒出來了！他的手段眞神妙、也難怪他誇口。我初會見你的時候、就有些懷疑了、怎麼一個沒有受過教育的丫頭、學問思想曾這般的出衆呢？原來就是陸先生手裏培養出來的啦！

蕙蘭：……（斜臥在沙發上若有所思。）

綺霞：我去叫我懷哥來、如果他知道是你、一定想和你會々面的、或者他有甚麼方法來幫你的忙也說不定。

蕙蘭：就請他來坐々也好……你老子不在家嗎？

綺霞：爸々在家、不干事的、我就去打電話罷。（下場打電話、聲音外面都聽得十分清楚。）

綺霞：（在內）「二一六零……是……你那兒？……××協會？……雅懷在嗎？……我？姓白……哈啊！……你是誰？……甚麼？那裡的話、你的聲音我怎麼聽不得？我不說……不要胡鬧了、懷哥！會裏忙嗎？……沒有事了？……我告訴你、你來好好？……此刻就來！……爸々媽々？……在家……不干事……馬上來罷……好、回頭見！」

綺霞：（上場）電話打過了、他說立刻就來。我先拿茶去就來、你等一會兒罷。（下場）

蕙蘭：唉！……（依然無精打采的坐在沙發上嘆氣、不多時、綺霞手托茶盤上）

綺霞：還沒有來罷？（蘭不答、霞把茶盤放在書桌上不一會兒、（忽聞裏面有腳步聲怕是來了。（下場良久、又引史雅懷至門口。）

雅懷：霞妹！可以進去嗎？

綺霞：我給你們介紹罷、蘭姐！這位就是雅懷哥啦。（指着懷）

蕙蘭：（勉強的擡起頭來、看了雅懷一眼、仍懶洋々的把頭垂下去。）

綺霞：懷哥！這位就是陸少庭先生的……（說不下去）

雅懷：（會意）就是密斯盛嗎？自去年就想到府上拜訪、可是都找不到機會……

綺霞：拜訪的機會到了！（到書桌上倒茶）
雅懷：陸先生從日本有來信嗎？密斯盛。
蕙蘭：信是寄不少去了、回信一封都沒有、也不知道是甚麼緣故。
雅懷：怕是因爲學期考試忙、所以沒有空寫信罷。
蕙蘭：也不知道是不是。
雅懷：現在應該是放暑假回來的時候了。
蕙蘭：就專等他回來解決我的運命。
綺霞：（手托茶盤）懷哥！蘭姐！用茶罷。（懷、蘭均接了茶杯）
雅懷：霞妹、用不着客氣。
綺霞：我纔說呢、或者你有法子使蘭姐和我爸々脫離關係、在陸先生回來之前。
雅懷：大家商量罷。
綺霞：懷哥！坐下來罷、站着不好說話。（霞仍與蘭並坐、懷坐霞傍、執霞手、爲狀甚親密。）

（三）[3]

雅懷：密斯盛！我問你、陸先生和你這麼要好你的老爺太々不知道嗎？

蕙蘭：怎麼會不知道？

雅懷：那么老爺太々都不喜歡嗎？

蕙蘭：要是喜歡、何至於把我迫到這兒來呢？……唉！我們做丫頭的人眞苦啊！（忽憶前事、不覺淚下）……我自七歲的時候、就被我叔々賣到陸家去吃苦……

綺霞：（甚表同情）沒有爸々媽々嗎？

蕙蘭：爸々媽々我纔三歲的時候就過世了、沒有爹娘的人纔苦啊！……爹娘死了後、我就依着叔叔過活、叔々又是個鴉片鬼、好吃懶做。起初還過得去、可是沒有幾年的工夫、家產都給叔々抽鴉片抽光了。到了後來窮得連一頓飯都沒得吃、叔々的鴉片又不能不抽、到了無可奈何的時候、不管你死活、就把我驅出去賣了……

綺霞：該死的叔叔！鴉片鬼眞該死！

雅懷：抽鴉片的人、結果都免不了傾家蕩產、死於非命的。

3 此部分刊載於《臺灣民報》，第 252 號，昭和四年（1929）3 月 17 日，版 9。

蕙蘭：到了陸家以後、更沒有幸福可說了、任人家挨罵、鞭打、有誰來可憐呢？就是我們那陸少爺小的時候、也是動不動就打我。記得是少爺考進了中學的那一年罷、不知道是甚麼緣故、陸少爺的性情突然變了、他不但不打我了、就是太々打了我、他也很替我抱不平似的。有一天、當沒有人在的時候、我就問他爲什麼現在不打我了、他說：「因爲你很可愛。」我說：「那麼少爺以後不要再打我了。」他發誓不再打我、待我也就一天一天的好起來了。學校裏放了課回家、就來教我識字、讀書。是我們做丫頭的終日都有事做、甚麼烹飯啦、洗衣啦、縫紝啦、掃地啦、抱孩子啦、早起忙到睡覺都忙不過來、那裏有閒工夫識甚麼字讀甚麼書呢？可是少爺要教我、沒有法子、也就偷閒去學了、如此的繼續了五年、一直到少爺中學畢業。在這中間、眞吃了不少的苦、因爲偷閒、給太々也不知道挨了多少次的毒打。記得有一次少爺對我說：「你叫我少爺、怪難聽的、以後別再叫了、我不依、就跟著妹々叫庭哥罷。」我怕他不依、就那麼叫了。可是不得了、給太太聽見了、罵我沒有規紀、不要臉、挨了一頓的毒打、病了好幾天能起床……

綺霞：陸先生眞是害死人！
蕙蘭：少爺也是很後悔的說：「我不該害你挨了打、以後當媽々面前小心不要那麼了。」……
雅懷：這是你們的浪漫斯、很可以紀念啊！哈々々！
綺霞：我聽了這話、難過極了、你還會笑哪！做丫頭的也是一個人、爲甚麼就應該任人鞭打呢？（憤々不平）
雅懷：唉！爲甚麼革命革到現在、連一個非人道的蓄婢制度都革不成功、還是到處存在着？眞是社會的怪現象。
綺霞：最可怪的就是那班自命爲社會運動家、天々高唱着解放、解放唱得愈大、自己家裏的丫頭纔愈蓄愈多、你說可笑不可笑！
蕙蘭：少爺在中學讀書的那幾年、我算比較幸福得多了、有甚麼委屈、少爺就來安慰我、可憐我……
綺霞：是的、陸先生到日本留學以後、你的生活又苦了是不是？
雅懷：那何用說！？
蕙蘭：少爺到了日本以後、還時常寫信來安慰我、教我耐着苦等他回來、我日々盼望着他回家……

綺霞：去年暑假陸先生不是回來過一次嗎？

蕙蘭：好容易盼望到去年暑假、他纔回來了。那時候的生活算是我有生以來頂幸福的了、我忘記了一切的苦痛、我忘記了一切的壓迫、我覺得少爺是世界上頂可愛的人了、我整個的心已經交給他了、當他臨行要再到日本去的時候、他山盟海誓的說決不負我、教我忍耐着苦、等他畢業回來。呀！他不負我呀！可是我已經負他了！我怎麼對得起少爺呢？（聲淚俱下）唉！…………

（四）[4]

雅懷：這是你老爺太々的不對、你又是個不自由的身體、怎能算是負了陸先生呢？陸先生既然那麼愛你、一定原諒你的。

蕙蘭：唉！少爺呀！我辜負你了、你能原諒我嗎？（淚瑩々下）

綺霞：到了現在、空煩惱也是沒有用的、最要緊是先設法和我爸々脫離關係呀！

雅懷：如何設法呢？……

蕙蘭：……（互相默然沈思半晌）

綺霞：我倒想出一個法子來了、不知道使得使不得？……（站了起來和懷咬々耳朵說著話、約數秒間）你以爲好不好呢？懷哥。

雅懷：好是好的、可是……（以目望蘭、欲言又止）

綺霞：（會意又轉過身去和蘭咬々耳朵說了數秒鐘的話、觀衆都莫明其妙）我爸々的性情你們都是知道的、他是個十八九世紀的老古董、非用這個方法去刺激他、他那裡肯呢？蘭姐！你以爲怎麼樣？

蕙蘭：（縐了縐眉、細想了一會兒）好啊！由你們去罷！

4 此部分刊載於《臺灣民報》，第 252 號，昭和四年（1929）4 月 24 日，版 9。

雅懷：可是我怕妹々吃醋。

綺霞：不要說笑話、我那裏會吃醋呢？

雅懷：霞妹、你不吃醋這個計劃就不會成功哪。

綺霞：（會意）好 我吃醋去、你們預備等著罷。（下場）

雅懷：（自言自語）霞妹眞會胡鬧、叫我如何做得下去呢？怪不好意思的……（猶豫不決者良久、後聞門外似有腳步聲、始決然起立、移步至蘭傍與蘭並坐、當此時霞已引其父秋圃至門前竊視、啞場半晌。）

雅懷：（湊上去吻蘭、蘭不拒。）

綺霞：（在門口低聲的說）爸々你看！你看見了沒有？……

秋圃：（見懷與蘭作吻、大怒入室、霞偕進。）混賬！不要臉的東西！你們幹得好事（懷見狀頗嚇、即時走至霞背後、蘭掩面伏椅而哭。）混賬！這是甚麼地方、你也得進來的嗎？給我滾出去！（仰天大怒）咳！氣死我了！……

綺霞：（見狀大驚）爸々！…（緊執懷手、不放他走開。）

秋圃：雅懷！我錯認得你了！我平常以爲你是個知書識理的人、纔看重了你、那裏知道是個人面獸心、簡直比一隻狗都不如！噯！把我氣死了！

綺霞：（似乞憐狀）爸々呀！……

秋圃：（向蕙蘭）不要臉的賤貨！你還有面目似人嗎？……自你到這裏來、我可曾虧待了你沒有？你要甚麼、我甚麼都依了你、難道這還不滿足嗎？

綺霞：爸々、你也用不着生氣了、姨娘自來就不聽你老人家的話、日夜啼哭着、要離開這裡。依我的意思、不如爸々做些好事、成全了他們罷。

秋圃：完了！甚麼都完了！算是我們家庭的不幸、纔出了這不要臉的賤貨、我還要她幹嗎？好！都給我滾出去！（吁々歎氣不已。）

綺霞：好了、爸々既然答應了姨娘、就請你老人家親筆寫一張准許她脫離的字據罷。

（五）5

秋圃：（喘吁々的走近書桌上、舉筆起來寫。此時蘭已止哭、似有喜色。啞場一晌、字據寫畢）不要臉的賤骨頭！我還要她幹嗎！？（將字據擲至蘭所坐的沙發上）去！去！馬上給我滾出去！

綺霞：我看々寫的甚麼。（走近蘭傍、將字據取讀之。）「茲准許妾盛蕙蘭脫離關係、嗣後盛蕙蘭一切行動、概與鄙人無涉。立據人白秋圃」好了！蘭姐的事解決了。

秋圃：唉！霞兒、你也太不認得人了、當初你爸々給你定了一個好々的親事、你總不听你爸々的話。硬要反對、偏々要學時髦、說甚麼「沒有戀愛的結合是不道德的」一些混賬話。到底少年人不懂事、硬要胡鬧、現在你可覺悟過來了、現在你可知道戀愛的結合是不道德的了。

綺霞：爸々、我始終相信沒有戀愛的結合是不道德的、無論如何不會改變的。

秋圃：唉！當時我悔不該讓你去胡鬧、現在可是吃虧了。你只知道雅懷是你的愛人、却不知道是個人面獸心、却不知道是個狗都不如的畜生。哼！你在做夢了，雅懷那裏是有眞心來愛你呢？爲的是你爸々有錢、他纔來愛你。他所愛的也不過是你

5 此部分刊載於《臺灣民報》昭和四年（1929）3月31日，版9。

綺霞：爸々、懷哥不是那樣的人呀！（走近懷、緊握懷手。）懷哥！我相信你不是那樣的人……
　爸々的財產、他那裡是眞心來愛你呢？你現在可悔悟了？

雅懷：霞妹！你相信我、我決不是那樣的人。

秋圃：甚麼？渾蛋東西！滾出去、馬上給我滾出去！（走近懷要拖他出去、但霞緊執不放。）

綺霞：爸々呀！爸々呀！都是我的不好、懷哥並沒有對不起我的地方、請你老人家饒了他罷。

秋圃：渾蛋東西！我還饒他嗎？給我滾蛋！（三人爭執半晌。）

綺霞：枉屈了我懷哥了、爸々！我老實告訴你罷：我因爲看見姨娘日夜啼哭着要和爸々脫離關係、你老人家又毫不肯放鬆、怪可憐的、所以我纔替姨娘想出這個法子、來刺激你老人家、使你老人家生氣、自動的和姨娘脫離關係。剛纔懷哥和姨娘做的那齣把戲是假的呀、請你老人家不要認眞、都是我的不好、請你老人家饒了我這一遭罷、下次我再不敢了。

秋圃：（氣得說不出話來。）

綺霞：爸々、不要生氣呀！爸々！

秋圃：逆子！現在的世界是你們的世界了！（斜臥在榻上吁々歎氣不已。）

綺霞：爸々、不要生氣呀！我下次再不敢了。（正在熱鬧的當兒、秋菊上場。）

秋菊：蘭姑娘！少爺囘家來了、太々叫我來接你過去。

蕙蘭：（喜氣洋々）少爺囘來了！？

秋菊：囘來了！並且帶了一位很漂亮的日本婆娘囘來了！

蕙蘭：（縐了縐眉）日本婆娘？

秋菊：是的、很漂亮的日本婆娘！說是要做我們的少奶々哪。蘭姑娘、我們有一位日本的少奶々多好！以後我們再也不給日本人欺負了。（語氣頗天眞瀾漫）

蕙蘭：（驚愣）這是甚麼話？

秋菊：太々說：少爺和這位日本婆娘要在下禮拜舉行結婚式、叫我來接你過去幫忙。

蕙蘭：少爺要結婚了！

秋菊：是的、囘去罷、太々叫你囘去。

蕙蘭：（呆然不答、面色慘白、似無神氣。）

秋菊：怎麼樣了？蘭姑娘！回去不回去呢？

蕙蘭：……（仍然呆坐着不動）

秋菊：（搖々蘭的手）蘭姑娘！怎麼樣了？怎麼不應呢？噯啊！不得了、蘭姑娘不好了！

（霞、懷見狀、急走至蘭傍）

綺霞：（搖々蘭的肩）蘭姐！你怎麼樣了？

蕙蘭：（緊握菊手）庭哥！你回來了！

秋菊：（嚇得幾乎要哭）蘭姑娘、是我呀！是我呀！……不好了！蘭姑娘不好了！

綺霞：小孩子不要怕！蘭姐、你醒過來罷！

蕙蘭：（醒晤過來）噯呀！我在做夢嗎？這裡是甚麼地方呀？

秋菊：蘭姑娘、你把我嚇死了。……回去！回去！看々那個日本的少奶々去！

蕙蘭：秋菊！少爺爲甚麼要和日本婆娘結婚？

秋菊：我不知道。

蕙蘭：你不知道！好！回去！回去問少爺爲甚麼要和日本婆娘結婚。（握菊手惚惶走至門口、欲行又止、爲狀若狂。）

蕙蘭：唉！算了罷！影子和熱總有消失的時候、這又何必呢？（放了菊手、急奔至書桌前、將屜裏取出一手銃）庭哥！我不能見你了！（將手銃對準胸前一放、銃聲一響、蘭立即臥倒地上、繞室惚惶、措手不及。）

秋圃：甚麼、這是甚麼一回事呀！？

綺霞：蘭姐！你、你怎麼……

蕙蘭：我……我的少爺去了！愛、愛我的人去了！我、我又何所留戀於世呢！少爺！少……爺呀！你……你……（氣絕。）

秋菊：噯呀！不得了！蘭姑娘不好了！

（幕急下）

一九二九年二月八日　於南京中央大學

科學預言小說

《五十年後寶島奇談》

陳曉禾

整理者按：該小說曾於一九五七年及二〇〇一年在《無線電界》發表過兩次。兩個版本在內容上除個別字詞的校正以外，幾乎完全一致。本文所整理的內容以一九五七年版爲準，前後版本在部分字詞的調整，均以腳註形式標註。

「我說女人永遠是優秀的統治者、五十年後男人要全體變成女人的附件……」，

「……，」

張禿子吸一口煙，還想繼續發表他的高論。

「算了吧，那個再談女人的是王八蛋。」

「………。」

涵碧樓的長廊上坐着四個青年，正在天南地北的瞎聊，因爲時在冬天，日月潭遊客稀少，他們更得其所哉，漫無止境的聊下去。汪洪文似乎對「五十年後的女人」這一題目，談得乏味，想換另一話題。

「五十年後的選美標準，恐怕要看誰的屁股大了……。」張禿子對女人問題還想戀戰，管他王八不王八。

「說到屁股，」周誠由屁股二字得到靈感：「五十年後我們現在屁股所在地，變成個什麼樣呢？會不會變爲百尺層樓？或者變爲僅供情人們幽會茅亭？」

「誰敢說？說不定潭枯樓塌，這裡已經變成荒煙蔓草狐鼠出沒之地哩！」王史文習慣於唱反派戲。

「爲甚麼要變？除掉女人，這裡依然是涵碧樓。」張禿子仍舊維持他的「唯女人始變論」。

「你說怎麼樣，我們的天才幻想家，你這位自始至終不發一言的旁聽者？」周誠轉向一位沉默瘦削的青年。

「變，要變，這裡要變，全臺灣都要變。」幻想家被逼得不得不開口。

「聽你的，難得你開口，如何變法？」大家都異口同聲再逼一句。

「要變就得哪，何必追問，總而言之，變得繁榮，變得離奇的繁榮。」他仍然是那樣的不起勁。

周誠那肯放鬆，他像礦工一般，想把那位幻想著的幻想，一鍬一鍬的挖掘出來。

「繁榮的得像天堂嗎？如果你能將你的天堂描述一番，我敢打賭，我們的禿兄一定會放棄他的唯女人的始變論。」

「⋯⋯⋯⋯」幻想家沉默了許久，終於下了決心：「好吧，你們願聽，我就約法二章：第一，中途不許插言，第二，就是狗屁不通，荒唐至極，也要等我全部講完，才能批評，如果中途不願聽下去，你們可自由閉起眼睛睡覺，毫不勉強。」

這一挑戰性的約法一出，大家到眞要聽聽五十年後臺灣變得如何個奇法，三人一致鼓掌遵守。

下面便是那位所謂幻想家的幻想曲。

（一）

這是中華民國九十九年四月一日發生的故事。

地下火車以每小時兩百公里的速度，在地下鐵道裡行駛，乘客們自由地抽煙談笑，望望窗外，彷佛住在自己的客廳中，毫不感覺疲倦無聊。

地道用鋼骨子原子泥摻防濕材料築成，光線充足，與白天的天然光無異，兩側壁上利用電影軟片放映時的相反原理，每隔若干公尺處，即有不同的長幅壁畫連續第列畫其間，由車中望去，恰如畫室走廊所陳列的圖畫，或爲風景，或爲歷史故事、或爲裸體女身，或爲滑稽漫畫，形形色色，無非是使旅客不致因窗外單調的白壁引起睏乏的意思。

車廂中除特車更較精美外，其餘全體一律，無分等次，座墊皆用富於彈性的人造礦物纖維襯裡，用天藍色耐擦透氣的人造絲絨張面，倍覺美親舒適。座位可以依軌道移動，或單人獨座，或移與同車客人圍桌聊天，只消用手一按椅旁電鈕，即可隨心所欲。車內陳設，書刊、圖畫、播音、電視等等，凡在途中能使旅客愉快之物，無不應有盡有，不必細講。

這一日，列車行到北回歸線附近，快到站時，車頭突然停止，這種事情，是十幾年未發生過的，乘客都感覺得驚異，原來車站有幾位警察服務人員，領著一個奇怪的老人，準備上車，站外好奇的居民，湧到車站上來，不下萬人，站上服務人員無法維持秩序，管制車頭的工程師們，不得不施行緊急刹車，以免發生意外。

那奇怪的老人，以常人的眼光看來，並無奇怪之處，頭臉身段，與常人無異，所不同的，只有鬚髮雪白，長垂及胸，双目深陷，灼灼有光，赤脚毛手，獸皮披身，這幾點了吧。

老人上車以中[1]，甚麼都覺得新奇，人人以奇異的眼光對他，他也以奇異的眼光報人，他嘴唇在動，但無人懂得他說的是甚麼，他見別人的嘴唇也在動，他明白那是他們

1《無線電界》在二〇〇一年重刊此文時，此處的「中」改爲了「後」，詳見該刊當年三月刊，頁2。

在談論他，但不明白他們的談的究竟是些甚麼，只有臉上的笑容，善意的表情，大家心裡都完全明白，於是除了互相以笑報笑以外，一切都是一個迷。

列車穿出地道前，各車箱裡，廣播小姐同時以親切的音調，告訴大家車快出地道了，臺北特別市十分鐘內就可到達，並告訴大家，這一段有二十分鐘的大自然風景可以欣賞，過了臺北市，又要經海底地道，到達福州市才能重見天日。於是乘客們紛紛準備，稍有一段時間騷亂。

守候老人的警務人員，用手勢告訴老人，這是一個大的都市，不久就可以下車休息。車剛到站，站上擠滿了人，可以說得上人山人海，每人手上都拿著不同顏色的小旗，旗上寫著：

「歡迎我們大衆的祖父」

「刼後餘生者，來看我們對你的熱枕。」

「幸運的老人，歡迎你來參觀我們利用原子能的成果。」

「放心吧，原子彈不會再傷害你了。」

「……………」

這些人早在老人上車的時候，已有旅行電視臺記者，將一切情形傳播出去，在各街市鄉村的電視幕上，早已將老人的一舉一動現得明白，政府應數萬雇員的要求，特別宣佈放假兩小時，以便各級工作人員，親自一睹他們「祖父」的姿采。

一位體格高大，留有灰色鬍鬚，戴著深度眼鏡的代表——可以稱爲這群人的長者，首先上車，代表致敬，隨後由兩位青年美麗的小姐獻花，獻花完畢，由樂隊及爆竹領導步出車站。據說這種儀式，是數十年以前的古禮，特別用來向老人表示歡迎的誠意，以喚起老人年青時的回憶。出了車站，歡迎的群衆，就在站外的廣場上，用他們自己的方式，以最敬禮來歡迎了，他們一陣狂呼以後，就男男女女互相拉手狂舞起來，接着將被歡迎者用昇降機昇到放大玻璃室裡，將形象放大一百餘倍，讓每一個歡迎者都能一睹其眞面目，這種方法老人心裡明白，他想起他年青時代歡迎要人的時候，只有幾個人可與被歡迎者見面。其餘大多數的歡迎者都列隊恭候，只有見騎車開過後車屁股揚起一陣塵灰，想起這種歡迎方法，覺得可笑，老人正要笑出，突被另一次狂呼驚起，呼畢再一次跳舞，三分鐘中，第三次狂呼，就算禮成。這一次因爲群衆興奮過甚，禮成以後，仍不散開，只聽得那位長者向大家宣佈道：

「諸位：老人先生不知道從何而來，我們要想知道他的一切，這是需要一段時間的，並且恐怕老人先生與大家見面，現在還是請諸位回到崗位上去吧。」

這樣大衆才分別乘自用原子包車，或直昇飛椅，各自返回自己的崗位，做他們服務人群的工作。

（二）

代表民衆歡迎老人的長者，是「五十年代人類生活研究會臺灣分會」的主席，年約六十二歲，漢名柳調蟬，代名符號爲「CTPE37-4-6-5-2M」，極爲衆人所崇拜，他主持的五十年代人類生活研究會臺灣分會的會員，不下十萬人，該會的會旨，可由會章上的「緣起」看出：

「百餘年前，蒸汽代替人力，科學啟蒙，工業革命，可稱爲蒸汽時代，百年以後之初期，電氣代替蒸汽，百業發達，科學大進，可稱爲電氣時代，及至五十年代以後，原子能得到正常利用，工業再起革命，所以農工商業，均不爲增加資本金之收益開門，是以獲得服務人類之最高榮譽而努力，因此人類社會始達成近日安居樂業，各盡所能，各取所需之大同生活；飲水思源，吾人祖先之努力精神，生活狀況，及在此種進步過程中所作之愚昧行爲（如征伐、迫害、欺偽），與在戰爭前後人類生活之變遷等，均爲吾人研究之對象，所謂前事不忘，後事之師也……。」

該會研究上的最大困難，爲所有以往資料，均因最後一次全球性戰爭，消滅殆盡，只有搜集殘存於鄉村中未被戰火燒失的，及長輩口頭傳述的片言隻字，作爲研究參考。

歷次戰爭、壯者死，老者亡，今日的老者，正是當時的幼童，今日的壯者，正是當日的幼童的子孫，當日還是幼童的老者，對於他父母以前的生活尚且迷糊，以後的人就更不必說了。難怪他們發現了這個奇怪的老人，像獲得至寶一樣，舉國若狂了。

且說老從歡迎廣場上的玻璃室走出，立刻有一架停在屋頂的小型直昇飛車將他帶走，因爲直昇飛車的入口，與玻璃室門口相接，老人進入飛車，好像進入另一間客廳似的，一點也不覺得自己已被帶上天空。

飛車向西北方向飛行，不到五分鐘，便停留在山腰中的一所醫院屋頂上，這是安排老人養神的地方，老人正在車內彷徨，突然車門開處，走進來一位笑臉迎人的小姐。

「好呀汝，維爾康！」

「？？？」老人以微笑回答他。

「沃基尚，請來坐」。小姐以初經訓練約臺灣古方言講。

「瑪利瑪利」，老人從記憶裡搜出青年時常常聽到的話，他明白小姐的意思，第一次開口。

「依沙娜哈拉」，小姐從老人口中講出的話，明白他說的是「謝謝」的意思。小姐的臉上爆出了得意的微笑，她快要獲得未來那許多啞謎的鑰匙了，因爲小姐所從事的古方言書裡，指導這是一種臺灣南部其一高山部落常用的語言，於是她又試用高山語答他，這話的意思是「請休息呵」。

「瑪利瑪利，瓦，騎之椅，沃茶，脱苦擄躱。」老人又講：

小姐知道最後一句話，是他想喝茶，中間幾個字還是不明白，她想現在語言方面，已有些地方可以通達了，　不能通達的地方，暫時用手式表示吧，她就領著老人走入他的起居室。

此後小姐從老人的無數次講話中，憑他的智慧，尋出了一條有用的線索，她認爲老人的語言，是從古閩南語、日本語、數種部落的高山族語、與小部分北平語、吳越語、楚蜀語，混合而成，因爲音便的關係，其音調與純粹的前述幾種語言，稍有不同，她以爲這是當然的，因爲五十年前，臺灣社會上應用的語言，正似一鍋大雜膾哩。

小姐從老人處運用初學的古臺灣方言，老人從小姐處追憶五十年來快被遺忘了的兒時語言，同時從小姐處學習現時流行的可實用於全世界的標準世界語，因爲由儀器的協助，及最簡易原則的運用，一個月後，老人也是一個可以用標準世界語表現自己思想的一員了。

世界上的許多錯誤，常是由語言的隔膜造成的，標準世界語之被全世界提倡採用，自爲當時聯合國機構中心工作成績之一。

在老人到達醫院的一月中，爲使老人的腸胃能適應現代化富於營養的食物，曾經過醫師及護理師的特別的照顧，老人已具有一個精力充沛的壯年人的體質。

「老人先生，這是政府給你頒發的代名符號，你已取得大中華民國的正式國籍，所抱歉的一件事是你這樣的高齡，所編成的號碼，竟在五分鐘前本區有一個初生嬰兒之後，因爲四分鐘前，本院的醫師，始認爲你生理及心理上的條件，已夠一個國民的資格，報告政府以後，立刻頒給下來」。一天，特別爲老人服務的小姐，手持一張耐揉、防濳、防火的代名符號卡，交給老人說：

「我早已有姓名，郭芝便是我的名字，怎麼還用什麼代名符號？」

「呵，郭芝老先生，郭芝這個名字，只能當爲你的漢名稱呼應用，代名符號是每個人的代名，全世界沒有一個相同的代名符號，這樣，在通訊及國際往來方面，有很多方便，也可以避免同名共姓在戶籍上引起的糾紛。」

老人聽了小姐的解釋，覺得也有道理，接過代名卡一看，他的符號是「CTPN99-5-1-8-3M」，他對這奇怪的號碼有些惶惑，小姐看在眼裡，立刻笑著解釋道：

「你覺得奇怪嗎，說明白了你就會認爲很簡單：C是中國的縮寫，T是臺灣，P是臺北，N是北區，M是男性，亞拉伯碼，是依出生的先後次序排下來的，你是民國九十九年五月一日八時出生的第三名。」

老人明別了來源，他覺得有指導小姐代名符號的必要，問道：

「小姐，你的代名符號呢，可以告訴我嗎？」

「我忘記告訴你，我的漢名叫貴令，代名符號是CTPE81-11-7-9-22W，以後你叫我貴令好了，如果我不在這裡時，你只要在傳影電話的鍵板上，依次序按我的代名符號，我就可以出現在你的面前的。」

老人講貴令小姐的代名符號記在記事簿上，頓時若有所悟，笑道：

「貴令小姐，你的芳齡只有十八歲嗎？」

「你怎麼知道呢？」貴令臉有點紅。

「你剛才不是告訴我，符號的亞拉伯號碼，前兩字表示生年月嗎？我是今年民國九十九年生，你是民國八十一年生的，這兩個書目字的差，不正是十八嗎？」

「郭芝先生，你眞是一個大數學家，」貴令用適當的讚（贊）美來掩飾自己的臉紅，接著又自然而正經的說道：「由這裡你就得到一個應用代名符號的優點了，政府對於必須受義務教育的入學年齡，法定義務勞働年齡，及婚嫁限制法規定的結婚年齡，都是由這些代名符號得到參考的。」

郭芝老人眞想不到世界的事情，短短數十年，變得這樣有趣，他自己眞像一個初生的嬰兒，甚麼東西都是新奇的，甚麼東西都得從頭學起。

（待續）2

---

2 以上內容刊載於《無線電界》，1957 年，第五期，頁 62—68。

（三）

松濤習習，杜鵑鬬艷，正是寶島六月天氣，郭芝老人每日從窗外看膩了這些不變的窗景，很覺無聊，他想貴令小姐談談，以打發過去這一天的單調生活，他掏出記事簿，照貴令小姐的代名符號次序，在傳影電話鍵上一次押下，剛押完最後的Ｗ字，影幕上立刻有一張美麗的面孔出現，就是貴令小姐，他不覺一驚，只聽幕後一種配合小姐嘴唇動作的聲音傳來：

「你好，郭芝先生，找我有甚麼事嗎？」

老人被這樣迅速傳眞的機器驚得不知如何處置，他想起他五十年前正用的電話，他必須拿起電話筒，但是這裡除鍵板與影幕外什麼也沒有。

「老先生，您講話吧，像我在您身旁一樣。」貴令和藹的說。

「呵，沒有甚麼，我只是想試試你們的代名符號吧了。」老人急忙掩飾自己的驚惶像。

「很抱歉，我現在正爲應付他們的要求，如何安排您對他們的講演時間忙着，一點鐘以後，我來看您。」

「你很忙，不必客氣。」

「好，再見，」

「滴打」一聲柔和的聲音，鍵板回復原狀，人去影空。

老人回到靠窗前的坐椅，在書架上取下一本書隨意翻閱，除了印刷精美的多色圖畫外，同時習慣地，掀起一頁書的一角，向天空照照，彷佛自己仍然是紙張的老朋友。

圖畫以風景最多，風俗人物第二，人體美第三，其他如幽默漫畫，卡通畫，性教育畫等亦不少。有幾幅畫，僅用兩三條直線和曲線組成，他眞看不懂這畫表示的是甚麼，他記得年青時曾見到所謂「印象派」「立體派」「野獸派」等等怪畫，似乎還有「似是而非」的感覺，還勉強「成畫」，這幾幅僅有兩三曲直線的畫，眞畫得「不成畫」了，他止不住搖頭，而且所謂「性教育畫」，公然也列入藝術之叢，眞不知從何說起。

新世界，新的人群，郭芝究竟太老了！

「對不起，累您久等。」貴令像一般暖流，迅速充滿全屋。

郭芝老人等不及答話，急忙將圖書收起，放回書架。

「他們眞希望聽您的講演，因爲柳調蟬長者曾允諾他們須等您休養良好以後實行，現在醫師也對您的精力滿意了，不知您同不同意向他們講演一次？」

「講演倒可以，講什麼好呢？」

「您所知道的，都是他們希望的，當然我也是您的崇拜者之一。」

「好，先就隨便講吧，詳細情形，可以參閱我的自傳，我已將大綱完成了。」

「好極了，想不到您還是一個寫作工程師哩！……怎樣，您覺得可笑嗎？工程師是世界最光榮的稱呼，凡是對人類文明有貢獻的，不論在物質建設方面或精神建設方面，都以得工程師的頭銜爲榮呵。」

「我在青年時已是技術工程師了，想不到現在搖筆桿也可以做工程師。」

「那麼明天上午八時，我們看您這雙料工程師的表演。」

「我怎樣去會場呢？」老人擔心心這一要緊事。

那還不是件容易的事，就像您來這裡的時候一樣，跨入一個門檻，再跨出同一個門檻就得了，會場設在臺北府前廣場中央博物院直屬臺灣省人文廳大禮堂內，放心吧，明天我會來伺候您的。」

………　………　………　………

會場佈置，富麗而帶花圃氣氛，光線柔和，四周掛滿人造液培養的各種世界名花。建築式樣，採用「現代畫化」，設座不下萬座，皆臨時每人裝設一個「直譯風」，以便聽衆完全了解老人的言語，「直譯風」是由「電腦」負責翻譯，同時負責記錄及印刷，使散會時，聽衆在出口處，可人手記錄一份，當然這種印刷用的紙張，是如有電磁感應填充劑的，直接可以接受電子的記載。

開會時柳調蟬長者主席，略致開會詞後，即由郭芝老人講演，講演臺前仍然免不了放大玻璃，和藏在臺下的廣播傳送器，放大玻璃是利用光學原理，依各級座位而磨成不同的凹凸度，使每一級座位的聽衆，均能清楚的看見講演者與眞人同樣的大小。

臺外（不能稱臺下，因爲有些座位比講演臺高出百倍）響起無回聲而清脆娛耳的掌聲。

「諸位先生，今天我能參加貴會的講演，心中感覺非常榮幸……」

座中一位學者向鄰座解釋：「這是古典式的開場白。」

「現在社會進步得太快了，」老人繼續說，「就我在這短時間與小空間內所得的印象，我所知道的，實際不能與我的年歲成正比，正如政府頒給我的代名符號的次序，我只可以說是現社會的一個嬰兒……。」每個人的心理都認爲那是當然的，就拿他們自己來說，今年就比我年前不知變了多少。

「我兒童的時候，最流行使用蒸汽機傳動機器，在中年的時候，凡是新設立的工廠大多使用馬達，由這些動力傳動各種各類的機器，才能製造各種各類的產品……。」

「請稍停，」一位冒失的青年聽衆，習慣的打斷講演詞發出的詢問：「請問蒸汽機與馬達是甚麼東西，它們怎會傳動別的機器呢？」

老人覺得可笑，也很奇怪，怎麼這樣進步的時代，會有連這起碼常識都不知道的人，他只得解釋道：「蒸汽機是瓦特發明的，是用煤炭加在鍋爐裡燃燒發出的蒸汽來推動別種機器的機器，馬達是火力或水力發電機發出的電力轉動的……。」

「請稍停，」一個喜歡考古的年青會員問道：「瓦特是不是與耶穌基督同時代的古人？」

「不是，兩個人差一千幾百年哩……，」

「請稍停」，「請稍停」，同時又幾個人問道：「你剛才說的煤炭是什麼？又有所謂鍋爐、所謂水力發電機、這些是什麼？請你解釋一下。」

「怎麼連這一點都不知道？」郭芝老人有一點不耐煩了，「煤塊是由山裡面開採出來的，是一種可燃的東西，與你們家裡煮米飯的煤是一模一樣的，水力發電機是利用水壓差所產生的力量轉動的。鍋爐是用鋼板做的圓筒……，」

「請稍停，煤炭怎麼能煮飯？」

「請稍停，煤炭是什麼顏色？」

「怎麼？煤炭怎樣放在爐中煮飯？煤炭是甚麼顏色都不知道？你們怎麼這樣沒有常識？你們受過教育沒有？……」老人光火了，他覺得這樣講下去不知要講到什麼時候才能結束，跟這般白癡一樣的傢伙講演，眞不如對牛彈琴，牛不懂琴不要緊，最少牠不至於中途打擾，他越想越氣，索性走下臺來，臺下引起一陣掌聲。（待續）[3]

柳調蟬長者即忙上臺結束這次講演，他說道：

「諸位，郭芝先生的講演，可以說是給我們上了半堂科學發展史，可惜只講了這門一點就停止了。停講是他的自由，我們仍要感謝他（掌聲）。因爲郭芝先生所處的世代，是一個科學還很幼稚的世代，那些啓蒙的有如玩具型的機器，在我們現在看來，簡直可笑。關於剛才所發的問題，我有兩點感想：第一、老先生對於諸位不知用煤炭爐煮飯，煤是什麼顏色等問題而生氣，這說明科學進步得太快，因爲他不知道我們現在已大多數人不用煤爐，不用煤炭了，這兩種東西，諸位年青一點的會員同志，根本就沒有看過。他不知道原子能和太陽能已代替了煤火，水力發電機在世界上落後一點的地方還在使用，我們四川省巫山

3 以上內容刊載於《無線電界》第三卷，第六期，1957 年 12 月，頁 65—67。

峽與本省日月潭等處現在還存有遺跡。由這裡我說到我的第二點感想：諸位也許因爲太專於自己所服務的工作，對於科學發展史太忽略了，舉個例來講，日月潭大觀電物陳列館，不是存有當時使用的電氣設備嗎？大觀陳列館就是當時臺灣最大的大觀發電廠的遺址哩，因爲經過多次的改變，現在與當時比較，當然面目全非了，所以我希望諸位多到博物院去看看。」

柳長者以長者的態度訓示，大家無不心悅誠服，最後柳長者向郭芝老人道歉說：「關於諸位常用的『請稍停』一詞，這是我們現時爲滿足求知慾所慣用的方法，我們的原則是：有疑必問，有問必答，郭芝老人是不習慣這一點的，他們當時是『灌鴨食』式的講演，講演者儘管將食物往聽衆耳裡灌就得了，事先我忽略了這些不同之點，沒有告訴老人，使老人不安，甚爲抱歉，我代表大家向老人先生道歉」（掌聲）

之後，講演會在一陣歡呼與音樂聲中結束。

郭芝很後悔剛才的任性，心裡很難過，經貴令小姐溫馨的解說和安慰，才寬心許多，他覺得他應努力學習，多知道這新社會的一些東西，並且盡自己的力量，給這社會貢獻一些才對。

（四）

郭芝離開醫院，政府特替他新建一所住宅，在大陽明山區，依大屯山，向淡水海面，流泉汩汩，帆影點點，風景實在迷人，因爲陽明山曾爲中華民國復國前的神經中樞，當然成爲歷史上人人皆知的紀念地。加以溫泉水道系統，經都市建設計劃委員會的工程師們重新佈置，比溫泉出口高的地方，亦用自動開閉幫浦，分區供應溫泉，且不沾灰塵遇水即乾的人造樹脂公路，四通八達，大陽明山區，實爲優良的住宅區。當然因爲地勢廣闊，容易在住宅旁邊建築直昇飛機場，亦爲人口自動疏散山間的原因之一。

因爲郭芝老人是由舊社會突然躍入新社會，生活習慣方面，自然不應該變動的太大。設計郭芝老人房屋的工程師，考慮到這一點，所以參考古式建築加以新的圖案，創造一間特殊的住屋。外觀有金檻朱柱，鰲角龍背，室內設備，則中日美法合璧，取各所長，地板、坑床、榻榻米、化糞池，視各情形，皆有設置。

房屋落成以後，貴令小姐陪同郭芝老人，參觀一週，甚爲滿意，但是有些設備，實在不知道它的用途，他不得不求救。

「請問貴令小姐，爲甚麼這房屋令四周不見一個方角？」

「以後不要再這樣的客氣好嗎？你就叫我貴令好了，您把我當着一個五十年前的您的親密的朋友不好嗎。」熱情坦白的貴令小姐，在未回答老人的問話以前，先表示了自己的感情。接着回答老人的問題道：「這樣去掉方角，盡量利用圓弧的建築，是『現代化實用派』所設計的一部分，是爲了減少颱風阻力的緣故。」

「那麼，貴令，——我遵從你的意思，就這樣稱呼了，這房屋能不能防地震呢？你知道臺灣的地震是隨時都可能有的？」

「當然能，您不知道，現在全臺灣房屋的地基，大多數只要是新建的，都經地質工程師就各建築物地下的泥土加以分析研究過的，它的密度多大？彈性如何等等，根據這些結果來設計地基的地盤，地盤的底部是圓盤形的，如遇地震，一來因爲整個建築都隨同震幅搖動，安全性較大，而來具有彈性的地基材料，已將一部分震動抵消，同時此項彈性的地基，還可避免意外強大的颱風，將建築物從中腰承斷哩！」

「你倒很內行似的，貴令？」

「這不過是從道聽途說和自己想像中得來的吧了。」貴令小姐繼續說：「就拿您室內新設的「紙門」和「榻榻米」說吧……」

「怎麼樣？」郭芝老人提起精神來了，因爲他對於「紙」是有興趣的。

「這榻榻米與五十年前的不同了，這不過是具有榻榻米形式和用途而已，蓆的裡面是用極富彈性而多孔隙的人造玻璃棉壓成。再底下則是有孔金屬板和眞空板吸塵器。眞空吸塵器整日在底下慢慢來回的移動着，所有蓆面上的塵埃，只要一落入地面，不到幾分鐘立刻便被吸塵器吸去，這樣便用不着您們當時使用的奇怪的掃帚和擦布了。」

「紙門呢？」郭芝急忙要知道紙門。

「這更要使您驚異了，」貴令也像很內行的詳細說道：「這種紙門有很多長處，很多人都樂於用它，第一、它晚上能夠發光，使屋子內不需燈火，因爲它在製造時，內中加油某種吸收太陽能的塡料，一到晚上，它便把光線放出來。第二、當然太陽能放出來後，同時也能放出熱能，使夜中全屋溫暖，您也許會懷疑這種光能一定很熱，到了熱天，不是熱上加熱嗎？」

「那怎麼辦呢？」郭芝追問下去。

「這我就要談到它的第三優點了，太陽能的光線，不一定是很熱的，月亮與鏡子的反射就是一個例子，紙門上發出的光線所具的熱能，是在添加塡料時配合好了的，其溫度正好適合人體所需的溫度，到了夏天，因爲大氣中的濕度很大，紙門的吸濕材料，將室內空氣中水蒸氣吸入，您想，一個人身上四週的水蒸氣被除去了，汗腺得以通暢，人還有不舒服的感覺嗎？」

「對，對，言之成理。」郭芝佩服已極。

「不但此也，」貴令如數家珍似的舉出第四點好處：

「紙門上的圖畫，不是對於一個居住在室內的人有很大的影響嗎？這上面的圖畫不止一幅，是很多幅，每幅用不同的『變色顏料』畫成的。如若天晴，空氣中濕度較低，某幅畫的線條即現藍色。如天雨時，某幅畫又呈現玫瑰紅色。再加各幅畫裡，在某種條件下現出某種顏色的線條來，如此錯綜複雜的顏色表現出來的畫，當然是千變萬化的了。那種繪畫用的「變色顏料」，事實上不過是添加一些吸濕性的藥品，和具有因濕度高低而發出藥品本身離子之顏色而已。」貴令眞不愧是一個聰明，美麗，而常識充分的亞熱帶姑娘，她停一下繼續説：

「臺灣的蚊蟲和其他常侵入屋內吸人血的昆蟲，是非常討厭的。這紙門子是它們的墳墓，因爲紙門內有比您們當時使用的DDT更進步的殺蟲劑，室外有任何害蟲，只要聞着紙門中所加殺蟲劑蒸發的氣味，不久便中毒而死。蜘蛛，壁虎，蟑螂，甚至於老鼠，都不會對您和您的器物再有威脅了，您放心吧。」（待續）[4]

4 以上內容刊載於《無線電界》，第四卷，第一期，1958年1月，頁111—114。

（五）

新居中只有交誼室是全部現代化的，一切用具設備，極盡與善之能事。交誼室旁有一精緻的進修室，壁之一端充滿書籍。這些書却不是私人所有，是由市立圖書館借來。你只要利用傳影送話器，將代名符號與所借圖書號碼，向圖書館報告，立刻便有專人替你送來。有些書籍很早以前原是屬於私人所有，因爲圖書館有一種書籍交流制度，原書主都自願將書籍贈送，藉此換來他人所有而爲自己想看的書。

如果你能想研究某一專門學術，或讀某一部不易了解的書，你可借閱有關的講解影片，在自己的進修室放映，影幕上有一位教師，她以友愛的態度，聲、色、景、情併用的將書中意義完全傳授，當然你可以借各家學說，或各種應用方法的影片，先求得廣泛的概念，然後任何選擇，深研某一家之說。

進修室中還有其他自修用具，郭芝不甚明白用途，反正不外是，幫助發音，幫所了解，幫助記憶，幫助活用練習的東西。

社會是靠合作進步的，人類文化不斷的進步，也是靠每一不同智慧的個人，互相貢獻，互助合作促成的，圖書館與博物館合作，與建設資料館合作，與一切社會活動組織合作，搜集古今文件、實物、標本、圖說，由專家詳細講解，研究，推想當時情形，攝成影片，供人借用，將古今中外的事蹟，凝縮於斗室方寸之中，使閱覽者猶如身臨其境，增強理解。

郭芝遷入新居後月餘，了解的事情，一天一天成幾何級數增加。在一個圓月的傍晚，他突然靜極思動，許多少年時的印象，湧上心頭。他很想到那些違別五十年的地方，重踏五十年前的足跡。他知道那些昔日遊樂之地是變了，那些曾經供人需求的工業建設是變了，那一切一切都變了。但是變成什麼樣呢？這一變化過程，一定有許多可歌可泣的事，這一變與未變之前的對比，一定可得到許多樂趣，不是嗎？當你在童年時月下乘涼，諦聽老祖母講述她當年遺事，你不也曾注意到老祖母在懷念往事時的回憶之樂，與悵望未來時惶惑的面孔吧！

郭芝是有福的，他兩脚跨了兩個時代，他一踏步走了半個世紀，他沒有看到社會步進的軌跡，猶如尚未聽畢一首催眠曲的女童，一翼飛入了化境，讀者怎不爲他慶幸哩！

這晚郭芝失眠了。

「貴令，請幫助我！」郭芝明後在傳影電話器上會到貴令：「我想到臺灣中南部去旅行一下，想看各方面的建設，不論是農業或工業的。」

「很好，我也想到這點，大體已替你安排好，何時動身？

「讓我替你另覓一個嚮導。」

「就是今天動身，但是嚮導爲甚麼不找你自己？」

「我對農工方面的事，知道的太少，還是另外替你找一位專家的好，希望你待她像待我一樣，我想你們一定會一見如故的。」

「我們就這樣分別嗎？」

「是的，但這分別將會使你的生活更有趣，再見。」

這最後一句話，說得郭芝莫明其妙，他莫可奈何地倒在沙發上。

（六）

「你好，郭芝先生。」一個美麗的姑娘，出現在郭芝的起居室門口。

「好，好，貴令，剛才不是說過再見了，怎麼你又來了哩？」郭芝又驚又喜。

「……」她笑了一笑，沒有回答。

「對我疏遠了？怎麼不講話。」

「在禮貌上，我現在似乎不應該講太多的話，等一會或者你又會嫌我的話太多哩。」

「算你的嘴尖，又是似乎，又是或者——好，不講這個，我且問你，不是說你要替我介紹一位專家嚮導嗎？」

「不敢當，不敢當，那裡敢稱專家，只不過對農工業建設方面稍稍熟習點吧了。」

「究竟怎麼回事，你今天換了一件衣服，就像換了一個人似的？」

「你猜的不錯，我這套衣服，是農工服務廳的制服，與其他廳的制服不同，不過，請原諒我，我希望你能喜歡我，像你對姐姐一樣。」

「像你姐姐？」

「啃，」她神秘的笑了一笑，「在你還沒有決定旅行以前，我們早就計劃好了，姐姐要我擔任這份差事。」

「你不是貴令？」

「我是貴典，貴令的妹妹。」

「一點看不出你們倆人有何不同，你們是同時生的孿生姊妹？」

「正確的說，她要比我早生五分鐘，怎能說是同時生的。」貴典像一隻小貓捉弄夠了一隻老鼠然後將牠釋放似的得意。

「小鬼你們眞有一手！」郭芝也覺有趣。

「說正經的，我還是同姐姐的一樣稱呼你吧，郭芝，你的旅行計劃如何？」

「說不上計劃，我只有一個概念，我希望先有一個現時臺灣建設的輪廓，然後再到中南部去實地看看。」

「很好，一定照辦，爲節省時間起見，讓我先利用「身臨景」替你介紹，其次的以後再說。」

郭芝的起居室，本來有一具身臨景，這東西是專爲來臺觀光旅客設置的，有銀幕成一百八十度弧形，你坐在幕前圓心的所在，看見幕上映出的事物，與你坐在車上或飛行椅上所見的沒有兩樣，人眼的視線弧度，最多只有一百六七十度，超過視弧的幕景，除非你左顧右盼，你是看不見幕邊，自然感不到幕的存在，只以爲身在景中了。

「這裡是大臺北市全景，」貴典扭開電開關後，就讓身臨景放映機自動放映，不需用人照顧，她坐在郭芝側座，親切的解釋着：「主要的街道，都改爲四線道，快慢車各不相干。這些主要街道，都有計劃地組成各種圖案，譬如這一街區，爲有名的梅花區，四線道構成花的邊緣，雙線道將花分五瓣，花心爲一廣場，廣場中心爲直昇飛車停車場，專供公共停車用。各人停車後，可由中心入口，經由放射形的地下道穿過廣場，分別轉入花瓣中各放射形的地面街道。這地面街道好似梅花蕊，由單線道構成。市民的住址，亦依圖形由大到小，分別編號。就以梅花區爲例，如果一個人的住址爲「梅3—5—165—38」，就表示住在梅區第三瓣，第五條花蕊街，一六五號樓房內的第三十八號，地面車與直昇飛椅，都附有立體模型地圖，按圖飛停，極爲方便。……」

「請稍停」郭芝也學會了這一疑問的口頭語，「那些房屋頂上的白點是什麼？那一條長的河道有許多船隻，在我的印象裡，五十年前似乎沒有這麼一條河。」

「那白點不用說是私人屋頂直昇飛車停車場，至於那一條有很多船的河，是一條運河，在大臺北市計劃時，將臺北原有的基隆河加以疏浚，一直到八堵，再將八堵與基隆間的山嶺開通，以與基隆港連接，如此一來，基隆港噸位較小的船隻，可一直航行，經過沿岸的工業區，山開[5]住宅區，牧獵區，林間公園，文教區，以達市中的商業區，再由原來的淡水港出海。」

「那，我們現在住的陽明山，不是成爲一個小島了嗎？」

「當然哪，你看區幅模型地圖，大陽明山東起基隆港，西至淡水港，不正被這一衣帶水的運河圍繞着？」

「你說到這裡，我想起一個問題來，」郭芝若有所悟的說：「記得五十年前，當我從當時的草山乘公路局汽車，沿公路蜿蜒而下時，我看見士林鎮附近的一條河，似乎是經過劍潭吧，彎彎曲曲的流經北投，再與淡水河匯合出海。其中一個曲處，與淡水河非常接近。當時我想，如果在那最接近處開一條運河，使兩河連接，並將流向北投去的那一段堵塞，那些舊的河床乾涸後，不是會憑添幾千畝良田嗎？」

「你的想法很對，」貴典繼續解釋道！「請看這一張圖片」，已將你的想法實現了，原來的河床，除用一部分作爲遊樂區外，其餘的土地，正開著稻花哩。」

「我眞高興，年青時候那些胡思亂想，至今才證實並不太荒唐咧。」

「講起土地利用問題，你看這一段風景。」貴典將放映影片換上另外一段：

5 整理者註：原文如此，似為「間」的誤印。

廣漠的大地，一片一片從圖面上滑過，有油綠的平原，有青蔥的山林，有蜿轉的河流，有恬靜的村莊，村莊與村莊間，村莊與小鎮間，小鎮與城市間，都有各種大小不同的道路，終年常綠的行道樹，沿著道路，將大地劃成無數美麗的線條，構成無數幅難以描繪的圖案。

圖片繼續的滑過去，郭芝也不斷的在猜測，這裡似乎是舊時桃園，那裡也許是昔日新竹，臺中也許過了，這不很像嘉南平原嗎？這些圖景，在郭芝的腦海裡，都有似曾相識而又很陌生的感覺。

（七）

「有一件事我不明白，」郭芝突然詢問貴典：「在一大片一大片的平原裡，爲什麼總是綠色一片，看起來很是單調，像缺乏一點甚麼似的。」

「你說是種植的東西？」

「不，在我的記憶裡，當我們向田野瞭望時，總是看見一方方一塊塊的，有綠有黃，有各種色彩，但是由這影片上看來，不像田野，倒很像是通過許多廣大的草原，無邊無際。」

「你是在懷念『田連阡陌』的情況吧？」

「是呵，經你一語道破，我想起來，那些劃分田畝的田埂在那裡去了？」

「田埂嗎，種上作物了，你們兩個時代的人多自私：把好好的田土劃成一方一方的，還要加上若干萬丈無用的田埂。」

「這是我們祖先傳下來的，而且這樣也沒有錯呀。」郭芝受不住貴典的奚落反駁道。

「沒有錯？你們有否考慮到土地的最大邊際效用？這些田埂的面積估計起來，恐怕要佔去可耕熟土的千分之五以上，我們如果將代表私心的田埂鏟平，在原有的田埂上種上農作物，它們不會替我們增產幾千萬噸的糧食嗎？」

郭芝沒有想到，郭芝以前的人，似乎也沒有重視這點。

「我們將大塊平原用機器拉平，用機器耕種，然後用經緯儀分劃各人的耕地，立上標竿，我們的田埂——正確點說，稱爲各人耕地的分界線吧，是在兩枝標竿之間的直線空間上，不是有形的橫在有用的地面上。」

郭芝暗忖，這也不無道理，雖然開始實行起來，要遭逢許多困難，但是如果在這道德水準高的社會裡，一部分有知識有科學頭腦的農民領導示範，也是不難推行的。

「爲節省時間，現在讓我介紹一件正在推行的水利工程。」貴典換了另一鏡頭：

這是一張立體模型，一群大山之間，有一碧綠的大水潭，潭中島峯羅佈，遊艇點點，加以亭臺樓榭，飛閣虹橋，正是一水上公園，潭堤下引出若干條大型水管，蜿蜒南北。在適當的地方，大管分出支管，支管再分小管，有如葉脈分佈大地，然後再由無數小管合爲支管，再合爲若干大管與海口連接。

貴典解釋道：「這是血脈化水利工程的一個例子，無論進水排水，都用水管與閘閥管制，所有農作物，永無乾旱現象，永無盈雨爲異。」

「這似乎只是理想而已。」郭芝心中不以爲然。

「理想？不錯，這是理想，但這理想已理想完成了。」貴典很認眞，「現在這種高度科學化的國度裡，裝設一些水管算得了什麼？你想，大地上那許多大小河流溝渠水道，佔去了多少寶貴有用的土地，現在水道換上地下水管所得來新生地，正以一年五次的收穫供我們的食用哩。」

郭芝沈默無語。

「我再告訴你一點正在實驗中的事：我們在人定勝天的原則下，想由人與人爭的社會，逐漸做到人與天爭的社會，例如在甚麼季節裡需要若干吋雨量，在甚麼地區不需要那過多的陰雨，我們都由我們的農業氣象局來操縱，再如爲害最大的颱風，我們已與太平洋各氣象局聯合，一旦颱風開始形成，我們便想用減壓法使已被激動的空氣漸次消除。」（完）6

6 以上內容刊載於，《無線電界》，第四卷第五期，1958 年 5 月，頁 61—67。

雜文

南京國立中央大學概況

（預備留華者之參考）

青釗

上[1]

近數月來、散在中國各處的留學的臺灣學生來函詢問敝校狀況、或索取入學簡章者源源而來、大有應接不暇之勢；就是留學日本或在臺灣的學生們預備轉學到敝校來的、借了臺灣民報的篇幅、發表些敝校概況及入學簡章、以供希望轉入敝校肄業的同胞參考。

一、招生簡章

甲　大學預科生：

（一）資格：

以新制高級中學二年修業為原則、但舊制中學畢業者、亦得應試。

臺灣學生當以中學、高女、師範畢業或中等學校修業五年者方得入學。

（二）學額：

歷年至多不逾五百名、男女兼收、不限省籍國籍。

（三）考試科目：分通試選試兩項

子、通試科目：

---

1 本文刊載於《臺灣民報》，昭和四年（1929）3月17日，第八版。

(1)三民主義
(2)國文
(3)外國文（暫以英法日文為限、但因事實關係須兼試英文作為第二外國文）
(4)算學（代數、平面幾何）
(5)常識（公民、史、地、科、博、物）

丑、選試科目：任選四門報名時註明

(1)中國文學史
(2)論理學
(3)世界歷史
(4)世界地理
(5)算學（三角及大代數大意）
(6)物理
(7)化學
(8)動物學

(9)植物學
(10)地質學
(11)第二外國文(法、德、日文或英文)
(12)圖畫
(13)音樂

寅、體格檢查:
於入學時舉行、凡身體有傳染性之疾病有礙公共衛生者應不得入學。

(四)考試日程:
歷年自八月初旬至中旬、約五日間(考試當日由校備午膳)

(五)考試地點:南京北極閣本校。

(六)報名日期:歷年自七月初旬至七月下旬截止。

(七)報名地點:本大學註冊組招生股。

(八)報名手續:報名時應繳各件分列如下:

(1)報考履歷志願書表格另附。

(2)畢業文憑或修業證書（審查後發還）。

(3)最近四寸半身相片。

(4)報名費二元。

以上各項手續務須完備經、審查合格後給予報考註冊證。在考試前二日親到本大學註冊組憑報考註冊證換取准考證、非本人親到概不發給。

（九）揭曉：

歷年錄取新生姓氏定於八月下旬三天內登上上海各報紙發表。

（十）開學日期：歷年九月中旬。

（十一）入學手續：入學時應繳各件分列如下：

子、入學志願書

丑、保證書（保證人須在南京附近或通信便利之處）

寅、繳費：

(1)學費：年分二學期、每學期二十元。

(2)體育費：每學期一元。

(3)藥費：每學期一元。

(4)講義費：每學期五元（每學期終結算、有餘退還不足補繳）

(5)損失費：凡有實驗及實習之學程、每學期繳費二元。

(6)宿費：

1.男生宿舍及女生宿舍（普通宿舍）每學期十元。

2.田字房宿舍（入軍事教育者）免費。

每學期應繳費用計三十七元（膳費書費不在內）至若每學期每人必須費用後當詳述之。

（十二）修業年限：

本大學為補救目前各地中學生升學之程度不齊計暫設預科其年限為一年。

乙 本科一年級生

（一）資格：凡考取預科之學生得受學分試驗按照本校各項預科科目以四十學分為標準。

應試者如有三十而學分及格之學程方准為本科一年級學生、但受此項學分試驗者須於報名時在履歷職員書上註冊。

（二）學額：以二百五十名為限。

（三）入學手續：與預科生同。

下[2]

二、大學本部各學院組織概況

大學本部共分八學院、除醫學院及商學院分設在上海外、各學院均在南京。茲將個學院與個科系統分述之。

（甲）理學院（即前之自然科學院）：共分七系。

（乙）法學院（即前之社會科學院）：共分三系。

（丙）文學院：共分五系。

（丁）教育學院：共分一系、三科。

（戊）醫學院：共分五系。

（己）農學院：共分三科。

（壬）工學院：分五科。

（癸）商學院：共分四科。

2 本文刊載於《臺灣民報》昭和四年（1929年）3月24日，第八版。

三、概況

來自國內學子有志向學者、莫不群趨來京。

歷年投考本校者輒以千數。為他校所未有。細考其故、有最大原因五、茲略述之

1.設備完善：該校每月經常費為十七萬元、校中設備之完善、向為一般人士所讚許、外人之參觀該校者莫不讚嘆而還。

2.費用低廉：該校生活程度較國內各大學為廉、茲將個人經驗及調查所得詳述之：

用度	數目
學宿雜費（每學期初應繳納會計組）	三十七元
膳費（每月結算）	七元
書費（每學期）	約四十元
洗衣費（每月結算）	四角
衣費（每學期）	約二十元
雜費（理髮、郵票、車資等每月結算）	約一元

總結：

每學期費用	約百四十八元
每月費用	約二十五元
每日費用	約八角三分
每學期費用	約百四十八元
每月費用	約二十五元
每日費用	約八角三分

綜計各款：每人每學期費用、應備華幣百五十元、則可敷用、較上海各大學幾廉一倍。

3.免費：

該校為體恤貧寒學生求學起見、設有免費生、如學生家庭確係貧寒、無資求學者、可呈請學校核准為免費生。

4.校風良好：

吾人擇校求學、最關緊要者莫過於校風之良否、倘一校址設備雖完善、而校風不良者、吾人必不過問焉。該校々風素以樸實好學見稱、同學中雖或有一二所謂資本家之少爺小姐、日着冶艷洋裝、以耀人目、大抵男女同學多以儉素自守、毫不務華、一以學問是求、實為當代國內大學中不可多得者也。

5.服務有所：

該校畢業同學均由學校當局負責派往各機關服務相當職任；畢業成績優美者或送入中央研究院為研究生、或送留洋。

四、留華臺灣學生之好消息、

1.保送免考入學：

自來臺灣學生負笈來華者輒為當局多方阻撓、欲得護照一紙、殊非易事、國府教育部早知臺胞苦衷、斯後凡吾臺胞有志來華求學者、一經呈請、立即准予保送編入當年級肄業。來華學生須預備畢業證書或成績證明以便呈請保送之用（如持有臺灣各大機關或團體之介紹書尤妙）

特注：呈請保送一事、限於初來華者；凡已肄業國內私立學校之臺灣學生欲轉入國立大學者、雖呈請亦不見効、仍須經考試及格方得轉學。

2.閩省教育廳之津貼

本年福建省教育會議、對於閩省留學津貼事曾加以討論、結果規定凡肄業左列四校之閩省學生均得呈請津貼、津貼費每年每人百元。凡屬閩省籍華僑學生肄業此四校者亦得呈請津貼。

南京國立中央大學　二十名
北平國立北平大學　十名
廣州國立中山大學　十名
上海交通部交通大學　五名

本校概況及入學手續、既如前述、茲再將管見□及為預備留華諸君一述之、俾來華之前、有所考慮。

一、上海非求學之地：

上海繁華、甲於東洋、素所聞知、淫逸奢侈之風、喪身敗名之事、不求自至；青年血氣方剛頗易失足、為求學而來者、反墮落以還。且上海野鷄大學、到處林立、難以枚舉、多為營業色彩、豈眞有心辦學者、初來學生不知內容、每為所誤、失足而流落者、大有其人。竊以為出來學生切不可留戀滬地、願預備留華諸君細考慮之。

二、宜預習語言：

國內大學大都以國語（官話）或英語講授、初來學生、每因未諳語言之故、不得講授要領、大為吃虧。切望留華諸君、在未入學之前、宜預先通識國語及英語、使入學之後、方不致有臨渴掘井之虞。

綜上數端、均舉諸緊要者因篇幅所限、未能盡言。既承切問、略舉所見、以資參考、冀有所俾益留華諸君於萬一也。

一九二九年二月十九號於中大圖書館

*附言：關於本校入學諸事、如有所詢問、請函寄「南京國立中央大學青釗收」謹當一々奉答。

雜文

南支臺灣留學生的眞相解剖

——答昭和新報

紫鵑

在這個國事多端的年頭、每個新聞記者感覺着特別的忙碌、他們都特別的張大着眼睛和耳朵觀聽「普天之下」的大事新聞、他們都掛着「有聞必錄」的金字牌額、可是往往々使我們讀者懷疑、不敢相信「有錄必賞」。

更可佩服（?）的、尤其是我們島內記者先生們——也許不盡然吧——爲甚麼放着「國家大事」「國際要聞」忽而不錄、偏々把那無關緊載的謠言怪談、以實報端；識者知其信口雛黃、無知者未免信以為實。如前月—記不清那一號了—某報登載、南京紫金山頂飛來一塔之怪聞、凡稍有常識的人、都可以猜想得到是事實所不能的、而某報竟大登而特要之、豈不是荒天下之大唐嗎?

小事休提、言歸正傳、現在把「對岸南支臺灣留學生的眞相解剖」重新來解剖一下。因爲昭和新報的記者先生的解剖學々得太糊塗了、把個南支臺灣留學生解剖得幾乎要發生人命案來。留學生的本身康健得很、毫沒有病的象徵、而記者先生却硬把他解剖得幾乎要他的命、眞是冤哉枉哉也!

凡要評論一件事物、在未下筆之前、我們應該張大着眼睛、要有深切的觀察和精密的考慮、同時要根據事實、然後下筆。如果不靠事實、信口雌黃、事宜誣衊爲能事來批評、是自貶其人格、誰都看得透的。我們的民衆誰都知道、昭和新報是個「御用」報紙、牠的宗旨是「御用」、是反動、是誣衊；自來就為一般民衆所不齒的了。這次誣衊留華學生的事、本來就用不着被誣者自己的來辯白，也用不着第三者出來說話、水落石出、民衆自己會明白的。誣衊只管由他誣衊、本來可以置之不理、可是我們的同胞中、難免有少數不明眞相的父兄、所以理智迫着我來站在第三者的地位說幾句話。下文便是請教昭和新報的話。

南支各地的臺灣留學生全部是在臺灣或日本的學習不得入學的劣貨嗎？記者先生、請把他們的履歷詳細的調查一下再來談吧！誰不知道他們都是優秀的份子？老實告訴你吧、他們大部分是臺北師範、淡水女學、臺中々學、臺南一中、臺南商專、長老教中學、新樓女學等的優秀學生轉學過去的；並且由日本的學校轉學過去的亦不乏人、這都是真憑實據、人物尚在、毫不能造假的。是的、其中也有在臺灣的學校不得入學的學生、因爲他們大都是無產階級的子弟、爲了經濟的××、當然不夠資格受資本化的××教育、他們爲求學的熱誠、歷盡千辛萬苦、好容易得到的一紙護照、不遠千里負笈到教育平民化的中國來求學、凡有理性的人都應該竭力贊助的。何況現在的臺灣、日臺人的教育機會不均等的×聲、日有所聞、有志求學而走頭無路的學生、不知道有多少；方幸有教育平民化的中國，使一般走頭無路的學子有所歸宿、今記者先生竟起而反對之、豈不是自絕生路嗎？

中國的教育破產了？記者先生、「坐井而觀天、曰天小者、非天小也。」別的姑置不論、現在單就記者先生所着眼的廈門來說；

廈門的集美學校、是個規模宏大的中等學校、每年的經常費二十八萬元。其校風之良好、其成績之斐然、為一般社會人士所共鑒、不必多贅。外人之參觀是校者莫不讚嘆其創辦的精神。不用說臺灣、就是日本全國恐怕也找不出一個比集校更規模宏大的中等學校來！負笈南支的臺灣留學生、大都就學於此、終日孜々不倦、惟學是求、不營外務。因爲該校的程度比臺灣各中等學校爲高、所以由臺灣中等學校轉學過去的學生、每因程度不夠、吃虧一年半載的也不在少數、其中也有臺北師範的畢業生來該校插入水產部二年級的。如記者先生所說的、不但沒有嘉義農林的卒業生來做過教員、並且由該校的畢業生來應入學試驗、不幸名落榜後的。該校的教職員都是國內著名的國立大學的學士、其學力足以教中等學校而有餘！

多數的留學生中難免有一二敗類、不務正經、記者先生不知根據甚麼邏輯、竟以一推衆、這可以說是公平的論調嗎？

中國近年來到處的學校、不論大中小學、大都是男女同學、使男女的教育機會能夠均等、這是誰都不能異議的；只有道學先生、不知時勢的變遷、不識時代的潮流、視男女同學爲莫大醜事、把「人心不古、世道日衰」的話、日夜奉爲口頭禪、甚至亂造謠言、誣衊女性、未免太自貶人格了！男女同學間、因羨慕而發生戀愛者往々有之、至如記者先生所說的發生性的關係、而致妊娠以退學者某未之聞也！記者先生放心吧！用不着你來吃醋！

最後奉勸記者先生把那「有聞必錄」的銀字牌額脫下來、另掛上一個「有錄必賞」的銀字徽章、省得日夜勞神、還要向人家道歉！

一九二九年六月二十九日　於南京國立中央大學

雜文

「戲曲成立的諸條件」的商榷——致葉榮鐘氏的一封信[1]

紫鵑女士

榮鐘先生：

的確、先生是個忠於劇界的戲劇批評家、爲了江老先生的一篇獨幕劇——「病魔」——初則花了你許多心神，來爲劇申冤，絕對的說牠不是劇；繼而費了你多大的功夫、寫了一大篇的「戲曲成立的諸條件」、使一般不知道藝術爲何物的我們——讀者——恍然大悟、領略了戲劇的秘訣。這不由我不握起筆來一般讀者向先生道謝！同時也不得不使我把一些疑問、來請問先生、望先生有以教之：

先生說：「現代劇不能像舊劇用獨唱或獨白來表現人物的性格。」這可不是寫實派作家的口吻嗎？他們以爲眞實的人生決無自己向自己說話的道理、所以應該絕對的把「獨白」廢止。可是我們從人類的情感和心理方面觀察起來、「獨白」似乎不是絕對的沒有的。無論誰都一定有過這樣的經驗吧：在發怒的時候、會獨自一個人說：「眞可惡」；在懊喪的時候、會自己對自己說：「倒霉！」或是「要命！」；在天氣酷熱時說：「熱死了」寒凍時說：「凍死了！」；如此自己向自己說話的事實、都是常聽到的。況且現代名劇裏也在往々有獨白、例如：

1 本文刊載於《臺灣民報》，昭和四年（1929 年）9 月 15 日，第八版。後原文重刊於同年的 10 月 20 日第九版，僅刪去了最後落款標註的日期。

郝：（走來走去。）哼！可怕！到這時我纔睡醒！過了八個足年──我最疼的、最寵愛的人──原來是個騙子──比騙子更壞、更要壞──原來是一個犯了罪的人。唉！說不盡的醜！呸！呸！

──見易卜生集「娜拉」第三幕──

這顯然是「獨白」的性質、在這裏應用得很自然、觀衆幾乎都被瞞過了。所以我以爲「獨白」並不時絕對不可能的事、不過不能過於太長、太長了、就會變成了瘋子的說白。在可能的範圍內、我以爲「獨白」是不妨於事的。先生以爲如何？

先生又說：「戲曲的內容第一要使觀衆能夠充分理解……」這裏很有討論的餘地；我以爲好的戲劇往々使觀衆不但不能充分理解、並且會使他們發生反感的。你看、易卜生不是個戲劇的巨型嗎？爲甚麼當時的民衆會給他一個「不道德作家」的頭銜呢？「娜拉」（先生所說的「人形家庭」）一劇可不是空前絕後的傑作？爲甚麼自從「娜拉」發表以後、當時的民衆竟把易氏攻擊得不遺餘力、把他當作一種害人的洪水猛獸看待呢？其最大的原因就是當時的一般民衆對於藝術的鑑賞能力不足以理解易氏之傑作。就從

「娜拉」一劇裏出一個例子來說吧：

郝：眞是豈有此理！你就這樣拋棄你的神聖的責任嗎？

娜：你以爲什麼是我的神聖的責任？

郝：還用我說嗎？是你對於你丈夫同孩子的責任。

娜：我還有別的責任同這些一樣的神聖。

郝：沒有的事、你說的是什麼？

娜：我對於我自己的責任。

——見易卜生集「娜拉」第三幕——

娜拉簡直是個叛逆的女性、在當時歐洲的婦女的神聖責任還是那天經地義的「從父、從夫、從子」的！何物娜拉、何物易氏竟敢大膽的去和當時的社會制度宣戰？怪不得民衆給了他一個「不道德著作家」的頭銜呢！可是因爲「娜拉」的出世、後來竟喚起了一般婦女的覺醒、竟喚起了婦女人格的獨立、使她們去做個獨立的「人」。

從這一點看來、「娜拉」一劇在當時不但不能使觀衆充分理解、反被罵爲不道德、然而「娜拉」終不失爲偉大的傑作。假使易卜生在著手著作「娜拉」的當兒、顧慮到當時的民衆的理解力上面去、迎合民衆的心理、使娜拉不出奔、末了仍舊做了她丈夫的玩物兒、那「娜拉」絕不會流傳到現在被世人稱讚的。

自我們貴島內的民衆、自來所藉以娛樂的不是京戲就是什麼歌子戲、他們很少有機會並且也沒有眼福看到新劇的表演、他們的理解力如何、他們對於藝術的鑑賞力如何是可想而知的、假使現在把王爾德的「莎樂美」一劇排演給他們看、他們絕不會鑑賞到「美」上面去、他們所感覺到的只是莫名其妙吧！

在這裏——民衆的鑑賞力像這樣薄窮的地方—戲劇的內容是不是應該降低了自身的將之去俯就他們、使他們能充分理解呢？對於這個問題、我總是懷疑着、終於不得要領！不過在現代、藝術運動已超過了民衆運動長足而進、藝術運動無論如何半刻都不容易停頓的、所以雖是民衆的感受力如何的薄弱、鑑賞力如何的浮淺、藝術的本身、換句話說就是戲曲的本身似乎不應該降低了牠的價值、去俯就民衆的、不知道是不是？望先生加以指正焉、幸甚！

一九二九年八月二十二日於南京　紫鵑寄

〈戲曲成立的諸條件的商榷
——致葉榮鐘氏的一封信〉

口述歷史

先父黃鑑村先生

——黃華馨、黃華容口述、黃麗鈴筆述

顧振輝　訪談整理[1]

黃華馨[2]：

我大哥黃華萌比我大一歲，生在南京，那時父親在中央大學唸書。我出生於民國二十二年（一九三三年），出生在上海的聖瑪利亞醫院[3]。那時父親剛畢業，沒錢付賬，就在出院時在醫院病房的茶几上擺了幾本與他專業有關的英文原版，就當作是醫藥費了。在上海，我記得我們當時就住在上海虹口地區的北四川路上。父親住在霞飛路四明里是後來的事了。當時大媽、二媽兩個家庭不是住在一起的。

父親在《申報》工作時，曾和黃履中一同共事，他是浦東人，也是無線電專業的。記得他說的上海話是有點讓人聽不懂的。他之後也來了臺灣，曾做過我們中國無線電協進會的理事長。

1 該口述訪談共計兩次，第一次：二〇一七年十一月三十日上午。地點：臺北市中正區新生南路二段一四四號三樓，中國無線電協進會。第二次：二〇一八年十月四日中午，臺北中正區隆記上海飯店。前後又有若干次的電話致詢。其中，二〇一九年九月十九日，黃華容筆述《家父黃鑑村與中國無線電協進會的淵源》。黃麗鈴筆述兩次，第一次：二〇一七年十二月十二日深夜，第二次：二〇一七年十二月十七日深夜十二點半。

2 黃華馨（一九三三—），行二；黃華容（一九四九—），行六。

3 今上海瑞金醫院。

記得我小時候曾在虹口公園走失過。當時虹口公園門口就寫著「華人與狗不得入內」。那一塊是日本人的聚居區。我走失後，由日本的警察把我帶到了派出所。我父母後來就來到派出所，經過父親用熟練的日語進行交涉後，就把我順利地接回家了。

父親日語很好，且又從臺灣來，而被日方看中，要委以要職。父親不願背上漢奸的罪名，再三予以拒絕。後來就上了日方的黑名單。在太平洋戰爭爆發以後，日軍進佔租界，為了躲避日本方面的抓捕，舉家遷徙目標太大，避免過於矚目，父親就獨自前往浙江菱湖，我母親就帶著我們在南京靠著父親的接濟生活。我曾在南京的大行宮小學唸書。我記得這個小學對面就是國民大會堂。近年我再去看就找不到了，應該都被拆掉蓋大樓了。我們幾個小孩和母親避居南京之後，我們就未曾見過父親，一直到臺灣後才又相聚。

父親名叫黃鑑村，字青釗。所以，他還用過另一個名字——黃青釗。我的母親，即大媽（黃陳愛月）生了六個小孩，二媽（黃沈惠珠）生了七個小孩。所以，父親共有十三個孩子。

我的母親黃陳愛月，原是在臺南的一家私人診所裡當護士，與父親不期而遇。當時父親剛從廈門的集美中學畢業，準備去上海繼續深造，兩人沒正式結婚就一起去了上海。似乎是家裡不同意。我印象裡，他倆沒有正式結婚，但後來在戶籍上就登記上去了。父親在生我時的經濟困窘，可能一方面是我祖父比較揮霍又抽鴉片，而至家道中落。另一方面，父親和我母親的婚事，遭到了家裡的反對。他們私下一起去了上海，祖父可能因此就斷絕了父親的經濟來源。

在大陸時，父親結識了曾任江蘇省財政廳廳長、交通銀行總經理的趙棣華，他是國民黨的高官。他的兒子趙耀東後來在臺灣還當過經濟部部長。臺灣光復後，父親就在趙棣華的安排下被國民政府派回臺灣工作。臺灣光復後，父親隻身回到臺灣，初期是在臺灣石炭調整委員會基隆辦事處工作，擔任主任一職，之後又到樹華公司擔任專員。等到父親工作安定之後，我母親就帶著我們一家，從南京經過上海來到了臺灣。

在南京我們居住的地方，恰好和連震東是鄰居，父親在大陸時和連震東即相識，又是臺南的同鄉。臺灣光復後，連震東一家坐船到基隆時，就是父親幫忙接船、安排住宿的。我和連戰還是成功國中的同學。記得連震東的夫人是天津人，講得一口北京話。她信基督教，每次去他們家做客，她都會鼓勵我去信教。我不太感興趣，總是敷衍搪塞過去。

當時為了把妻子兒女都帶回臺灣，在戶口登記時，父親就用黃青釗登記了他與黃陳愛月的幾個孩子，用黃鑑村登記了他與黃沈惠珠的孩子。所以就這樣，黃青釗與黃鑑村在臺灣的戶籍上一直是兩個人。這樣一來，我們的祖籍就變成了臺灣臺南，而二媽的幾個孩子的祖籍就是福建晉江。前一陣，我的幺妹黃麗鈴還向區公所要求，證明這兩個人是同一個人。區公所很幫忙，他們查到了我們從一九四五年到臺灣來登記時的戶籍。那時，為了這件事，區公所還特地召集相關人員開會，但結果被否決掉了。表示不同意。事實上，這登記的出生年月日相同，父母的名字也相同，應該就能證明黃青釗與黃鑑村其實就是一個人。

我們一家剛到臺灣時，大媽和二媽並不住在一起。我母親和幾個孩子住在西門町紅樓附近。父親和二媽一家則住在廈門街。一九四七年二二八事件時，因為沒有和父親住在一起，我不了解父親的情況。那年我十二歲，記得那時很亂，很不安全。可能我那時還小不懂，常跑出來看熱鬧。當時，有不少的起義民眾想要佔據廣場的派出所，我還圍觀過。一九四九年，我母親過世後，父親就把我們幾個小孩一起接到了廈門街。

在一九五〇年代時，我二媽因為通過在香港的親戚黃幼輝轉信與上海的家人聯絡。因為地址寫的是中華無線電傳習所，被省保安司令部發現後，曾把父親抓去關了一禮拜。幸虧有熟人作保，才讓父親有驚無險地重獲自由。當時，我的父親整整失蹤了一周。因為父親是國民黨的老黨員，同時有一位曾在草山革命實踐研究院和父親一同受訓，並住上下舖的同學王惠民，當時他擔任保安司令部電監處處長。他了解到父親的情況後，他以個人的身家性命作保，相關部門才最終把父親給放出來。西門町在日治時期有個東本願寺，光復後成了臺灣保安司令審訊關押政治犯的監獄，現在成了獅子林商業中心。王惠民打電話到家裡讓二媽去這個地方接父親回家，那時我們一家真是擔心死了。

父親愛好戲曲，還喜歡《蕭何月下追韓信》。那時中華無線電傳習所在臺北市的西寧北路的五十六號，離著不遠的迪化街上就有個永樂戲院。顧正秋當年在那裡帶常年駐場。那時，我還和顧正秋團裡的大花臉王壽奎學習武生的戲《牧虎關》。那時傳習所裡教唱京劇，估計是和永樂戲院就在附近有關。我記得父親也喜歡流行歌曲，他在一九五〇年代時沒事就會哼上一曲《賣相思》，想來也是對亡妻一種懷念吧。我還曾把它的曲譜給記下來了。歌詞如下：

我這心裡一大塊 左推右推推不開
怕生病偏偏又把病兒害 無奈何只好請個醫生來
醫生與奴看罷脈 說了一聲不礙

不是病來可也不是災 不是病來可也不是災
這就是你的多情人 留給你的相思債
敝醫生庸庸 無法把方兒開 且讓你只好把那相思害
從前不把相思害 猛然害起相思來
怕相思偏偏入了相思寨 無奈何只好把這相思賣
大街過去小巷來 叫了一聲相思賣
誰肯來買我相思去害 誰肯來買我相思去害

我有記憶以來，父親專業領域是在「電子工程」這一塊。一九五一年十月在臺北設立「中華無線電傳習所」任校長，一九六一年轉任臺灣電視公司的工程師，因為父親懂得日文，故負責與日本富士公司作技術上的溝通。對於中國無線電協進會與臺灣首家電視公司的開創，父親的參與實功不可沒。父親從臺視退休以後，又開創了華松電子公司，到了老年還是雄心勃勃於事業上，可惜到了老年得了失智症，才賦閒在家。

印象中，父親是一個很嚴謹的人，完全是一派學者風範，不會主動參與社交活動。對於子女無論生活方面、教育方面，從不加以管束，放任子女自由發展。對我個人而言，父親對我影響最大的是继承父業從事從事電子技術之教學。父親一貫認同國家的統一，我們中國協進會的標誌背景就是包括外蒙的、中華民國的版圖，這就看得出創會先輩們的立場。在陳水扁執政時期，內政部曾要求我們協會把「中國」改成「臺灣」。我們就堅決不同意。

之前，我除了知道父親是一位工程師外，對其具有文學造詣全然不知。看了您之前的研究感到很驚奇，也很高興，希望您能把這個研究做好。

另外，關於父親的科幻小說。印象中，父親一般都不談政治。他的科幻小說沒有登全，可能和他在同時期因為白色恐怖被捕而有所顧慮有關。

我的祖母蘇快是祖父黃藏錦的大太太，二太太是個丫鬟。祖父娶第二房太太時，祖母很不高興，就曾一度自己跑去西華堂吃齋念佛去了。這個西華堂很有意思，不遠處就是臺南火車站，但在這個建築裡面卻很安靜。

一九五〇年代時，祖母蘇快有時會自己到臺北和我母親幾個孩子住在西門町附近的房子裡。印象裡，祖母經常很虔誠地在念經，性格也慈悲為懷。她的眼睛不好，需要看大字本的書。我小時候曾去圖書館給她借了一本大字本的《西遊記》，她很高興，還向鄰居誇讚我說：「我的孫子知道我眼睛不好，特地給我弄來了一本大字本的書，對我真好。」

這件事我一直記在心裡。從祖母能識字念經這個事來看，她應該是那時大戶人家長大的，否則那個年代能有機會受教育識字的女性還是很少的。

祖母蘇快和我母親關係不錯，可她來臺北也不是和祖父一起來的，而是自己過來到我們位於西門町的家裡來住一陣子。那時父親和二媽住在廈門街，也不常來我們這裡。在大陸時期，父母在家裡都是說臺語的，所以我們幾個孩子從小就會說臺語，同時在外面也能講國語。臺灣光復後回到臺灣後，這樣的語言優勢就讓我們在各種情形下的溝通很便利。我們自然也能無障礙地和只會說臺語的祖父母溝通交流了。

祖父黃藏錦，可能因為年少揮霍的比較厲害。印象裡，他經常教育我們孫輩平時要注意節省，多存錢。

臺灣光復初期，父親在基隆當煤炭調整委員會駐基隆辦事處主任時，我們一家和一位周姓的副主任就住在一個日式的大房子裡。那時，臺南的祖父一家都跑來基隆和我們住在一起。具體有祖父、二祖母、以及大姑黃聽月、二姑黃清涔、三姑黃貴渶。印象裡，我們一大家子就睡在一片很大的榻榻米上。記得晚上睡前在房頂的掛鉤上掛蚊帳，都要掛很久才能把大家睡覺的地方給覆蓋住。

我大姑黃聽月，印象裡她很瘦，咳嗽、咳痰得很厲害，感覺可能有肺病吧。接觸下來感覺她是一個比較難相處、難溝通的人，有點自以為是，講話也有點衝。我記得，她曾經追求和我們住在一起的周副主任。但是因為祖父的阻撓與對方的拒絕而失敗了。她似乎因此犯了花癡而有些神經不正常了。印象裡祖父曾經還追打過她，後來，祖父就把她送回臺南老家了。之後我就再也沒有見過她了。

關於我母親黃陳愛月，因為她三十多歲就過世了，我對她以前情況瞭解很少，就知道她曾是臺南某診所裡的護士，是父親把她帶到了大陸。這家診所就是陳家、母親的一位叔伯輩的親戚開的。我記得我母親有一位妹妹，在一九五〇年代時，曾經到我們西門町的家裡住過幾天。其餘的情況，我就不清楚了。

黃華容：

我是主要聽我母親（黃沈惠珠）講過父親以前的事。父親出生在臺南，九歲前一直接受的都是私塾教育，因此打下了堅實的漢文功底。九歲時，父親下象棋的水平就很高了，在臺南地區幾乎無敵手。當時，祖父用檜木做的很大的一套象棋的棋子與棋盤。

父親後來就考取了以日本學生為主的臺南一中。當時家裡有位叔公名叫黃滄浪，他雖然輩分大，但年紀和父親相仿，兩人一同在臺南一中求學。父親是臺南一中第一屆畢業生的第一名，很多日本學生都比不過。母親曾告訴我，父親還曾收到日本天皇御賜過一塊金牌，後來不知道誰拿走了。第二名就是我那位叔公黃滄浪，當時就傳為美談。[4]他後來去日本學醫，學的是婦產科，回來後是臺南很有名的一位婦產科醫生，他還曾擔任過省立臺南醫院的院長。後來，他們臺南一中的校友還曾在日本與臺灣一同組織過同學聚會，還曾一起合影，其中有個同學叫毛昭江。我曾經去臺南一中查過，發現那裡的沒有相關的材料，可能是臺灣光復後被日本人帶回去了。

我有兩位雙胞胎的姑姑，年齡比父親小。當時她們就在臺南第二高等女子學校上學，所以，父親對那所學校的情況也很熟悉。

我的曾祖父黃鷺汀，當年在臺南生意做得很大，曾經臺南有四分之一的土地都是黃家的。黃家主要是做兩岸往來貨物貿易的生意。曾經擁有龐大的船隊。臺南開基武廟前到民族路路口曾經都用那些船裡的壓艙石鋪就的。我曾祖父在清朝時，就樂善好施，在地方上也德高望重。當時臺南設有七個保正，我曾祖父就是其中一位。但他在家裡性格

4 據〈各地の卒業式．竹園小學〉，《臺南新報》一九二三年三月十九日，第三版所載，當時的「學業優等生」名單中記錄有黃鑑村與黃滄浪在列。黃華容提及其父所受榮譽及紀念品應是在臺南竹園小學畢業時所受。

不是很強勢，據我母親講，當年他想另娶第二房太太時，大太太就堅決反對。曾祖父就在無奈之下賭氣自殺。所以，我的祖父黃藏錦很年輕十九歲時就繼承了黃家的家業。

關於我祖父黃藏錦，你可以去臺南的開基武廟去查一下它們的廟史，他曾是該廟的管理人，當了四十多年，這個廟史裡就記載過他的事跡。在開基武廟邊上有一個天后宮，裡面的主委姓曾。這個開基武廟的廟史就是他寫的，他曾特地到福建泉州、晉江等地查訪，然後寫下了關於祖父的一些的事跡。

我的祖父黃藏錦原籍是福建晉江，自大陸搬遷臺灣，定居於臺南的新美街。據說新美街整排的房屋均是先祖的祖產，可以說是地方上的首富。祖父年輕的時候，因為家境富裕，在日治時代就已經當上地方上的議員，為民喉舌，廣結人緣，樂善好施。在新美街上，有一座關帝港武廟，現在稱為開基武廟，俗稱小關帝廟。該廟創建於明永曆二十三年（清康熙八年，西元一六六九年）祖父於日治時代大正十年至臺灣光復後民國四十三年擔任該廟的管理人。從一九二一年到一九五四年任期三十三年，可以說幾乎以廟為家。可能因為捐助最多，所以才當上管理人的原因吧。不過祖父對關帝港武廟的確也盡了心力。在大正末期，由於該廟堂支架腐朽加上當時瘟疫流行，境內信徒在關聖帝君的保佑下，皆安然無恙，為感念聖恩，祖父特倡議重建，對外募捐三千四百六十一元，於昭和元年（一九二六年）重建完成，也就是今日廟堂正殿的建築現況。及至民國三十四年（一九四五年）三月一日，盟軍轟炸臺南，市區建築遭受嚴重毀損，今日的民權路亦慘遭炸毀失火。該廟雖未被炸，但受到民權路大火災之波及也導致廟前廟後及屋頂部分倒塌，於民國三十六年（一九四七年）由祖父等人發起重建，在戰後經濟拮据的情況下，共捐金五十一萬九千八百八十八元，至民國三十八年（一九四九年）重修完成。

該廟屬下的悉明堂，是在昭和二年由祖父的倡議而成立的，之後於一九三六年改稱聖明堂，擁有甚具規模的誦經團，分成人組及童生組。童生組都是九歲一下的男童，他們認為小孩子天真無邪，讓他們去念經，力量會比較大。叔叔黃榕桓也曾是其中一員。誦經團成立初期，延聘齋教龍華派齋友黃振芳到廟裡教授龍華派所屬的「龍華調」，龍華派的曲調一直沿用至今，成為聖明堂的傳統，每當關聖帝君聖誕祭典，或每月初一、十五早晚課，皆由聖明堂誦經團誦經祝壽，禮拜。祖父則當奉祀人。

關帝港武廟在關聖帝君神像兩側，奉祀王靈天君和張仙大帝像，是祖父前往福建家鄉參觀關聖帝君廟時發現有著兩座雕像，返臺後乃建議雕刻安座，足見祖父對關帝港武廟的關注。

祖父也雅好戲曲，據我二叔黃榕桓講，在日治時代，我們黃家曾養過戲班，有時也會組織演出請親朋好友來家裡看戲。我小時候也見過祖父閉著眼睛，拿著扇子打著拍子，坐在那裡搖頭晃腦地哼唱北管戲的樣子。印象裡，祖父好像還曾拉著幾個晚輩去學過一段北管戲。[5]

民國六十一年（一九七二年），我和父母曾到臺南，那時候我們站在赤崁樓上，父親指著開基武廟的方向說，以前這一眼看過去的一片，都曾是黃家的祖產。從赤崁樓下來後，父親帶我們往開基武廟走，當時的路上都是鋪著長條的大青石，從民族路路口一直鋪到廟門口。那些石頭都是當年往來兩岸船隻裡的壓艙石，當時祖父黃藏錦和曾祖父黃鷺汀做生意，每次都會從往來兩岸的商船裡搬下一兩塊壓艙石來鋪路。那時，父親就告訴我這是先輩從泉州運過來的。可過了幾年，不知為何，臺南市政府就把這些石頭都拆走，重新鋪路了。

那時，在那條去往開基武廟的路上，有一排樣子不錯的老房子，我們路過時，那裡有十一、二個裹腳的老太太。他們推了一個代表來問父親是不是大少爺？但是因為父親很早就離開臺灣，就不記得對方是誰了。後來問了才知道，她是我們祖母蘇快的

5 該內容於二〇二〇年五月二十三日中午致電確認。

貼身丫鬟。她們有個要求，要求廟裡的住持恢復求藥籤的。以前廟裡可以求藥籤，自己得了什麼病，誠心誠意地去廟裡拜拜以後求藥籤，求出來這個藥籤的下端都會寫上幾味中藥，然後自己去中藥房抓這個幾味藥就行了。但這畢竟弄不好是要出事的，廟方要擔責任的。所以廟裡的住持就把這些藥籤給收了起來，禁止了這事。可這幾位老太太還是很相信這件事，就要父親出面去讓廟裡的住持解禁這件事，讓她們可以繼續去求這個藥籤。

在現在臺南火車站的對面郵局邊上拐進去有一個西華堂，西華堂邊上有條西華街，這條街就是以這個祠堂命名的。這個西華堂裡面有塊當年清朝時捐建者的碑。我祖父黃藏錦、曾祖父黃鷺汀以及一位叫侯雨利的仕紳的名字都刻在了上面，黃家父子捐了黃金五百金，要知道那時一般都還是用銀兩的。這個西華堂是個尼姑庵，那時臺灣有錢人家會娶很多太太，大太太年紀大了，有的就會被送到這個西華堂裡去吃齋念佛。老爺就再娶一房太太。因為家裡有錢，送去的太太們都能過上悠閒的生活，我的祖母蘇快及李姓的三祖母都被送去。這個西華堂很大，堂裡面還存有「七級浮屠」的雕塑。當年蘇南成任臺南市長時曾經將西華堂從中間破拆修路。即便如此，現在看來這個西華堂還是很大。西華堂大殿有幾家捐助人的家族牌位，我們黃家的牌位就在大殿右邊廂房裡第一排的右側。這個西華堂也有廟史，你有機會也可以去瞭解一下。

父親離開臺南一中去廈門集美中學求學，還有原因就是我們家當時是在兩岸間做生意，可能祖父和當時的集美中學那邊比較熟悉，就把父親安排過去了。父親天資聰穎，離開臺灣到集美中學念了一年不到就報考並考上了上海交大。父親在世的時候，每年臺灣的交大、中大都會給父親寄校友雜誌，校友會也有他的名字，校友聚會也會邀請他去參加。當時，他也有幾個上海交大的同學，其中最有名的是《無線電界》雜誌的創始人之一方子衛先生。他好像還無線電之父馬可尼（Guglielmo Marcon）的學生，他是在美國留過學的。他後來也在臺北的中華無線電傳習所任教。父親曾帶我去他家做客，我記得他住在一棟英國式的小洋樓裡。

在抗戰時，父親在避居浙江菱湖期間，遇見了我的母親黃沈惠珠。聽我母親說，在那時為了生計，父親還進行過武俠及言情小說的創作，投稿在當時的一些小報上。當時也是怕別人笑話，父親就用了女性化的筆名。那時，我母親的弟弟、我的二舅很喜歡看這幾個小說。他後來是浙江大學的一個教授，可惜他去年已經離世了，不然好找他問問。我母親帶著我們在民國三十六年（一九四七年）從上海來到臺灣。記得那時大祖母蘇快來臺北看望我們。那時臺灣的婆婆在家裡的權威還是很大的，經常交待事情讓我母親去做。可祖母只會講臺灣話，不會講國語。我母親初來乍到本身也不會說臺語，可能是上海人的語言天賦比較好吧，和祖母相處沒多久，我母親就學會了臺灣話，能暢快地和她交流溝通了。

我小時候，曾經見過一張父親在冬天與一男一女在路邊合影的照片。母親告訴我，這是父親與徐志摩和陸小曼的合影。照片上，陸小曼站在中間，斜戴著呢帽，穿着時髦大衣，父親站在右邊，穿西裝外著黑色大衣。徐志摩站在左邊，穿西裝外著土黃色呢大衣。父親和徐志摩都戴著當時時髦的圓形眼鏡。兩位男士清瘦有學子的風範，女士時髦艷麗漂亮，因而詢問母親這位漂亮的女生是誰？那時我雖然還小，但還是感覺到這女孩很美麗。

父親在上海時期，除了無線電和日語教學外，還做過點生意。具體做什麼我不清楚，但好像和先施公司有密切的關係。

父親在臺視工作期間，我記得有一次，三和電子株式會社來了一封用日文寫的信，我看不懂，就交給父親。父親立即就執筆回了一封信。後來，三和在臺灣秘書就說，您父親寫的日文是相當於文言文的水平。這個社長看了很驚訝，現在竟然有人能把日文寫得這麼好。這個社長還有看不懂的，還去請教了別人才搞清楚。因而他對父親很敬佩。為此，來臺公幹時，還帶了半人高的日式人偶，要親自送給父親以示敬意。可惜那時父親在出差，他倆沒有碰上。

父親喜歡聽白光的流行歌曲。父親平時很愛聽戲，就是聽京劇的唱盤。平時不時也會哼上一段，諸如《華容道》、《蕭何月下追韓信》、《失空斬》等片段。我的名字就和《華容道》有關，他那時最喜歡其中的一個唱段。我記得那時傳習所下課後，有人就拿著板凳圍著一個老先生教唱京劇的劇目，還有位拉二胡的師傅。父親一九四五年回臺灣時，帶過一批梅蘭芳、尚小雲等四大名旦的磁帶。這是他在上海花大價錢購買的版權，還開過一家女王唱片公司，把這些磁帶轉錄成唱片後進行售賣。後來因為傳習所的課務繁忙，一九五〇年代初，父親就把這家唱片公司轉給了他的一位同父異母的胞弟黃榕桓。女王唱片除了發行京劇以外，還發行豫劇、紹興劇和土風舞的配樂，可謂盛行一時。可是這位叔父被人誣陷說，四大名旦人在大陸，臺灣為何有其唱片？因而被扣上了「通匪」的帽子，被警總逮捕為政治犯關押於土城看守所，關了十幾年。所幸父親很早就轉讓了該公司而沒有被波及。

我記得，父親曾在今天二二八和平公園附近的中國廣播公司裡做廣播教學。那時，他就帶我幾個年紀尚小的孩子到那個公園，讓我們在裡面玩。那時，那個公園叫臺北新公園。等他廣播教學結束後，父親就會讓年紀大的哥哥姐姐，帶著我們一起到中廣隔壁的一個北方館子——三六九餐廳吃飯，這也是我童年印象比較深的回憶。

父親有一位好朋友是交大畢業非常有名的方子衛。他住在北投萬華第七水門那邊的一棟英國式、很漂亮的小洋樓裡。我們中華無線電傳習所是在赤十二社、第九水門這邊，這些都是日治時代的名稱。一九五〇年代時，父親常常帶著我到他家裡天南海北的聊天，有時一坐坐一下午，聊得很起勁。感覺父親的這篇科幻小說的靈感可能就是從這樣的聊天中聊出來的。我記得父親曾經講過，未來人只要站在一個傳送點，就能從甲地直接 transport 到乙地。

我曾經有看過這篇小說相關的稿件，現在已經找不到了，據我的回憶，該小說後面的情節如下：

小說主人公出現時，鬚髮很長，這是因為他為了躲避第三次世界大戰，在臺灣的深山裡躲了很多年。這位老人被帶到一個房間後，因饑餓而肚子發出了咕嚕嚕的聲音。這時就從一面沒有門的牆里送出了一份配有果汁的餐食。小說中也提到了時空轉換機器已經相當普及，人們可以隨便就到達自己想去的地方，以及想去的時間點。小說中還提及當時基隆到福州已經有海底隧道，其中運行時速可達光速的子彈頭的列車。那時，世界已經大同了，世界上每個人都有一個獨一無二的 code number。去任何地方都不用簽證了。小說裡的那位老先生因為躲在深山裡，因為沒有受到外面的污染，生命力比較旺盛而可以長壽。那時的科技已經非常發達了，所有的疾病基本上喝點東西、吃顆藥丸、打一針就能得到治療而痊愈。這些內容今天也快實現了。

小說中的老先生因為他之前的朋友們都已經過世了，他一個人十分寂寞。在最後，他在睡夢中夢見了自己心心念念的，當年和老朋友在一起其樂融融的快樂時光。這個夢境被當時的科技偵測到了。於是，他就被送回到了那個讓他魂牽夢縈的時空——小說開頭時提及的日月潭涵碧樓的樓道間。幾位老朋友正坐在一起，暢想著臺灣的未來……。

一九六〇年代時，我有位在菲律賓的叔叔，曾經來找父親。那時，晉江縣政府要征用黃家的土地，願意通過另外置換土地並蓋樓的方式來進行補償。父親因為是長子長孫，所以需要找他來在這份協議上簽字。這位叔叔就通過香港的渠道得到了消息，就來找父親了。因為當時兩岸往來是斷絕的，父親自然也配合的簽字同意了。這塊地好像後來開發了房地產，還挺有價值的。

父親曾和我講，以前做生意其實很簡單，不用搞什麼花樣。就是把甲地的貨運到乙地，再把乙地的貨運到甲地。只要貨是兩地沒有的，多做幾次就能慢慢積累起財富了。大陸很大，只要能在不同的省份看準商機就行了。

一九六八年時，我跟著父親回臺南永康的老家，曾經還見過這位黃聽月大姑。那時她已經有點被害妄想症了，嘴裡經常念念有詞，家裡人給她做好的飯菜她也不吃。一定要把食物拿到水龍頭底下沖好久，直到沖得沒味道了才吃下去。她總感覺有人要投毒害她。之後沒幾年她就過世了。

我記得祖父在臺南的家裡有一大片的果園，還挨著鐵路。我小時候曾經到裡面去玩，結果在裡面迷路了。後來只能聽到火車的聲音和大人為了找我而喊話。後來我也是靠著喊話才慢慢走出果園而被大人找到方得以脫困。據我母親講，父親年少時，曾在晉江縣的黃家老宅裡住過，也曾經在老家的果園裡迷過路。

二姑三姑是一對雙胞胎，她倆的性格就很活潑。後來二姑黃清涔嫁給了當時任臺中大肚紙工廠主任的陳大川。這位陳大川是四川人，滿口四川話。他曾經出版過關於造紙歷史的著作。在一九七〇年代末，在他退休前，他從高雄小港紙廠廠長的位置上被調到臺北的臺灣水泥公司任採購部門的主管。在那時候，他的這本著作還請我們雜誌社的小姐幫忙校對編輯。我記得當時我還和他討論過每頁最好是一千五百個字，行距寬一些，可以有圖案美化的空間。一九七〇年代時該書還獲得了政府的獎項，並獎勵了十萬臺幣。得獎後，他還曾請我們雜誌社的同仁一起吃過飯。陳大川還和張大千等畫家有來往，對國畫也很有造詣，還曾開過相關的畫展。

總的來說，姑丈是個正派的人，他對於那篇科幻小說的分析的也有道理。我和二哥同意他的說法。[6]

三姑黃貴渼嫁給了羅悟非，他曾任臺南善化糖廠的廠長，後來被政府徵召赴非洲的南非及賴比瑞亞（Republic of Liberia）協助當地建立農耕隊，教導百姓如何播種稻米、蔬菜、水果，並且幫助指導他們建設水霸，以利播種之用。最後在賴比瑞亞功成身退後，獲該國總統授予的榮譽公民稱號。

當時剛剛光復初期，臺灣本省人與外省人基本不通婚。因為光復後，臺灣本省人對外省人的觀感與印象很不好。當年第一批來的國軍，衣衫不整、並且還有些兇殘。和軍容壯盛的日軍相比，實在差太遠了。而且，日本統治雖然嚴苛，但就在這樣的嚴苛的情況下出現了夜不閉戶路不拾遺的大同景象。可國民政府來了以後，卻出現了民不聊生的情況，更不用說二二八事件了。所以當時本省人對外省人的成見就很大。二姑三姑後來嫁的兩位姑丈都是外省人。據我母親講，當時祖父就很反對。還是父親出面勸解祖

6 這段內容在採訪陳大川之後筆者於二〇一九年六月二十九日下午向黃華容先生正式確認。

父，才得以促成此事。所以，他倆一起舉行結婚儀式的時候，祖父並沒有參加。而是由父親出面，以長兄的身份替代祖父來主持她倆的婚禮。後來，她們倆和祖父的往來也很密切。因為這兩位姑丈也很優秀，事業有成。

所以，我的三位姑姑在日治時期都未成家，二姑三姑都是在光復後一九五〇年代左右方才結婚成家。

父親過世後，我把我們《無線電界》雜誌的合訂本通過文榮生老師捐給了臺北城市大學的電腦與通訊工程系。其中父親的那篇科幻小說，就在最早的第二期和第六期上連載了五期。五十週年時那兩期沒有登全。你可以通過他去瞭解這篇作品的全貌。[7]

家父黃鑑村與中國無線電協進會的淵源：（黃華容筆述）

中國無線電協進會成立於民國四十四年（一九五五年）十月二十八日。在成立草創時期，先父聯合了無線電界前輩胡振庸、姚善輝、黃履中、王詩章、蕭茂如、李元華、龔式文、魏協中、金寶華、方致異等等賢達共同發起創立本協會。先父負責教育組，吸收學生會員。為此，他曾利用在廣播電臺授課教學的機會，曾在空中介紹本會的

7 筆者依循這條線索，聯繫到了同為中國無線電協進會會員的文榮生老師，並於 2017 年 12 月 11 日

情況，並呼籲廣大後進同仁一同參會，為推進國家的無線電事業而努力。當時會員多達二千餘人，舉凡從事於無線電相關業務的工作人員皆納入會員之中。我們的會員遍佈民航局、公路局、鐵路局、氣象局、各無線電廣播電臺人員、軍隊從事無線電工作者、學校理工科學生。其中甚多是先父創辦的中華無線電傳習所在學與畢業的學員。本會的成立大會是在警備總司令部大禮堂召開的，盛況空前。民國四十八年（一九五九年）協會指示創辦「無線電」技術會刊，家嚴擔任發行人及總編輯工作，雖然傳習所的日常教學及其它事務纏身，家嚴依舊兢兢業業地做好每一期會刊的編輯工作。後因被層峰派至臺灣電視公司擔任工程部副主任，才將編輯工作暫停，轉交給黃履中負責。此刊的編輯發行的工作始終未停止。一九七五年，因感念家嚴對本會的貢獻，勞苦功高，而被獲頒中國無線電協進會「榮譽會員」的殊榮。

二〇一九年九月十九日

上午，前往臺北城市大學。在文老師的幫助下，查閱了《無線電界》早年的刊物，並在其中尋得刊載於一九五〇年代的科幻小說〈五十年後寶島奇談〉，相關研究請看後文。

黃麗鈴[8]：

（一）

我是父親（黃鑑村）之么女，排行老十二（嚴格說起來是老十四，有一兄長出生即夭折，另一位姊姊七歲得狂犬病過世）。父親於四十七歲才生我，在那個年代就好像阿公與孫女，父親與兄姊都特疼愛我這老么。但他人雖保守，思維卻異於傳統教育，十二位子女皆不束縛。五〇、六〇年代家家都是望子成龍、望女成鳳。唯他是隨子女發展。我高中考大學，因為是甲組，成績不錯，想考個建築系，但父親語重心長地告訴我：「女孩子上大學就是要開開心心，全班都是男生，僅一兩位女生，如何快樂？」

臺灣當時大學聯考分甲、乙、丙、丁組。甲組是理工科，乙組是文學組、丁組是商科、丙組是醫科、營養學等。於是我聽話，臨時去拿乙組的報名表。因為我高中時，選的是理工方向的，不需要考史、地。所以上課照上，只是打混，以沒紅字為原則。我從小本不愛背書，史、地亦然，但方程式、幾何、元素、結構式卻難不倒我。所以改考乙組，我必需在兩個月不到的時間猛K史、地、公民等十八大本教科書。我最後考上了文化大學戲劇系，在當時不是很有面子，但父親卻開心地宴客，告知親友，好似我

8 黃麗鈴（1953—），行十三。

考上了臺大外文系！

父親在同學會中，大家都稱他「美男子」。我一直覺得他帥過徐志摩及胡適之，是個奇男子。我在念小學時，父親仍是如此模樣，所以我才說父親的時髦帥勁非徐志摩能比之。他行、住、坐、臥都可以優雅形容。特別是走路，墊著腳尖，直視前方，不顧左右的行走，即使路上前方來的是他子女，他皆以點頭過之，平淡如水，（在佛法中這是修行極高）。

他一生特愛我的母親沈惠珠女士，即使日日忙於月刊稿件，書桌極亂，然每月總有幾天見書桌淨潔，那時就是感性的帥哥要帶妻子出遊，或看電影逛街，常常是去美軍俱樂部跳舞，舞姿翩翩，無以形容。

祖父祖母那時雖然住在臺南，但時常北上住在我們家，一住就是很長時間。他們與我母親相處極融洽，如頑固的祖父堅持之事物，只要我母親委婉勸說，祖父皆欣然同意！最難得的是父親見母親侍奉公婆至孝及一卡車的子女，加上他有「養士之風」，每頓飯至少開三、四桌。妻子從日出忙到夜深從不埋怨，他疼妻子數十年如一日，每晚夜深妻子才有空蹲馬桶，此刻他絕不離開浴廁門口，跺步等著有痔瘡的妻子平安出來！亦時時在門口追問妻子「好解嗎？」此等身語，愛意之深，無可盡言。可惜沈家父親也就是我的外公，從未來臺，離開大陸後母親就沒見過外公，直至從香港表叔那裡傳來外公過世的訊息，讓母親哀痛良久！

父親雖忙碌於賺錢養數十口人，但感性依舊。每年寒暑假，他都不忘安排一卡車人去度假，上山下海他皆能完美地安排：旅館一整層，渡船一大船人。他永遠不忘拿著他心愛的倒影相機為我們攝影留念。他是超人，回家不休息依然繼續作稿出刊。

我們的外公未曾來臺，離開大陸後，母親就再也沒有見過外公。直至從香港表叔那裡傳來外公過世的訊息，讓母親哀痛良久。母親是上海美女，做菜一流，父親只愛妻子燒的菜，他在臺視上班時。餐餐都要帶熱便當。當時都是我騎單車為他送飯，讓下屬羨慕不已！他過世後，我曾看到他的日記中讚歎妻子絕世僅有。母親亦一生以夫為天，故在五年後父親冥壽的後兩天就隨父而去，恩愛夫妻無過於我父我母。（感性篇日記，六哥應可提供[9]）

他的善行，從大陸到臺灣，無可言盡！除有養士之風，南部貧人家中人口眾多，無法養育。他都接濟，供那些子女吃住。這些人並非是親戚，因南部有人知道北部有位大善人願幫助人，都會前來北部求助。父親皆依自己所能，不假他人，盡力幫忙。故小時

9 筆者為此曾特地致電詢問行六的黃華容先生，黃華容先生表示該日記因年代久遠已散佚。

候家中會有小孩與我們同住、吃、睡。他都忘記自己家亦有十幾口人，仍如老牛般耕著！

父親絕非富人，僅限小康，一生全靠自己，無人知曉他有一富甲過人的父親。祖父過世，他讓唯一的弟弟下南部去處理財產事宜。告知只要分好叔叔及雙胞胎姑姑，父親皆不聞不問，他真是所謂視錢財如糞土。

我所了解的父親是不愛參與政治的（可以說是痛恨）。以我學戲劇的經驗，劇本都盡量不提政治較為客觀，提及政治瞋意多多。現在人不比從前，隨便說錯一個字，就引來不可思議的禍端。雖說編劇劇情需要安排一些衝突性，但希望能避掉就盡量避掉，不找麻煩。

我從小學到大學功課都名列前茅，所以每個月總有一天，父親都會帶我到有進口書的大書局。他選他要的進口書，我選我的參考書。每每櫃檯都好幾大摞的書籍，他從不問價錢，就讓書局翌日送到。父親喜愛多聞訊息，是為了給他的學生有更新的資訊，在電子界有所發展，以致桃李滿天下。在他過世公祭那天，我才知道所謂「桃李滿天下」是何等殊勝！

父親還有一項不為人知的創舉，就是對臺灣電視播出的貢獻。初期他默默地帶著工程隊，從北部竹子山架設基地臺直到中部、南部。這是一項特辛苦的工程，但他從不言累。

從我二位兄長所敘述及我么女所能提筆之點滴，豈能說盡父親這位奇人之一二。我學戲劇，原本也有雄心大志，想將父親的一生寫成劇本，然諸多煩事及我自家生活擔子。未能達於理想。現在么女已六十有五了，雖退休卻好樂修習佛法，更是無心將父親之豐功偉業公諸於世，實屬不孝！

近日經由顧博士來發掘這奇人事跡，令子女們倍感慚愧，恭敬之心無以言說，感恩！再感恩！

么女 黃麗鈴 筆述

民國一〇六年十二月十二日 深夜

（二）

父親是個很慈悲謙虛的人，話不多，但言必幽默，從不驕慢，一生都不說難聽字眼的話。若有不開心之事，他會連續一直說：「糟糕 E MAS[10]」（那是日語）。然這位雅士，在遇到別人說些不可理喻的論調，他最粗野的話就是「放屁！」有一次我小學一二年級，國語課有一篇文章是吳稚暉作的，老師叫我們回家背。我在背誦時，父親很認真地對我說：「這位作者曾經作過一篇文章叫做《放屁放屁眞正有理！》。」要我第二天去問老師。笨妞眞的問了，結果挨了老師一頓罵。現在知道父親是有對時事不滿，但僅限於在家裡幽默一下！

另外，大家僅知道父親日文、英文說寫流利，上海話、南京話、臺語、泉州話、寧波話……無一不通，但沒人知道他的德文也是很不錯的，只是說得不是流利。每個月去進口書店，他都會選很多德國書籍，回家立刻選取最新的資訊給學生看。

一九五〇年代初，父親在臺北創辦了「中華無線電傳習所」，所址在西寧北路五十六至五十八號（現在的八八八海鮮）。從顧博士的論文中得知父親會寫劇本，現在我終於知道我和三姐大學念戲劇、藝術，父親會如此開心！也才恍然大悟！當年父親在

10 即います，日語中表示某種持續的狀態。

臺視工作時。有位臺視戲劇總編，他是當時全臺很知名的大編劇，也是我的教授，叫「饒曉明」。每當寫完一部著作，他都先送來給父親（他稱老師）審核。對老師特尊敬，也因此我得利（在校編劇都給我高分）。在當時饒教授只選上我要去德國戲劇學院做交換學生，被我拒絕了，讓父親很失望！

還值得一提的是，父親著作中有部特夯的叫《廣播電視》，舉凡戲劇系、傳播系、新聞系、外文系……等都是必修的學分，並以此為教本，當時他無暇教這麼多學校，所以就指定他的某位學生去教，但後來發現這位學生將該書的封面、封底都換了，內容不變，改成他的著作了。父親慈悲為懷，沒有追究！唉！此人亦是我修廣播電視學分的老師！

父親於六十五歲後就得了阿茲海默症，到七十二歲以後漸入嚴重期。一天有三班護士輪班照顧他。而母親也是從第一天到最後都隨侍在身邊，做各種營養餐給他吃。父親對小他十七歲的母親特別依賴，每天誰都不認識，只認識母親，整天像小孩一樣，一直叫著「媽媽、媽媽……」此時家中仍然三天兩頭有尊敬他的學生來探望他，他會不自覺的罵學生，但學生都說，能給老師罵，好過癮！他走得太早了，應該是用腦過度使然。還好我結婚時，父親有參加，只是他已經處於中期的病中（有相片），真的很不忍！

我畢業後沒有從事戲劇，學非所用，用非所學，我直接投入室內設計。晚上在公司畫圖畫到深夜，他和母親都會帶點心來陪我。最痛心的是，他犯病時，會起床自己穿上西裝，外面套上睡衣（像超人），說要去上班。好幾次就這樣失蹤了，我們兄弟姐妹加上母親，多方奔走，都快把臺北市翻過來了，最久一次是三天，還好皇天不負苦心人，都還是被我們找回來了！

他的衣著都是母親替他準備的，也都是上海師傅做的，穿著都是名士派頭，但口袋裡從不愛帶錢，只有劃撥單（郵局領款單，相當於現在的支票），現今找到認識他，還在職場上的，只要問起黃教授，絕對是首屈一指的老好人、好老師、好爸爸、好丈夫、好兒子、大善人……再好的讚歎，無過於我的帥哥老爸了！

黃麗鈴

民國一〇六年　十二月十七日　深夜 12:30

口述歷史

賢兄鑑村及府城黃家的事略

——黃清洿、黃貴渶、陳大川口述

顧振輝　訪談整理[1]

黃清涔：

我們的祖父黃鷺汀這一輩有五個兄弟[2]，分別在五個地方。他是最大一房是在臺灣，主要在臺南發展。

二房兄弟有個孩子曾在德國留學，在蘭州的一個兵工廠工作。一九四九年要撤退來臺灣時聽說蔣介石還派飛機來接我們這個堂叔到臺灣來，但他不肯，他說他要留下來為祖國效勞。

第三房是在日本神戶做生意，一九四五年美國在那裡扔原子彈，這一房就都死了，但又有說留下了一個戰時的孤兒，我二哥也曾派人去日本找，當然也沒有找到。

第四房在菲律賓的宿霧發展，生意做得蠻成功的樣子。我們都叫他炳南叔，國民黨

---

1 訪談時間：二〇一八年十一月二日下午；訪談地點：新北市新店區三圓羅馬社區，陳大川、黃清涔夫婦家中。訪談後有數度電話致詢。本文的部分內容曾以〈臺南黃藏錦家族口述訪問記錄——黃清涔、黃貴渶、陳大川口述〉為題名發表於《臺南文獻》第17輯（二〇二〇年七月）。

2 筆者據《岱溪黃氏桃譜．金墩千一公派下支系》，福建晉江安海金墩黃氏家廟所藏，二〇一五年重修，黃雙路提供，頁1—5、65中所載，黃鷺汀一輩實際共有四個兄弟，分別為鷺汀、雲汀、雁汀、鶴汀，後三位在族譜中均標為「往臺」。其中的「炳南叔」應是黃清涔的二叔、其父黃藏錦的二弟（詳見本書圖集中所附的譜系圖）。

在臺灣最盛的時候，每年雙十節他都會回來參加國慶。後來，聽說他回菲律賓後會寫文章讚揚臺灣。所以導致當初留在大陸的二房的被當局禁止到香港與炳南嬸探親敘舊。後來炳南嬸到臺灣來時就和我們說了這個情況。

第五房就留在了老家福建晉江。

以上這些是我二哥黃榕垣告訴我的。

我和貴渶是雙胞胎，出生於一九二九年一月七日的臺南，父親是黃藏錦，祖父黃鷺汀。黃鑑村是我們倆的大哥，比我們大了二十二歲。他那時離開了臺灣去廈門集美中學求學，後來又去了上海、南京。所以，我們還沒出生時，我大哥就去了大陸，我們小時候並沒有見過他。

二哥黃榕垣畢業於臺南二中，父親很希望他當醫生，所以他就去報考臺北醫學院，考了兩次都沒有考上。父親心裡就很懷疑，我兒子成績那麼好，為什麼考了兩次都沒考上？那時，醫學界有位有名的杜聰明，他的侄子是一位法官。當時，臺灣人能當法官是很不容易的。因為那時父親對中醫很有研究，那位杜法官當時有點憂鬱症，曾找我爸爸幫忙看看，聊聊天舒緩情緒。有時父親也會開點藥方，所以他和父親關係很好。父親就向這位杜法官提起我二哥為何考兩次也沒有考上醫學院？這位杜法官就讓他哥哥杜聰明幫忙去查，查下來我二哥的成績是好的，但因為政治問題而沒有被錄取。因為那時我們大哥在南京求學嘛[3]。後來，父親就想把二哥送去上海找他大哥去進一步求學。我想，若沒有戰事，我們姐妹也會被送去大陸繼續求學的。

那時，抗戰剛開始，太平洋戰爭[4]還沒有爆發，父親就安排我二哥去留學，於是二哥就先去日本神戶找那位三叔公[5]的嬸婆。因為那時三叔公已經不在了。我二哥探望三叔公一家人後，就從神戶到了上海。後來就因為戰事而沒有了音訊，一直到臺灣光復那年，從廈門傳來消息，三叔公全家人那年暑假到長崎朋友家裡去玩。正好碰上美國在那裡扔了的原子彈，結果那一家就沒有了。這是父親告訴我的。

---

3 黃鑑村在一九二〇年代末於南京中央大學求學時，已加入國民黨，且又在《臺灣民報》上發表反殖意味濃厚的劇本。該情況應為日本臺灣總督府所掌握。

4 抗日戰爭的爆發以日昭和十二年（一九三七年）七月七日的「七七盧溝橋事變」為標誌。太平洋戰爭的爆發以日昭和十六年（一九四一年）十二月七日日軍偷襲珍珠港為標誌。太平洋戰爭爆發後，美國正式向軸心國（德國、意大利和日本）宣戰，蔣中正領導的以重慶為陪都的中華民國國民政府也正式向德意日三國宣戰。世界反法西斯同盟也隨之建立。

5 據《碧溪黃氏祧譜．金墩千一公派下支系》，福建晉江安海金墩黃氏家廟所藏，二〇一五年重修，黃雙路提供，頁1所載的信息，此處的「三叔公」是黃福樹，但被標註「殤」，或英年早逝。

我們與大哥第一次見面是臺灣光復後，一九四六年初大哥被國民政府派到基隆來做接收工作。我們的父母都曾過去看望一下，住一下、玩一下，並沒有在那裡長期生活。住了沒多久，大哥就介紹我和我二哥黃榕垣去臺灣紙業公司下屬的臺中的大肚紙廠去工作。我就在那裡遇見了我的丈夫陳大川。

我和我先生結婚是在一九四七年的五月，比我妹妹早了兩個星期，是在臺中。連戰的姑姑、姑丈都有參加。我大哥黃鑑村因為上海有事要處理，而沒有參加。結婚那時，臺中剛有西餐廳，我們常去吃，感覺還不錯。我倆就決定將婚宴定為西餐。我們的婚禮儀式是在廠里的大辦公廳，將其重新佈置成禮堂，並請餐廳的人到我們工廠來做西餐給賓客吃。有的老先生吃不慣，回家還要熬稀飯才能吃飽。畢竟是在七十年前，別說是老年人，當時的年輕人也是吃不慣的。

連戰的姑媽在婚宴上就和父親講，哎呀，你怎麼把女兒嫁了那麼遠？父親就很不以為然。後來我有個女婿，他是在高雄糧食局碾米廠裡工作的。他就說我父親頭腦很開明，會讓兩個女兒去讀費用高昂的高等女學校，那時高女裡不是光要唸書，而且還要學做衣服，那時用來實習的衣服也很貴，而且是兩個人一起都要上的。我女婿家裡父母就不讓兩個學習成績還不錯的姐妹繼續上學。

當時，臺南第一高女是日本學生為主，第二高女是臺灣人為主。他們那些第二高女的老師也不敢很明顯地歧視欺負臺灣學生。

我的大媽媽，就是父親黃藏錦的大太太蘇快，曾經去上海租界和我大哥住一陣子。回來後，還和我們講淞滬抗戰時日本軍隊在上海丟炸彈的事情。她也一直和我們生活在一起。大媽媽好像就是在我們結婚後不久，六十歲左右在臺北萬華那邊的紅十字醫院過世的。她是因為吃菱角消化不良而產生的腸胃病而過世。

我記得我大哥剛到臺北那陣子，是住在新起町[6]的日式房子里。那時睡覺都還要用大大蚊帳睡在榻榻米上，他家的小孩子多。有孩子跑來跑去。當時有人從中南部坐夜車到臺北有事去找我大哥，那人早上到了以後，孩子們都還在蚊帳裡睡覺。那個客人就好奇，問我大哥你到底有幾個孩子，怎麼一會兒鑽出一個來，一會兒又鑽出一個來？大哥有兩任太太，一共有十三個小孩，其中有個女孩早夭了。

6 新起町為臺灣日治時期臺北市的行政區，今臺北市萬華區新起里，於漢中街、中華路、西門紅樓一帶地區。

我大哥對我們還是很好的，也是一個比較慷慨的人，在光復初期，臺灣的物質相對匱乏。當時我們去臺北看望他時，穿著破舊的皮鞋去的。他看見了，就把我們拉去皮鞋店，一人買一雙新鞋。舊的就不要了。

我有個女婿是交大電機專業畢業、留德博士。他那時剛認識我女兒時，得知黃鑑村是她的舅舅的時候就很驚訝。因為很多學校都用他的書當教材。

我二哥黃榕桓後來從紙廠出來後經營女王唱片公司，一九七〇年時因為同業舉報，女王唱片灌錄「通匪藝人」的作品，而被警總抓去關過三年。

後來，我們夫婦從臺中調到了高雄小港專門做水泥袋的工廠裡工作，我丈夫擔任廠長一職。

父親黃藏錦是在臺北探望我二哥家時因為感冒過世的，從染上感冒到過世也就三天，當時感冒也就普通診所看看嘛，後來發展為氣喘，第三天送急診。據我二哥講，他當時抱著父親在急診室，還沒進病房就過世了。因為老人家年紀大了體質不好，得了感冒就這樣病了三天就過世了。

黃貴渶：

據父親講，我大哥黃鑑村當年學習成績非常優秀，考試好像都是考第一名的。不止學習好，各方面也都相當優秀。那時候，他所就讀的臺南一中是以日本學生為主的學校。大哥為什麼會唸日本學生為主的臺南一中呢？我覺得一個是他本身成績優異，再加上當時臺南名望的人家，會為了面子把小孩送去一中或第一高女。當時父親是臺南比較有名望的人物，所以大哥就能被臺南一中錄取。然而，在臺南一中里的有些日本學生出於嫉妒就有些閒言碎語，找他麻煩來排擠他。那時正好是父親聽說華僑陳嘉庚在廈門創辦了集美中學，就安排我大哥去那裡求學。

據我母親李水枝女士[7]講，大哥在南京求學期間，還沒有結婚時，曾經回來過一次。可能是在那時碰見了他第一任夫人陳愛月女士。我母親說，你大哥那次回來時，我們兩個雙胞胎還坐在特製的連在一起的雙胞胎嬰兒椅上。我大哥當時看了覺得很新奇。

小時候，我記得我們家裡有用名貴的木頭雕刻的象棋棋子和棋盤。棋子很大，和一般的月餅差不多大。只是後來遺失了不少。父親也很愛好下象棋，經常在開基武廟門前和人下棋，有時候有客人來訪，我媽媽還讓我去廟門口去叫他回家。我都有印象的。

7 據黃華容提供的《黃氏族譜》記載，李水枝為黃藏錦的第三位夫人，前二位是蘇快、曾喜。

我們家就住在大天后宮正門對面的街區裡，我的房間在二樓，有個窗戶是可以看到大天后宮前的小廣場的。有時候過節搭檯演戲，都能從我房間的窗口看到。

父親也有很多線裝的古書。他看書看得很多，我記得他在日治時期還看過《三民主義》，這可是禁書，被日本官方發現可是不得了的。他看完後會放在竹簍下面。有一次，父親正在看《三民主義》時，正巧有位朋友來訪，他就順手就放在了扔碎紙的竹簍下面，我看到後，悄悄去看才發現是《三民主義》，這是我親眼看到的。其實是很危險的。

父親看書看得很多，字也寫得很好，但印象是沒有寫過詩。他是富家子弟，看書學中醫也都是憑興趣，覺得好玩才搞的。我家裡還有過不少造型精美、手工雕刻、很高很大的傀儡戲的木偶。這是父親從福建家鄉帶回來的，後來因為來串門的親戚朋友喜歡，就陸陸續續送完沒有了。

父親還會刻水仙花的球莖，他用一把很鋒利的刻刀來刻。刻了以後可以控制水仙花從哪個角度生長、在什麼時候開花。以前還曾刻了送給我我們學校裡的日本老師，那位老師都很高興，還特意擺起來。

父親黃藏錦對中醫也很感興趣，但他只是自學，也不對外開門診的，但親戚朋友、鄉里鄉親都會來找他看病。他對婦科疾病的診療很有心得。

父親也會排八字，我們每個孩子出生後，父親就會排八字。小時候，有人說為什麼你名字里這個「渶」有三點水？字典裡沒有這個字。我回去就問為父親，父親就說，怎麼沒有？《康熙字典》就有！我和姐姐名字里都帶三點水，是因為父親給我們排過八字後知道我們命里缺水。

父親也會給我們學一點漢文，我大哥和二哥都是父親請先生來家裡教的。後來，大哥二哥都去了大陸，家裡就我們幾個女孩子。父親就自己教我們。在讀公學校時，父親就會在課餘時拿出古書來教我們念一段。後來我們公學校畢業後為了考第二高女。因為當時的高等女學校都很難考，所以父親就要求以考學為主，就沒有再進一步學了。光復後，大哥二哥帶著他們外省的大嫂和二嫂回到臺灣，所以我們在家裡頭都講國語。所以，對我們來說，那時在語言上，沒有轉換上的問題。中文都能看，國語的聽和說也都沒有問題。

日治時期就讀公學校是以四月為界，四月前的七歲可以入校，四月以後的八歲才能進公學校。公學校都是六年制的，六年之後還有兩年高等科。

我們是年頭生一月份出生的，所以我們就早讀書。我們在明治公學校[8]時，遇見了一位很好的中村老師。這位老師為我們要考高女的同學補習。其實那時是不允許補習的，但中村老師就利用自習的時間，給我們要考高女的同學印考卷，給我們做升學考試要考的國語、算術等題目。

當時我們考臺南第二高女[9]，需要過三關，第一關是身體檢查。有沒有傳染病，身

8 該校創立一九一二年三月八日，當時名為臺南女子公學校。當時校址在臺南育嬰堂，分校地址在舊海東書院（今忠義國小）一九二四年遷入現址（今臺南市中西區成功路二百三十五號）一九二八年改稱「明治公學校」。一九三七年四月一日起男女兼收，之後在一九四一年四月改為「明治國民學校」。二次大戰後，於一九四五年十二月更名為臺南市中區第一國民學校，一九四七年二月二日改名為光復國民學校，同年四月一日又改為成功國民學校。一九六八年施行九年國教後，改制為成功國民小學。

9 該校全稱「臺南州立第二高等女學校」，前身為一九二一年創立的「臺南州立臺南女子高等普通學校」，學制為三年制。一九二二年第二次臺灣教育令公布後，臺灣總督府臺南高等女學校改為「臺南州立第一高等女學校」、臺南州立臺南女子高等普通學校改為「臺南州立第二高等女學校」學制改為四年制，通稱「二高女」。據此推算，黃清涔與黃貴漢應是該校第二十一屆畢業生。日治時期之二高女共歷二十四年、五任校長、兩千兩百餘位學生。二戰結束後，臺南州立第一高女與臺南州立第二高女合併並更名為「臺灣省立臺南第一女子中學」，簡稱「南一女」。一九四七年九月定名為「臺灣省立臺南女子中學」。以原州立一高女校舍為新校址，原州立二高女校舍因戰爭殘破無法使用，日後成為臺南市立中山國民中學校地。

高體重肺活量不達標也不行，還要考一百公尺要跑到幾秒才算合格。要是第一關通不過，第二關就不用考了。第二關就是筆試考國語（日語）、算術、歷史三科。考試合格後，還有第三關——面試。學校裡幾位老師會向你提問。三關都通過才能被錄取。

我們家並沒有重男輕女，父親一直鼓勵我們努力去考上高女。父母希望我們能夠一起考上，當時我們打算如果一個考上了另一個沒考上，我們就都不去唸了，第二年再考。因為我們同班就有一對醫生的女兒，也是雙胞胎姐妹，一個考上了另一個沒考上，第二年才考上，所以就低了一級，兩個人在學校裡碰面像幾乎像仇人一樣，不說話。她倆因為家住得遠得住校。我們住校的同學就和我們說，他倆住宿舍雙人間都不住在一起，幾乎就沒見過她倆之間說過話。父母和我們兩個就很希望能一同考上。結果我們倆如願順利地都考上了，我們父母真是由衷的高興。

當時父親也考慮若我們沒有考上的話，就會把我們送去大陸繼續求學。因為那時太平洋戰爭還沒有爆發，那邊戰事還不激烈。父親因為當過協議員和那些日本警察都很熟。他們也經常來我們家做客。父親就和他們講，我兩個女兒要是沒考上高女，就把她們送去上海，能不能給她們辦護照？那警察滿口答應說沒問題。其實，怎麼可能呢？父親日語也不錯，和日本人的日常交流都沒有問題。

就這樣，我們在一九四一年春通過了入學考試，被臺南第二高女錄取。四年後，在一九四五年三月底畢業。正好趕上光復前最後一屆。原來的高女是五年制的，我們進入高女的前幾年改成了四年制。否則我們就趕不上畢業了。當時男生讀的一中二中是五年制的。

我們還有一位比我們大八歲的姐姐——黃聽月，她也就讀於明治公學校。六年級畢業後，她考了兩年沒考上高女，她同時就讀了公學校的高等科。因為我有個叔叔黃滄浪在臺南醫院裡做醫生，父親看我姐姐考不上高女，從公學校高等科畢業後，就讓她去唸了護理學校[10]。護理學校是半工半讀的，所以她就在臺南醫院當過一段時間的護士，還學過一點接生的技術。她體質不太好，有肺病，經常咳嗽。因為在護理學校學習過，所以她有點強迫症式的潔癖。後來我母親過世後，姐姐黃聽月曾住在療養院裡住過一段時間，那時都是父親去照看她，可惜她沒多久就過世了。差不多是在一九六〇年代。姐姐黃聽月在日治時期並沒有談過戀愛，可能就是因為在基隆被那位周副主任拒絕後，受了一點刺激。但當時我們姐妹都已經各自去工作，具體情況就不清楚了。

10 即當時的臺南醫院看護婦養成所。

我們黃家資助了臺南很多是寺廟，主要有開基武廟、西華堂、竹溪寺、法華寺、孔廟等等，都有相關的記載。西華堂在臺南火車站對面鬧中取靜的地方。我們的祖先都曾安葬在那邊的墓園裡。日治時期，日本人曾經要在原來的祖墳所在地建一個神社。父親知道後就把祖先的墳地遷到了西華堂。西華堂是個尼姑庵，那裡的尼姑並不落髮。那裡也有靈骨塔，我祖父母、祖母的靈位也都在那裡。因為那裡很清靜，很多有錢人家的太太就會去那裡住一段時間，修身養性一下。所以我們家人有時就會去那裡住一段時間。那裡做的素食也很好吃的。

我聽我媽媽講，我六姨婆先生的哥哥是當時乙未割臺時，帶日本人進城的。對日本人來說是有功的，當時還被授予勛七等，最低的那個級別。那人本來是個小商人，後來破產了。當時臺南州的一個知事請父親去做他的財產清算人，就是他破產後欠誰的錢該還多少，要進行一個賬目的整理與清算的工作。那個知事就說，這錢你就先墊著，我們臺南州官方的土地多得很，到時候要不行就劃一塊給你作為補償。日本人這麼說了，你不幫他做也不行。結果做了一半的時候，那個知事被調走了，新來的知事就不承認前任的承諾。這樣就使父親虧了很多錢。這事情發生在我大哥剛去大陸求學，我們還沒出生的時候。本來我大哥是希望能夠去德國留學的，但因為這個事情後，就沒去成。

我們長大後，就在臺南的明治公學校及臺南第二高女上學。我印象裡，並沒有感覺到有很明顯的歧視。我記得我們在明治公學校的老師很好。但也有一兩個老師有這樣的情況吧。其餘的老師都還好。

我大哥為什麼會唸日本學生為主的臺南一中呢？我覺得一個是他成績優異，另外就是當時臺南有權勢的人家為了面子或者什麼，都會把小孩送去一中或第一高女。那時我們家有錢，又是長子。後來，我們二哥黃榕垣畢業於臺南二中。

我二哥比我大哥小了十歲，據我母親講，是因為大媽媽和父親生了大哥黃鑑村後十年沒有再生另外的孩子。我祖母覺得我們黃家不能只有一個孩子，應該再生。所以她就建議說一定要再娶再生，作主讓父親再娶二房太太，娶過來以後也沒有什麼糾紛和吵架，大家都很和睦。後來就有了五個小孩。大媽媽去西華堂是從上海回來以後，感覺是因為年紀大了，西華堂裡很多都是五六十歲的太太們去那裡休養。就是我們差不多在讀高女期間。我在三崁店糖廠工作時，週末也常常去西華堂投宿。

後來是一直等到臺灣光復後，大哥黃鑑村被派到基隆做接收工作時，我們姐妹才有機會見到我們大哥。我們在他那里住了一兩個月，沒有住很久。我們的那些侄兒姪女們都很高興，和我們玩在一起，我們也帶他們玩，他們應該也都記得。那時我也想繼續升學，但是那時光復後，我們念的日本式的高中接不上。還要另外再讀。因為光復前，戰事正緊，我們高女上課也不規律，英文課也不上，就去勞動屋幹活，功課上就有點耽誤了。大哥看我這情況也沒法繼續升學，就介紹我到臺南的三崁店糖廠去做事。

當時，我大哥和那些接收委員曾住在今天臺北車站附近的一個叫「日之丸」的日式旅館裡，同住的就有一位羅宗實先生。那時，政府已經決定派他去當臺南三崁店糖廠的廠長了。我就在大哥黃鑑村的介紹下，由這位羅先生帶我到臺南的三崁店糖廠去做事了[11]。當時，這位羅先生的太太小孩也都從大陸過來了。我就和他們一起坐火車到臺南的廠裡去報到的。我就在三崁店糖廠遇見了我的丈夫羅悟非。

我和姐姐的婚事，父親並沒有反對。因為他的兩個媳婦都是外省人。父親在我婚前就和我說，這個婚是你要結的，發生什麼事情是要自己負責的。我就說好沒問題。其實，父親是個蠻開明的人，都會把自己的孩子送去大陸唸書，早年黃家從福建老家來臺後，也是往來兩岸之間做生意的，並沒有完全和大陸切斷聯繫。所以，他是一位心胸寬廣的、不是那麼死腦筋的人。

11 可據《工礦處職員羅宗實等九員調任糖廠案》，《臺灣行政長官公署檔案》典藏號：00303234522001 所載印證。

「二二八」的時候，我因為是臺灣人沒什麼問題。我所在的糖廠裡就有幾個外省人。當時大家都住在廠里的單身宿舍裡。男女宿舍各在一邊，我和一個護士住在一間。男同事中有幾個是外省人。廠裡當時就把他們集中起來，保護他們不讓他們出去，因為外面亂，外省人容易有人身上的傷害。

我和我先生是在一九四七年五月結的婚。那時大哥黃鑑村去上海辦事，沒有來。父親黃藏錦是出席的，而且還是主婚人。我姐夫和我丈夫在婚事上都很欽佩父親的開明。因為當時臺灣結婚是要給親友發很大的喜餅和數額不低的聘金的。我夫家得知我倆的婚訊後給他匯了一筆結婚的錢，從泰國經上海轉到臺灣。當時由於金圓券貶值很厲害，所以到我丈夫手裡後就只夠做一套西裝。

父親是知道這個情況的，我丈夫來問父親結婚時該怎麼辦時。父親就說，你剛出來做事，賺不了多少錢。喜餅有沒有我都無所謂。聘金我也不要收你的，我若是要聘金的話，也不會花那麼多錢供我兩個女兒去讀高女了，公學校畢業後就直接讓她們嫁人收聘金不就好了?我不是賣女兒，所以聘金也就不要了。至於喜餅，父親親戚朋友很多，而且在臺南也是有名望的人。很多朋友是給還是不給?要是都給，你肯定也給不起，乾脆也就不要了。父親和我先生說，如果我要這個面子，和你要聘金和喜餅，你肯定是要借錢才能辦到，將來吃虧的還是我女兒。所以就不要借錢來搞這個排場。

當時，我的嬸嬸笑話父親是在偷嫁女兒，哪有人家嫁女兒不吃喜餅的？父親就說，這是在浪費。沒關係，我不在乎。

所以，我倆的婚禮就是用當時臺灣最新式的形式來操辦的。以前都是有去女方家裡娶過門，然後再回夫家拜天地。我們就是把男方女方的客人一起請，婚禮上還請我會彈鋼琴二嫂黃懿範來彈奏結婚進行曲，我穿白婚紗，同學當我們的伴娘。在我工作的糖廠的招待所禮堂裡舉行的結婚儀式。儀式大致的流程就是新人一同走上臺，主婚人和證婚人各自致辭，然後就是結婚證書上蓋章。之後就是到臺南有名的餐廳寶美樓[12]去，我們兩家一起請。這樣的做法，在臺南幾乎沒有人這樣辦婚事的。整個臺南都很轟動，父

12 寶美樓位於臺南市西門圓環，為日治時期開設在臺南市的一間臺灣餐廳，在 1970 年代以前仍為臺南達官貴人的社交要地，民間甚至流傳「北有江山樓，南有寶美樓」的俗諺。寶美樓最遲在 1905 年已在開設在臺南市內新街（錦町三丁目 136），店主為蕭宗琳。1934 年，於西門圓環西南隅新建了四層樓高的寶美樓（西門町二丁目 221）。由於寶美樓生意興隆，許多名人造訪曾造訪此處，如許丙丁、葉石濤、郭柏川和陳達儒等人。寶美樓的榮景則一直持續到 1970 年代，其建築物尚存，之後由不同業者所使用。

親參加婚禮的朋友們也都很驚奇。因為就臺南這個地方來講，婚事和喪事都要遊街，把嫁妝和聘金都拿出來用牛車拉，就是擺陣仗炫耀給別人看。嫁妝連馬桶什麼都有的。所以，這個婚禮就讓我們很舒服，沒有壓力。所以，當我的下一輩結婚時卻又要喜餅的時候，我先生就說，這時代怎麼越來越退步了？我們那時都不用的喜餅，現在怎麼反而又要了？所以，我的先生和姐夫都很感激與尊重父親，因為在那時候，我父親就有這麼現代的意識，很體貼地讓我們不要有太大的經濟壓力，以大家都輕鬆的方式地走進婚姻的殿堂。

我夫家是在泰國做生意的潮州籍華僑，那裡的方言和臺語相近，所以和父親溝通也不成問題。父親聽得懂國語也會講一些，半聽半猜也能和人溝通。

我們黃家和連橫、連震東家還有臺南的辛文炳家都是世交。連戰的姑姑和姑丈還有連震東都和我大哥在南京的臺灣同鄉會中有過交集。

我的父親黃藏錦的頭腦非常清楚，人家說你把兩個女兒嫁得那麼遠，一個是四川的，另一個是泰國的。父親就說，現在時代越來越進步了，人都可以像鳥一樣在天上飛來飛去了。那時國民黨還想著要反攻復國，打回老家去。可沒過幾年，他就說，你們都不會走啦，都要在這裡一直陪著我啦。可見父親對於時局的洞察力。

我的兩個孩子也時常被他們的外公帶著在臺南玩，買玩具、拜訪朋友什麼的。他一直是穿著長衫，那時穿長衫的人在臺灣已經不多了，直到過世他都是穿著長衫的。所以，孩子們和外公都很熟悉。父親不喜歡臺北的空氣，喜歡住在鄉下，我當時工作的三崁店糖廠和父親住得很近。所以，我工作後，我的一家人和我父母常有來往。

我大哥的兩任太太一開始並沒有住在一起，回臺灣沒多久，第一個太太就過世了。在基隆時，我有次剛好也在，半夜全家一陣慌亂，就是因為大嫂因為血漏而要送急診。這個病常常會發作，一發作就要趕緊送醫，否則就會有生命危險。據我母親說，她在上海時就有這個病了。後來沒幾年，她就是因為這個病去世了。我大哥後一任太太是因為肝癌過世的。

我大哥黃鑑村是臺灣第一個開辦無線電補習班的，也是臺灣無線電界的祖師爺之一。翻譯過很多關於無線電專業的書籍，有日文的也有英文。以前的臺北工專就是現在的北科大等學校都用我大哥翻譯的書當教科書。他的書不僅在臺灣發行，還曾賣到泰國，當時匯款不方便，還是我去探親時，我大哥請我幫忙去收的版稅。因為我夫家是在泰國發展的廣東潮州人，我先生羅悟非是當年在大陸唸書的泰國華僑。

後來我們幾個家人一起湊錢在永康[13]買了一個果園，我二哥在那裡蓋了一個小房子。因為我父母不喜歡臺北的空氣，所以就住在那裡。

後來，政府派我丈夫去非洲的賴比瑞當農耕隊隊長，援助他們的水利工程的設計與建造工作。我丈夫是去了十五年，當時我的兩個孩子還在上中學，還需要照看。我留在臺灣照顧他們，直到他們都上大學後才到非洲陪了我丈夫十年。我的兩個小孩後來就經常到我姐姐家裡去住、去玩。我們每兩年就會有三個月的假期，我們會先到泰國看望我公公，然後再回臺灣探望家人。

13 據臺南大天后宮主委曾吉連先生介紹：二戰末期，為了躲避盟軍的轟炸，黃藏錦一家曾在永康烏水橋一帶購置田產，並時常住在那邊。2020年5月23日中午致電詢問。

陳大川：

我是四川重慶人，一九一九年生，今年一百歲了。民國三十一年（一九四二年）畢業於中央技藝專科學校的造紙科。後來我就在成都的一個經濟部立的一個紙廠裡工作。可以說，我和造紙就此結緣了一輩子。我研究過我們國家的造紙的歷史，也寫過五部相關的著作。就是這本《中國造紙術盛衰史》贈你留念。我目前還在準備寫《結緣造紙九十年》的回憶錄。我小時候三、四年級時就在家鄉做紙了。到了一百歲了還在搞造紙。我這裡有一幅用我完全用紙漿本身的顏色來做的畫作。

臺灣光復後，我作為一位造紙的技術人員就被經濟部派到臺灣做接收相關的工廠。我那時就是一個單身漢單槍匹馬地來到了臺灣，在臺中的大肚紙廠認識了我的太太黃清涔。她的二哥和我也是同事，是廠裡面的一個管材料方面的科長。我是管工廠的，我倆是平級的。宿舍和我住對門，我們兩個關係也很好。

她二哥黃榕桓早年在日本私立的中央大學求學。畢業後，到上海同大哥黃鑑村一起從事日語教學工作。抗戰時曾到南京的外交部裡當翻譯。汪精衛去日本訪問時，他是隨行的翻譯之一。他二哥在上海遇見了二嫂黃懿範，二嫂是一位祖籍河南的蘇州人。

在她二哥的房間裡，我曾見過有許多來自各地的唱片。因為他很喜歡收集唱片。那時，女王唱片的壓制廠在臺北三重。在臺北的中華商場裡還租有辦公場所和唱片行。她二哥是五個投資人之一。當時，女王唱片主要發行的是戲劇、京劇以及土風舞的配樂等等。當時女王唱片發行的京劇唱片的銷量是業內第一。同時女王唱片也賣當時中學生流行的土風舞的配樂，所以她二哥那時的唱片生意做得很好。至於他京劇的唱片是不是他大哥黃鑑村從上海帶來的，這我就不清楚了。

女王唱片在當時的銷量很好。一九六〇年代是臺灣京劇最流行的時候，那一類的唱片很暢銷，利潤也很高。大家都很喜歡。這是她二哥的興趣。後來他想收過來自己經營，可沒有那麼多錢，就開支票來收購股權把這個廠買下來，但沒想到一九六九年臺北下暴雨發大水，沖毀了這個工廠。黃榕垣重新整頓後再做，可已是強弩之末了。

至於黃榕垣當時為何被抓去關，我聽說是同業嫉妒的競爭者告發他的唱片裡有大陸的樂曲。他太太同一名高姓京劇演員一同票戲，往來甚密。後來他太太自己也說是他在搞鬼。結果就在一九七〇年時被關了三年。出來以後，他就不再自己做唱片了，而是拿著原片讓其他廠去加工錄製，他從中抽成。後來他就不再經營唱片了，去搞集郵，再後來就去美國舊金山開餐廳了。在好幾年前過世了，現在他的幾個孩子都在美國。

我和清涔戀愛後到了談婚論嫁時，她二哥也是舉雙手讚成的。婚後，二哥還把我和她妹夫羅悟非叫到一起，和我們說，你們兩個要好好地對我的兩個妹妹，否則的話……，我們也就笑笑乖乖地答應。也可以看得出她們兄妹情深。

我當時就是單身漢單槍匹馬一個人，在臺灣無親無故，像流浪漢一樣。我也聽說當臺南的女婿不容易，我們在大肚紙廠辦婚禮，我岳父岳母以及很多親戚朋友都來了。我是很感激，他們黃家願意把女兒嫁給我這樣一個孑然一身的年輕單身漢，也表示他們也是一個開明也不簡單的家庭。後來想想也是這麼回事，我的大舅二舅也就是黃鑑村與黃鑑村的弟弟黃榕垣都是在上海結婚的。那時黃藏錦老先生對於孩子們的婚姻還是比較開明的，也沒有什麼外省本省人的觀念。你想啊，我一個外省人剛到臺灣來，光復也才第二年，而且又是在二二八事件之後不久。怎麼就能和一位臺灣女生結婚呢？我開玩笑說，是我追女朋友的本領好，有一套。但總體來說，還是多虧了黃老先生思想開明。

我和我太太結婚就在二二八事件之後不久。二二八的時候，他們幾個臺灣同事，就把我們幾個外省同事集中安置在一個地方，保護我們不讓我們到外面去。因為外面亂，特別是外省人在外面不安全。對我來說，當時也沒受什麼苦，就過去了。我們結婚時用的禮車還是日治時期臺中大肚紙廠的日本社長的專用車。場地用的也是廠裡的辦公場所，出席的也都是同事和老長官，兩位協理。關於聘禮什麼的我都不懂，當時也沒有人告訴我。結婚照都是黑白的，後來還是請照相館的師傅用彩筆在照片上填上的顏色。我們的結婚也很簡單。

我印象裡，我岳父黃藏錦是一位很有老學者派頭的，有時談到古書時，他也蠻能談的。但是對我是後輩，自然就是洗耳恭聽了。我岳父也能講點國語，我也能說點半吊子的臺灣話，所以兩人連蒙帶猜的基本都能溝通。

我和黃鑑村的交往，是他從大陸回臺以後住在臺北新起町的日本房子裡面的時候。我在他家住過兩個晚上。我覺得黃鑑村可能是上海待久了，很有上海人的江湖派頭，就是海派嘛。我們有次去臺北，他請我們到餐廳去吃飯。本來就幾個人吃飯，後來陸陸續續就來了幾個人，十幾個人坐在一起，差點要坐不下了。原來，黃鑑村叫了幾位他的朋友，他的朋友還把自己的女朋友也帶上了。後來聽他二哥講，他大哥在上海吃飯也很考究，一個人去餐廳吃飯也會點三、四個菜自己慢慢吃。他對社會事務上的事情可能不太在意，但對社會上的人際關係的處理都很好，人情練達。

關於黃鑑村的那篇科幻小說，我看了你整理的內容後。我想了一想，還是有些話要和你說。其實，這篇東西是我寫了以後，投稿給黃鑑村主編的雜誌的。我名叫陳大川，大川反過來就是小河嘛，變同音字後就是曉禾嘛。一九五七年最初發表時用的就是陳曉禾這個名字。所以，這篇《五十年後寶島奇談》是我的最初構思的作品。其實，這篇小說是我平時自己坐火車和其他閒暇時間的胡思亂想。然後作為業餘興趣隨便寫了一篇，就投稿投給了黃鑑村主編的《無線電界》雜誌了。就我現在看到的內容上來看，黃鑑村看了以後應該也很感興趣，就作了一些文字上的潤色。後來，就用我陳曉禾的這個筆名發表了這篇小說。至於他們雜誌在二〇〇一年週年紀念時為何就直接將這篇小說歸到黃鑑村頭上去，我就不清楚了，可能是後人的誤會。我現在都一百歲了，畢竟那麼多年了，我也不可能還保留著我三十歲時的手稿了，那時我也並不太當回事。我的主業是在造紙技術方面。

就這篇稿子來看，故事的架構是我的創意。小說中的那位老人郭芝，這個名字其實是我的一個外號。我們四川話里有個形容一個人愛聊天吹牛叫「充殼子」，那時我有個關係很好的同事，他是上海浦東人，在上海紙廠時我們就是同事了。我和他熟悉了以後，他從不叫我本名，就愛叫我「殼子」。於是，我在創作時，就取其諧音把主人公的名字定為郭芝了。小說中另外一位人物劉調蟬，這個名字也是取自我在大肚紙廠工作時的一位同事的名字，他叫劉調儋，後來去了中興紙業公司工作。其中那兩位接待老人的雙胞胎，其實就是以我太太姐妹倆為原型的。小說中的兩位年輕雙胞胎，一個叫貴令一個叫貴典，我太太的名字裡有個涔，涔的右下部加一點不就是令了嗎？另一個叫貴典，是取自我妹夫的一位堂兄弟——羅懷典，他後來娶了黃鑑村的長女黃麗娟。

我們四川方言裡有「趴耳朵」的俚語，也就是形容我們四川男人有怕老婆的特點。所以，我們四川人一般也沒有什麼大男子主義的想法，普遍都很尊重女性。女性在家庭和社會上的地位也相對較高。再加上當時就提倡男女平等的觀念，所以，我這篇小說裡的自然表露的某些女性意識，就源於此吧。

還有小說開始坐火車那一段，就是平時我坐火車時的胡思亂想，覺得大陸到臺灣來，坐船很辛苦也很麻煩，為什麼不用海底隧道呢？這個海底隧道的想法當時也有人在談。因為那時我對科學方面的事情比較感興趣。再有就是講演的那一段，我那時去聽講演時就覺得我們坐在下面什麼都看不到，講點什麼也不太清楚。能不能用一塊大玻璃通過放大讓每個觀眾都能看到講演的人。這個想法我初中的時候就有了。其中，演講被提問打斷而最終不了了之的情節，也是我原有的構想。這是從日常的自己的感想出發來創作。在坐火車時，大家一般都會覺得無聊，我就想能不能用電影膠片播放的方式，在車窗上進行呈現，而且不是固定，而是一段一段地進行變換。這些都是我自己常常從臺中坐火車到臺北去時的一些想法。

我還有一個想法，那時臺灣經常地震，我就在想在建房子的時候，能不能把地基變成半圓的形狀。地震的時候，房子就隨著這個半圓一起在動，這樣就不會倒塌了。還有就是田埂沒有了，這樣可以節省土地，這也是我的想法。還有未來臺北市發展的構想，是我那時候去臺北陽明山遊玩時看臺北時什麼高房子都沒有，只有縱橫交錯最後流到淡水河的小河。小說後面關於天氣控制，就是我原來沒有涉及到的。

另外文中也提到了巫峽水電站，其實在重慶時期，政府就和美國專家在論證在那裡造大壩的事情了，我又是四川人，自然就會想到這一點。

關於小說中提到的中華民國復國，那是那個時代官方大力宣導的嘛，我那時也是不怎麼相信的。但還是在小說裡提了一筆，主要還是希望國家統一嘛。

我那時的這篇創作也是玩票性質的，寫得也比較隨性。記得好像就寫到郭芝兩個雙胞胎遊歷臺灣這段。那時我也沒有什麼科幻小說的概念，也就是一個年輕人對於臺灣未來的遐想吧。所以，這個故事的意思概念本身是我自己構想的，但在文字和某些內容上應該是經過黃鑑村潤色修改的。但黃鑑村也很忙，既要在學校裡上課，又要翻譯著作、寫專業文章，還要編輯雜誌，精力應該也有限。整體上增加的內容也不多。

記得那時，我到臺北中華無線電傳習所去看望黃鑑村一家時，她的太太黃沈惠珠女士還特地和我說，大家都很喜歡我這篇東西，希望我繼續寫下去。可惜我那時剛剛調到高雄小港紙廠，工作上千頭萬緒忙得很，所以也沒有再寫下去了。

現在我都一百歲了，現在來看這篇東西，我自己也覺得很好玩，怎麼就寫了這篇東西。很多東西，都是看了你整理的稿子後，我才回想起來的。我那時才三十多歲嘛，是有些喜歡天南海北地胡思亂想。我到現在還會有一些類似的怪想法，我會寫到我的《結緣造紙九十年》的回憶錄裡去。

口述歷史

陳大川先生關於《五十年後寶島奇談》的說明

陳大川

整理者案：陳大川老先生雖年逾百歲，但身體硬朗、精神矍鑠、思維清晰、記憶力過人。乍看感覺也才六七十歲的樣子，滿口的四川話，也令我這個來臺求學的大陸學子倍感親切。初次聯繫接洽口述歷史的採訪時，也許是我先前的研究打動了陳老先生。老先生在訪問的過程中，就很熱情，他還幫忙聯繫了太太的雙胞胎妹妹，一同來回憶講述。一開始，他都一直讓她們姐妹在講，思維敏銳的陳老先生還時不時的提醒她們不要「跑題」。

一直到兩姐妹講得差不多了，或許是談得高興投機了，陳老先生才和我講起原本他不想講的事情。這篇《五十年後寶島奇談》是他的作品！當我聽陳老先生如數家珍般地談起他的創作初衷、動機時。我深感茲事體大，故而，特意請陳老先生具體看看我整理的科幻小說的內容，再和我具體來談談他的創作。沒想到，沒過幾天，陳老先生就給我發來了他的親筆手稿。文中鉅細靡遺地介紹了他當年的創作該小說時的動機，及對於五十年後作者被誤會的看法。特將手稿恭錄於下，望能釐清一段臺灣文學史上的小誤會。

一九五七年《無線電界》連載〈五十年後寶島奇談〉部分觀念的出發點

§原著者陳大川、筆名陳曉禾回憶當時為何有此想法

1內容：原文有「民國九十九年四月一日發生的故事」一語。
說明：為五十年後的「愚人節」故事——非正經的寫此文
2內容：地下鐵道——有壁畫，不分頭等、二等車內有娛人設備。
說明：當時頭等價貴、人少，二三等車擠滿人，平常坐火車早有「平等號」火車不分等次的觀念。長途無聊，應有娛樂。
3內容：歡迎大人物的形式。
說明：初中時在重慶沿街排隊迎接大人物很無聊的反射。
4內容：臺北下車後要經海底隧道火車行駛的觀念。
說明：未來兩岸相通應由海底隧道火車行駛的觀念，當時談笑時，已有人這樣說過。
5內容：「放心吧，原子彈不會再傷害你了」
說明：假設白髮老人不久前在日本見過原子彈傷害之慘，才躲在臺灣中央山脈地底下的山洞中五十年後出現。
6內容：代表歡迎的長者名為柳調蟬。
說明：借用大肚紙廠及中興紙業公司的技術人員，我的朋友劉調儋的名字。

7內容：歡迎白髮老人用的廣場玻璃屋高臺。

說明：有感往時大歡迎會，歡迎者及被歡迎者互無交接，受害耗時的痛苦，故文中讓彼此能看見。

8內容：主角白髮老人名郭芝

說明：郭芝是「殼子」的諧音，我的諢名。四川土話稱愛吹牛者「沖殼子」，抗戰時由四川成都建國造紙廠到臺灣來，臺灣紙業公司的大肚紙廠，小港紙廠（一九四三至一九五七）都是同事的上海人陳蔭仁（在小港為副廠長，我為主任工程師）。休閒時常戲稱我為「殼子」。

9內容：雙胞胎接待小姐的名稱

說明：黃「貴令——是我妻子名字，原名黃清涔，取黃，及涔的局部。她以雙胞胎妹妹原名黃貴渶，故事中改名黃貴典。她丈夫羅悟非，「典」是有貴渶丈夫的堂兄弟羅懷典而來。（羅懷典也是黃鑑村長女麗娟之夫）。

10內容：老人說的五十年前的臺灣古語

1整理者註：原小說中並未提及小說人物貴令、貴典是姓黃。

說明：瑪利瑪利——屏東山地門山地話[2]，謝謝。瓦——閩南話，我。騎之椅——日本語キツイ，ki tsu i 疲倦了。沃茶——日本語オチア，茶。脫苦擄躲——山地話，敬語，請。全句為「謝謝，我疲倦了，請給我茶」。

其他的，好呀汝，維爾康——How are you, welcome.

沃基尚——日本話オジサアン，老人家，請來坐——臺灣民間最通常招呼客人用語。

沙娜哈拉——山地門語。大意有再見的意思。這些屏東山地門原住民是我在寫故事前遊山地門時初學來的，發音不一定準。

臺灣從日本手中光復初期，原住民語是山地話加日本話混合講的，外省的人所講的各地方言都有，有時也將新學來的話亂混在一起講。

11 世界語——抗戰時四川有人提倡學世界語，大家都懂，我記得翻譯名稱為「愛斯不難讀」（Esperanto）

12 傳影電話——五十年前就聽說外國將要有這東西。

2 整理者註：此處應為三地門鄉，那裡是臺灣排灣族原住民的聚居地。陳大川小說中提及的應是排灣語。

13內容：抽象的怪畫
說明：寫文時我還未學畫，多少到畫廊看看，也懂一些。現在我畫線段水墨畫及用紙漿在手工抄紙簾上使「抄紙與作畫」同時完成是以後的事。
14內容：臺北陽明山是孤島
說明：我的幻想基隆河八堵處，挖水道穿山至基隆港，是港水沿基隆河與淡水河流出淡水鎮。
15內容：平原水田除去田埂，增加耕種產量。
說明：我當時沒有社會主義土地共有無私界的思想。我的土地無界限觀念，是從埃及來的。尼羅河下游平原種田。每年洪水淹沒，洪水退後，農民依然定固有目標，由幾何推算各耕者淹前土地，各耕自由，年年如此，並無紛爭。
16內容：日本式「榻榻米」（草墊），「和式」房屋，紙門隔間等的科技改良。
說明：我搞紙的人，對紙壁、紙櫃、紙門自然會有許多怪招。
17原故事最後一段，農田水利工程血脈化，河川水管化，人與天爭等，拉得太寬，很難繼續，就暫停下來，加上我自一九五二年由臺中大肚調職到高雄小港紙廠，因工場擴充等事，也無暇寫稿。這五十年以後的故事，也就無「跡」而終。

二〇一九年一月十二日　筆記

§關於《五十年後寶島奇談》文稿著者為何為黃鑑村的筆名

1文稿在一九五七年刊出。

2黃鑑村的幾個孩子在此文刊出時

長子華萌一九三二年生，時年二十五歲；次子華馨一九三三年生，時年二十四歲。

三子華雄一九三九年生，時年十八歲；四子華剛一九四五年生，時年十五歲。

五子華宏一九四七年生，時年十歲；六子華容一九四九年生，時年八歲。

由以上年齡推測，參與或知此事者可能有男生十五—二十五歲者四人。次子華馨口述中對父親文學造詣「全然不知」可惜阿萌、阿雄、阿剛均不在臺灣，六子阿容當時八歲，自然不會知道，但在口述中，最後一段有重要敘述：

父親過世後，我把我們《無線電界》雜誌的合訂本通過文榮生老師捐給了臺北城市科技大學的電腦與通訊工程系。其中父親的那篇科幻小說，就在最早的第二期和第六期上連載了五期。

由此可知，《奇談》刊出時阿容年僅八歲，對該文著者，自然不知，五十週年後才有「父親那篇」之說。

3「黃鑑村的生平概貌」中，一九五〇年代初，黃鑑村完成科幻小說這段的註解中有：二〇〇一年《無線電界》雜誌創刊五十週年之際，該小說於此刊二〇〇一年，三月刊，頁一—八；六月刊，頁一—八。兩期連載。按「編輯論誌」所載這篇小說是「黃老五十年前所撰寫的科學預言小說」。

結論：

《無線電界》雜誌一九五七年刊出的《五十年後寶島奇談》科學小說著者陳曉禾，後人誤以為是該雜誌的發行者黃鑑村的筆名。其原因或許因為黃老的六子黃華容於該科學小說刊出時年僅八歲，年長後或許受不詳知者誤傳。在其口述父親歷史中，有「父親的那篇小說」的話。在他口述中曾將雜誌合訂本捐給臺北城市科技大學。二〇〇一年雜誌五十週年紀念時「那兩期（可能指最早連載五期的雜誌第五期和第六期）沒有刊全」。在五十週年的「編輯論誌」載「這篇小說是黃老五十年前所撰寫的」。撰寫「論誌」者為何人[3]？不知是「論誌」影響了黃華容？或黃華容影響了「論誌者」？就讓它併存吧。我陳大川中學時，曾由「大川」通過「小河」，再由「小河」變成文雅一點的筆名「曉禾」。想不到儘然與我「牽手」的大哥同筆名，也算一件韻事吧。

3 整理者注，當時《無線電界》雜誌的主編即是黃華容。

黃鑑村生平及文本研究

《臺灣民報》劇作家青釗生平考[1]

一　前言

1　研究背景

青釗在一九二八年至一九二九年的兩年間，在《臺灣民報》上先後發表了具有鮮明女性及反殖色彩的二幕劇《巾幗英雄》與更為成熟的獨幕悲劇《蕙蘭殘了》。然而，作為臺灣日據時期為數不多的臺籍劇作家，一直以來，學界對其生平知之甚少。從青釗生平的前行研究來看，學界大都基於青釗在一九二〇年代末的兩部劇作——《巾幗英雄》與《蕙蘭殘了》的內容進行推斷。

石婉舜在二〇一一年完成的博士論文——《搬演「臺灣」：日治時期臺灣的劇場、現代化與主體型構（一八九五至一九四五）》的附錄六中整理了《臺灣民報》[2]中刊載

---

1 本文曾發表於《臺南文獻》，第 15 輯，2019 年 6 月。此次出版時，該文亦經部分修正。

2 《臺灣民報》是臺灣日治中期由臺灣人創辦的影響力最大的報紙，被譽為「臺灣人唯一言論機關」及「新文學陣地」。一九二〇年初在東京的臺灣留學生成立了「新民會」，在蔡惠如、林獻堂的支持下，創辦了《臺灣青年》雜誌，後改名《臺灣》。一九二三年四月十五日，《臺灣民報》在東京創刊，經歷了半月刊、旬刊、週刊的改編過程。一九二七年八月一日，《臺灣民報》遷入臺灣發行。一九三〇年三月，為準備發行日刊，乃增資改組，並易名為《臺灣新民報》。一九四一年，隨著太平洋戰爭的爆發，日本臺灣總督府深入推動皇民化運動，並收緊報刊輿

的劇本，並在第六章的第三節中梳理了文化劇在臺灣發展的脈絡時，對《臺灣民報》所刊載的臺灣人創作的新劇進行了如下的評價：

綜觀臺人的五篇創作劇本，以女性作家青釗的《蕙蘭殘了》較能有首有尾地以人物對話去推進劇情。[3]

石婉舜在簡要介紹中將青釗稱為「女性作家」，並未說明該判斷的依據，但正確指出了青釗劇作存在著不能上演的侷限性。

時隔四年後，由廈門大學林丹婭教授主編的《臺灣女性文學史》裡提出了不同的論斷。該書為臺灣現代女性戲劇專設一章，該章開宗明義地就指出「一九四九年……此前，臺灣只有女演員、女觀眾，並無女劇作家」[4]。

廈門大學教授朱雙一在〈臺灣民報對於五四新文學作品的介紹及其影響和作用〉中論的管理。該報因時勢所迫而改組為《興南新聞》，一九四四年被歸併至《臺灣新報》。一九四五年終戰後，被接收當局改組為《臺灣新生報》，不復為民喉舌的性質。

3 石婉舜，《搬演「臺灣」，日治時期臺灣的劇場、現代化與主體形構（1895-1945）》，臺北，國立臺北藝術大學戲劇學系博士論文，2011年，頁93。

4 林丹婭主編，《臺灣女性文學史》，廈門，廈門大學出版社，2015年，頁671。

談及日本殖民統治臺灣的種種不平等，反倒更增強了臺灣民眾的民族意識，將祖國認同和抵抗意志表現得更為明白強烈，並通過青釗《巾幗英雄》的劇本內容作為佐證，認為「作者是畢業於臺南一中而後在南京就讀中央大學的臺灣青年」。[5] 顯然，論者是依據青釗劇作的題注與落款來得出這樣的身份推斷。

綜上，青釗作為一九二〇年代臺灣為數不多的劇作家之一，學界對於他的生平身世，尚未有翔實可靠的查考；故而青釗生平的釐清是臺灣戲劇史以及文學史尚待填補的空白。

2 問題意識

基於前行研究的梳理，筆者對於青釗的生平身世產生了如下的問題意識：

青釗究竟是誰？是男性還是女性？能否透過作品中的蛛絲馬跡去查考其身世？青釗會是臺灣歷史上第一位女性劇作家嗎？

基於上述的問題意識，下文將根據史料的發掘與爬梳，並結合後人的口述歷史，將青釗的生平背景進行一個介紹與梳理。

5 朱雙一，〈臺灣民報對於五四新文學作品的介紹及其影響和作用〉，《臺灣研究集刊》，（廈門：臺灣研究集刊雜誌社，2008 年 4 月），頁 87。

二　青釗的生平

筆者從劇本中蛛絲馬跡的線索出發，通過文獻的檢索、爬梳、比對以及後人的走訪，首先確認青釗即為黃鑑村，並推測他亦是同時期在《臺灣民報》上發表文章的「紫鵑」。最後還原了他大致的身世。

1　青釗即是黃鑑村

首先，從青釗劇作發表的時間以及作品題款與落款的內容，大致可以判斷：青釗至少在一九二八年至一九二九年間求學於南京中央大學，來自臺灣學生。從《巾幗英雄》中「贈南一中畢業諸鄉學友」的題款中，可以推斷，青釗可能是臺南一中的學生，他也因此極有可能是臺南人。基於這些線索，筆者通過史料的檢索、爬梳、比對，試圖探尋青釗的真實身份。

最開始，筆者從上海圖書館的全國報刊索引中檢索關鍵詞「青釗」查得：一九三三年二月在上海發行的《無線電雜誌》上，有用「青釗」的名字發表的〈發射用無線電之研究〉一文。同時，在一九四五年十一月《臺灣月刊》的創刊號及之後的一期上，有署名黃青釗與謝有德一同撰寫的〈臺灣產業之考察〉。

筆者從臺灣期刊論文的索引系統中，查有一九五六年至一九七八年共有以「青釗」或「黃青釗」為名發表無線電專業論文五十一篇，其中有五十篇發表在《無線電界》雜誌上。

臺灣省行政長官公署人事室一九四六年七月編纂的《臺灣省各職員機關錄》第183頁上，可以發現「黃青釗」的名字赫然在列。其記錄如下：

臺灣石炭調整委員會　基隆辦事處主任

姓名：黃青釗　別號：鑑村　性別：男　四十歲　籍貫：福建晉江

到差時間：四五．一一　永久通訊處：上海霞飛路四明里六十八號

現在住址：基隆市天神町八十五號。

這是一則重要的第一手史料。首先從年齡來推斷，一九二八年時這位黃青釗二十二至二十三歲間，正是適學的年齡。另外可知，黃青釗還有一個鑑村的別號，故而將「黃鑑村」也納入檢索的範圍。在臺灣的清華大學圖書館，筆者查得黃鑑村的著作三種，其中，一九六八年由幼獅文化出版的《彩色電視製作技術》一書的扉頁中，載有作者玉照及簡介，其內容如下：

譯者黃鑑村：福建普江人，[6]國立中央大學電機系畢業，曾赴日深造。先後創辦中華無線電傳習所及無線電界技術月刊。現任省立臺北工專電機科教授兼工場主任、臺灣電視公司副主任等職。著有《無線電及電視工程》叢書二十餘種。

從姓名與籍貫應該就能確定黃青釗與黃鑑村為同一人，同時也可以確定他曾就讀於南京中央大學。而在一九六二年在苗栗二坪山復校的中央大學當時僅有地球物理研究所，一九六八年五月設立大學部遷至桃園中壢時，也僅有物理學系及大氣物理學系。[7]再加上黃鑑村當時已年逾六旬，應當不會就讀該校。故而，由此可以推斷，他所就讀的正是當年位於南京的國立中央大學。

筆者在清大圖書館館藏刊物——《無線電界》中查得：該刊於二〇〇〇年三月刊中刊載的〈本刊創刊人——黃鑑村事略〉，其中開篇便是：

6 經查福建並無此地，應為「晉江」的誤印。

7 國立中央大學網頁「認識中大——校史紀要」，網址：http://www.ncu.edu.tw/about/history。以及國立中央大學校史館．數位校史，http://sec.ncu.edu.tw/ncudhis/index_chs.php?years=6，2017年7月3日所查。

> **黃鑑村先生字青釗生於民國前五年五月二十八日，原籍福建晉江安海金墩，世居臺南。先生幼承庭訓，聰穎好學，日治時期進入以日人就學為主的臺南一中，因不滿師長偏袒日籍同學憤而離校，隻身返國赴廈門集美中學就讀，畢業後考入國立交通大學，後轉國立中央大學電機系，民國二十五年畢業……**[8]

這一段文字便能初步將青釗與黃鑑村劃上等號，但此文並非第一手文獻，內容自然還有待進一步地查證。

筆者在南京中央大學的後身——南京大學檔案館網站上的「中大學籍查詢」[9]網頁中進行檢索，查得在「國立中央大學 電機工程系 民國二十一年七月畢業」的學生姓名中有「黃??村」存在（此處的問號應是簡體中文系統無法顯示正體字「鑑」而以此替代）。故筆者親往南京大學檔案館，查得黃鑑村的學籍檔案。在其學籍表中「永久通訊處」一欄中，填為「臺灣臺南市本町四丁目三十三號」。[10]「入校年月」為「十六年九月」，[11]即一九二七年九月。在〈國立中央大學學業成績表〉中記載黃鑑村在校的時間

8 《無線電界》編輯部，〈本刊創刊人——黃鑑村事略〉，《無線電界》，（臺北：無線電界雜誌社 2000 年 3 月），頁 45。
9 網址：https://online.nju.edu.cn/pub/?id=16，2017 年 7 月 4 日所查。
10 〈國立中央大學學籍表〉，南京：南京大學檔案館，2396，1927 年，教（8）。
11 〈國立中央大學學籍表〉，南京：南京大學檔案館，2396，1927 年，教（8）。

為「十七年一月」至「二十一年七月」，黃鑑村第一學年攻讀的是「預科」，之後四年為「電機工程科」。[12]據此可推斷，這位一九二七年至一九三二年在南京中央大學求學臺南學生黃鑑村就是青釗。亦即，黃鑑村用他的字——青釗作為筆名發表了《巾幗英雄》與《蕙蘭殘了》兩部劇作。

隨後，筆者通過位於臺北的中國無線電協進會，聯繫到了黃鑑村排行第二與第六的哲嗣——黃華馨、黃華容兩位先生。在兩位後嗣的幫助下，進一步獲得了有關於黃鑑村的文獻史料，並進行了口述歷史的採訪。同時，在二位的引薦下，黃鑑村的么女黃麗鈴女士也親筆撰寫了對父親的回憶文章。此外，筆者通過中華科技史學會，訪得黃鑑村的兩位同父異母的雙胞胎妹妹——黃清涔與黃貴渼兩位女士以及黃清涔女士的丈夫陳大川先生，亦進行了口述歷史的訪談。

筆者便依據以上史料的查考、爬梳、走訪與整理後，大致勾勒出青釗，亦即黃鑑村的生平概貌。

12〈國立中央大學學業成績表．黃鑑村〉，南京：南京大學檔案，1932 年，教（7）。

2 黃鑑村的家世與生平概貌

黃鑑村（一九〇六年七月十九[13]至一九八二年十一月二十九[14]），字青釗，出生於臺南，祖籍福建省晉江江安海金墩。

黃鑑村的曾祖父黃年淮、祖父黃鷺汀與父親黃藏錦[15]是當時臺南政商兩界有名的仕紳，家境殷實。據記載，黃年淮（？至？）早在一八五〇、六〇年代時即在臺南抽籤巷街經營京菓鋪，獲利頗豐。乙未割臺時，黃年淮寫眷內渡，便將生意交予其子黃鷺汀。[16]黃鷺汀（一八六九至一九〇七）曾任臺南廳第四區的街庄長、[17]臺南「城內保甲副局長」[18]。其父黃藏錦[19]（一八八八至一九五四），據記載曾任臺南市本町

---

13 據臺灣戶籍檔案A1843356號所載，黃鑑村生於「民前伍年伍月貳捌日」。另據黃華容提供的《黃氏族譜》所載，該日期為農曆。故黃鑑村的生日應當是西曆一九〇六年七月十九日。

14 據臺灣戶籍檔案A1843356號，事A,0057844記2所載「民國柒拾壹年拾壹月貳玖日死亡」。

15 據《黃氏族譜》所載，黃華容提供。

16 參見一記者，〈黃鷺汀自殺始末原因〉，《漢文臺灣日日新報》，1907年10月22日，版5。

17 參見《職員錄》，臺北：臺灣總督府，1906年，頁656。

18 中神長文，《臺南事情》，（臺南：小出書店，1900），頁150。

19 據《碧溪黃氏祧譜．金墩千一公派下支系》，福建晉江安海金墩黃氏家廟所藏，2015年重修，黃雙路提供，頁1所載的信息，黃藏錦譜名為「福隆」。

保正[20]，並於一九二一年、一九二二年時，曾任臺南州臺南市協議會員[21]及市役所的教育委員。[22]同時黃氏父子二人先後擁有臺灣為數不多的煙草專賣權。

關於黃鷺汀的經歷，最早記載於一九〇〇年臺南小出書店出版的、由中神長文用日語編撰的，介紹臺南當時情況的《臺南事情》一書中。在介紹當地仕紳「諸名氏略歷」的章節裡，專文介紹了黃鷺汀：

黃鷺汀（抽簽巷街）

此君於同治八年（一八六九年）生於臺南，接受了傳統私塾教育數年。之後，他開始經商，專心於發家致富的方法。在法國海軍將領克氏率軍侵略基隆與澎湖時。他遵從清政府的命令參加了當地的團防。從而他當時就已盡心盡力地擔任了街長之職。清領時期曾爆發了蔓延至各省並波及澎湖與臺灣島的饑荒。此君屢次捐錢捐糧，以圖救濟。自日本帝國佔有臺灣後，他繼續擔任街長一職。

20 參見〈保甲書記 犯賭案釋放〉，《臺灣日日新報》，1935年12月20日，版12。

21 參見臺灣總督府，《職員錄》，1921年，頁333；臺灣總督府，《職員錄》，1922年，頁348。

22 參見〈臺南．教育委員任命〉，《臺灣日日新報》，1921年5月3日，版4；〈臺南．教育委員任免〉，《臺灣日日新報》，1922年1月22日，版4。

明治三十年及三十二年（一八九八年至一九〇〇年）時，鼠疫及惡性傳染病流行期間，此君首次倡議設立衛生局、避病院，將散佈在城內的墳墓遷移至城外，並設立了檢驗檢疫體系。瘟疫結束後，他被授予了慰勞金二十元，並成為了首批日本紅十字會臺南支部的社員的資格。此後，他愈發熱心於公益事業。自明治三十三年，臺南實行保甲制後，他就被選任為城內保甲副局長。此君本業為雜貨商人，經營手段頗為高明，利潤頗豐。[23]

從該史料中可知黃鷺汀在日本據臺前後就是一位積極參與臺南地方事務的商人。在戰爭及瘟疫流行的危險時刻，盡心盡力，尤其在臺南防疫衛生體系的倡設方面有積極正面的貢獻。這也使他獲得了一定的政治地位。

自一九〇五年起日本總督府當局在臺灣實行煙草專賣的政策，依據《臺灣煙草專賣規則》第十九條，必須由臺灣總督指定元賣捌人（配銷商）。當時在眾多申請者中，有

23 中神長文，《臺南事情》，頁150。原文為日文，由顧振輝翻譯。

八人被指定為臺灣刻煙草元賣捌人。[24]黃鷺汀與黃藏錦就曾先後擁有煙草專賣權。[25]

關於黃鷺汀的經商經歷，當時的官方檔案中曾有專門的記載：

十四、五年前，黃鷺汀經營雜貨商業至今一年以來，資產約兩萬圓左右。專營煙草及海產品。煙草運至八重出售。一年的成交額有兩萬圓。他從臺灣銀行臺南支行及三十四銀行支行各融資四五千圓，又從別的交易夥伴處輕易地融到了四、五千元，又用信用擔保借得兩三萬圓。他的父親是漳州的煙草商，也是福人號的臺南支店店長。他曾是該號下屬雜貨店的債務人，該雜貨店破產後。黃鷺汀接手該號並將轉至自己名下獨立經營。黃鷺汀在煙草經營上有著豐富的經驗，十分擅於經營，在業界也德高望重。[26]

24 顏義芳，〈煙草專賣初期被指定為元賣捌人的臺灣人〉，《國史館臺灣文獻館電子報》，網址：http://www.th.gov.tw/epaper/site/page/132/1895，2018 年 3 月 5 日所查。

25 參見〈臺灣刻煙草元賣捌人歐陽長庚外七名ニ對スル指定命令中改定〉，《明治四十年煙草永久保存第三冊》，臺北：臺灣總督府專賣局，1907 年，頁 260。〈臺灣刻煙草元賣捌人營業承繼臺南出張所報告（亡黃鷺汀、男黃藏錦）〉，《明治四十年煙草永久保存第三冊》，臺北：臺灣總督府專賣局，1907 年，頁 260。

26〈黃鷺汀外二名ノ商事經歷〉，《臺灣總督府臺南聽檔案》，臺北：國史館臺灣文獻館，00100053000240140，頁 139。原文為日文，由顧振輝翻譯。

據記載，黃鷺汀在臺南抽籤巷經營「金長泰」[27]商號。此外，他還曾於一九〇四年先後成為臺南製糖會社的重役員[28]及臺南製糖協會總會的監察役。[29]他曾於一九〇六年出資五百圓參與創立了總註冊資本為三萬圓的米糖出口公司——協興公司。[30]一九〇七年春，澎湖出現了饑荒。黃鷺汀為此偕同其他鄉賢登報呼籲募款賑災，[31]世人對黃鷺汀有「儒而賈著也素嘗學問。且深閱歷，又廣交遊」[32]的評價。

臺灣第一大報《臺灣日日新報》曾在其漢文欄曾專文記載了黃鷺汀和他去世的情況：

27 參見臨時臺灣舊慣調查會編，《臨時臺灣舊慣調查第二部調查經濟資料報告》，上卷（東京：三秀社，1905），頁370。

28 參見〈臺南廳下上遊者〉，《臺灣日日新報》，1904年6月4日，版3。「重役員」為日製漢語，意為行政人員。

29 參見〈臺南製糖會社總會〉，《臺灣日日新報》，1904年5月24日，版3。「監察役」為日製漢語，意為監事。

30 參見〈米糖移出組合〉，《臺灣日日新報》，1906年12月14日，版3。

31 參見〈賑澎檄告〉，《臺灣日日新報》，1907年3月27日，版4。

32 參見〈臺南雜俎〉，《臺灣日日新報》，1907年8月18日，版5。

黃鷺汀自殺始末原因

臺南市第四區長黃鷺汀氏……既承父業。自念京菓鋪得利有限。思欲擴張商業。乃遣其弟往神戶設棧。一則可與本鋪通貨物。二則可以兼業砂糖。豈知謀事在人。成事在天。去年間糖業歉收。黃竟虧本甚巨。以及辨往對岸之福壳。皆多不利。旋聞其弟在神戶。不守生理規則。大恣揮霍。在神戶之分棧。亦失敗虧本。黃際此遭遇。焦慮萬端。每日愁眉百結。抑鬱塡胸。加之負債重々。約有二萬圓之譜。遂於去年間。惹其一種狂病。家人知其病原。確為勞思所致。乃令黃靜養於西華堂（齋堂）。約三箇月餘。其病亦漸就痊可。無何適臺南廳勸誘本島紳士。往內地觀勸業博覽會。黃藉此以消胸鬱。遂稟請願前往。於是如期買棹東上。飽看山水。吸取文明。閱二月餘方歸。豈憂憤苦衷。已久印入腦底。雖百計消遣。而早夜精神。仍復恍怫如故。數日前即於家取斃鼠藥。欲自食之。事為家人所覺。大加防閑。迨十六日黃素與甲不合。有友邀黃赴宴為之和解。至散席旋即就寢。翌早破曉即起。出呼館夥設肆。其子亦隨而出之。詎料黃有機心。即告其子曰汝纔睡起。曷不漱洗去。其子以為然。遂入內。黃見室內有石炭酸水。俯而取之。遂去其塞。開口便飲。一時艱苦非常。將往孌妾創傷偃臥。行不數武即撲地。家人聞大駭。奔

視。固知其服毒。急請山下。中川兩醫師診視。奈臟腑已裂造不可救。暴跳移時。遂奄々而歿。按黃之死。雖為生意失敗。然斷未有如是之甚也。蓋其心神恍彿。早已不知死為何事矣。噫三十八年。已過浮生一世。人生本自蜉蝣耳。若黃之死。則慘有不可言狀者矣。(一記者)[33]

對於曾祖父黃鷺汀的情況，黃華容在其口述歷史中有進一步的介紹：

我的曾祖父黃鷺汀，當年在臺南生意做得很大，曾經臺南有四分之一的土地都是黃家的。黃家主要是做兩岸往來貨物貿易的生意。曾經擁有龐大的船隊。……我曾祖父在清朝時，就樂善好施，在地方上也德高望重。當時臺南設有七個保正，我曾祖父就是其中一位。……所以，我的祖父黃藏錦很年輕，十九歲時就繼承了黃家的家業。[34]

黃鷺汀的突然離世，令他原本所任的臺南第四區區長一職出現了空缺。同時，他所擁有的煙酒專賣權亦出現了空缺。這兩項令人覬覦的政經特權，令「臺南市諸有力實業

33 一記者，〈黃鷺汀自殺始末原因〉，《漢文臺灣日日新報》，1907年10月22日，版5。

34 黃華容口述，顧振輝採訪整理，〈黃華容口述歷史的補充〉，2018年10月5日中午，臺北市隆記上海飯店。

家，或運動厚煙賣捌所，或運動區長缺」。[35]一時間暗流湧動，成為當時臺南地方上不小的風波。報上甚至出現了「陰謀即補區長」[36]的報導。最後「專賣局仍准鷺汀之子黃藏錦繼續之。而區長一缺……召喚吳子喬拜命云」。[37]可見，當時年僅十九歲的黃藏錦，面對各方勢力的你爭我奪中，保住了黃家的經濟特權。黃藏錦也繼承了父輩的經商頭腦。在他勠力經營之下，家業頗有起色。當時的報刊上亦有相關正面的記載：

> **黃宗錦[38]年廿一，臺南原第四區長黃鷺汀長子也，性恬靜、善經營。自四十年鷺汀死亡後，錦即將簸鋪生理停辦，專營厚煙仲賣業。收拾餘盡，於停車場前築五六座店屋。現每月租借十餘圓，而又用財有道。袪邪遊一無所染。若夫義之所在。雖重金不惜。如近日捐收買射擊地百餘金。餘可想見。其次子名炳南。年十六。前月又中選入國語學校。有後若此。鷺汀可無憾矣。**[39]

35 〈區長拜命〉，《漢文臺灣日日新報》，1907年10月26日，版5。
36 〈陰謀即補區長〉，《漢文臺灣日日新報》，1907年10月24日，版5。
37 〈區長拜命〉，《漢文臺灣日日新報》，1907年年10月26日，版5。
38 此應為報刊誤印，應為「藏」且兩字在臺灣閩南語中為同音字（tsong）——據〈教育部臺灣閩南語常用詞辭典〉https://twblg.dict.edu.tw/holodict_new/中得，2018年3月5日所查。
39 〈里巷瑣聞．鷺汀有後〉，《漢文臺灣日日新報》，1909年3月25日，版5。

據記載，一九一七年一月，黃藏錦接替楊鵬摶成為總督府專賣局指定的臺南市「阿片取人」[40]，並在內關帝港街開設店鋪進行相關的經營活動。[41]

對於當時黃家在臺南的情況，黃華容有進一步的介紹：

我的祖父黃藏錦原籍是福建晉江，自大陸搬遷臺灣，定居於臺南的新美街。據說新美街整排的房屋均是先祖的祖產，可以說是地方上的首富。祖父年輕的時候，因為家境富裕，在日治時代就已經當上地方上的議員，為民喉舌，廣結善緣，樂

40 阿片即鴉片，在清領時期臺民即久習鴉片，日本據臺後，為便宜行事總督樺山資紀於 1896 年發出諭告，明令除政府輸入外，禁止輸入鴉片，臺民中如有吸食成癖者，允許其在一定規定下，當作藥品使用。次年一月頒布《臺灣鴉片令》，1909 年 11 月修訂。據此令中相關規定，官方製造、發售之鴉片煙膏分三等。鴉片煙膏由鴉片煙膏經銷商（日文寫為「阿片煙膏元賣捌人」，最初是稱為「取次人」，即代辦人，一九〇九年法令修正改為「元賣捌人」及「仲賣捌人」）批售給中盤商（日文為「阿片煙膏仲賣捌人」），再由中盤商銷售給零售者（日文為「阿片煙膏請賣人」）販賣。經銷商由臺灣總督府專賣局長指定，中盤商則由廳長定之。零售者每年須向地方廳繳交「特許費」三圓，申請取得零售許可證（原文寫為「阿片煙膏請賣特許鑑札」）。黃藏錦的「取次人」身份即是由總督府專賣局指定的第一等經銷商。參見徐國章，〈明治 30 年（1897 年）1 月律令第 2 號「臺灣鴉片令」之制定〉，《國史館臺灣文獻館》電子報，網址：https://www.th.gov.tw/epaper/site/page/65/875，2018 年 3 月 5 日所查。

41 參見〈阿片取次人更迭〉，《臺灣日日新報》，1917 年 2 月 15 日，版 4。

善好施。在新美街上，有一座關帝港武廟。現在稱為開基武廟，俗稱小關帝廟。該廟創建於明永曆二十三年（清康熙八年，西元一六六九年）祖父於日治時代大正十年至臺灣光復後民國四十三年（一九二一至一九五四）擔任該廟的管理人。……民國六十一年（一九七二年），我和父母曾到臺南，那時候我們站在赤崁樓上，父親指著開基武廟的方向說，以前這一眼看過去的一片，都曾是黃家的祖產。從赤崁樓下來後，父親帶我們往開基武廟走，當時的路上都是鋪著長條的大青石，從民族路路口一直鋪到廟門口。那些石頭都是當年往來兩岸船隻裡的壓艙石，當時祖父黃藏錦和曾祖父黃鷺汀做生意，每次都會從往來兩岸的商船裡搬下一兩塊壓艙石來鋪路。那時，父親就告訴我這是先輩從泉州運過來的。[42]

臺南知名富商，曾任臺灣統一企業董事長的吳修齊先生在回憶早年求學經歷時，曾提到：

42 黃華容口述，顧振輝採訪整理，〈先父黃鑑村先生——黃華馨、黃華容口述歷史〉，2017年11月30日上午，臺北市中正區新生南路二段144號三樓，中國無線電協進會。

我……畢業後漢文仍繼續自修……我十八歲時，對排命書、起四柱、八字等有興趣，所以買了一些命理的書，自己研究，進展很慢，隔壁開基武廟有位黃藏錦老先生，祖上曾任官又是富豪，故人稱藏錦舍，他上午都會來廟裡誦經。遇他有空我得閑，便向他請益，也算是我的漢文老師。[43]

可見黃藏錦除了是位富商之外，還是一位具備相當漢文水平的傳統知識分子。如前所述，黃藏錦能擔任臺南市役所教育委員，亦可從側面印證其文化修養。辛亥革命前夕，黃藏錦還曾參與過由日本臺灣總督府倡導下的由臺灣南部人士組織的「南部臺灣斷髮會」，並擔任該會「設備係」成員之一。[44]參與了臺灣殖民現代治理中，地方仕紳帶頭發起的斷髮剪辮、移風易俗。

此外值得一提的是，黃家幾代人都有雅好戲劇的記載。黃鑑村的曾祖父黃年淮名列

43 謝國興訪問、蔡淑瑄、陳南之記錄，《吳修齊先生訪問記錄》，臺北：中央研究院近代史研究所，1992年，頁48。

44〈斷髮片片錄〉，《漢文臺灣日日新報》，1911年6月19日，版3。

臺南振聲社[45]的「先賢圖」。臺南振聲社建於清乾隆五十八年（一七九三）距今已有兩百二十餘年歷史的南管館閣，[46]是地方上雅好南管音樂[47]人士社交休閒的重要場所。在清領時期就身為富商的黃年淮可能出於本身的雅好，參與並資助了振聲社的相關活動而作為重要的「站山」（即贊助者）被列為該社的「先賢」。

黃鑑村的父親黃藏錦也雅好戲劇，甚至在當時的報刊上有粉墨登場的記載：

45 臺南振聲社建於清乾隆 58 年（1793）距今已有 220 餘年歷史的南管館閣。該社曾先後駐館於水仙宮、普濟殿、祀典武廟。2000 年，該社遷至中西區忠孝街的現址。振聲社不僅是南臺灣最古老的館閣，也是臺灣存續最久的南管館閣之一。

46 參見〈振聲社先賢圖〉，振聲社藏。亦可見〈先賢上「雲端」：振聲社先賢尋覓〉，網址：https://nankouan.blogspot.com/2018/03/blog-post.html，2020 年 5 月 20 日所查。

47「南管」音樂源於宋代，最先流行於福建省以泉州為中心的閩南語系，隨後流傳到澎湖、臺灣本島，以及東南亞的華僑社會。最先原不稱「南管」，而依特性及使用樂器，陸續有「絲竹」、「五音」、「南音」、「郎君樂」、「郎君唱」等名詞。在臺灣稱為「南管」，是相對於傳自大陸北方的「北管」，二者同為臺灣民間傳統音樂的主流。「北管」音樂激越昂揚，高亢的嗩吶、喧闐的鑼、鼓、響盞，吹奏出它熱鬧豪邁的音樂風格，很容易被接受，因此，早期農業社會裡，廣泛地被用在婚喪喜慶的場合。相較之下，「南管」音樂則較含蓄婉約，清麗典雅，充滿了古樂之風。在臺灣，南管盛行的地區，都是文風鼎盛，繁華富庶的古老城鎮，如鹿港、臺南，學習者大都是儒雅的文士，因此，曲韻注重頓挫，唱詞唸白口法講究，更將傳統的禮教融合在音樂的表現上。

〈臺南之慰問〉

臺南市內一班青年，計有二十餘名，曾學演藝，俗所稱謂子弟戲者也。者[48]番因見同市內在鄉軍人會支部，於初十日午後六時，假臺南座開演藝會。以所得觀賞。除開費外。餘利悉充為慰問之用。彼等亦覺技養，遂召集同輩，協議假大舞臺開演，其所得資除開費外，亦將慰問討蕃。聞贊成者多，待黃藏錦張榜山兩名答應後，則將擇日開檯。張黃前曾損[49]鳳山為愛國婦人會扮演一次，頗得好評。平素見善勇為此舉當不落人後也。[50]

〈演子弟劇〉

臺南凱旋會祝賀會，經官紳協議之後。經費收支豫算，決定為二千五百圓，就中本島人應負擔八百圓。因此東西兩區長及有志者等，倡開演藝會。按定入場券，分給各保人民，以其收益充用。聞臺南市關帝港街黃藏錦，天公埕街林仲魁，打石街張家標等外十餘名，均為故家子，將出為扮演，並聘女優金月仙、金鳳英、金鴻聲合演。其場所即以大舞臺充用。目下正交涉一切，不日將舉行也。[51]

48 此處或為誤印應為「這」。
49 此處或為誤印應為「捐」。
50 〈臺南之慰問〉，《臺灣日日新報》，1913 年 7 月 12 日，版 6。
51 〈演子弟劇〉，《臺灣日日新報》，1913 年 9 月 9 日，版 6。

一九一三年六月，時任臺灣總督佐久間左馬太曾組織武裝討伐臺灣山區原住民奇拿餌蕃。報道中的演劇活動應該正是借勞軍之際而組織的演劇活動，其中所謂的「子弟劇」，亦稱「子弟戲」屬北管戲。每逢祭神節慶，由地主或富商子弟組成的業餘戲劇團體進行相關演劇活動。從以上的記載可見那時二十五歲的黃藏錦正值精力旺盛的青年時期。他同廣大臺灣民眾一樣「好戲劇」，[52]甚至組織同好，在臺南的戲院裡粉墨登場過過戲癮。有時還會聘請專業的女演員搭戲。那時，北管戲正受上海京班來臺盛演「外江戲」的影響[53]，邱坤良推斷粉墨登場的黃藏錦應是「京調（正音）子弟」[54]。

黃華容也曾回憶：

> **祖父也雅好戲曲。據我二叔黃榕桓講，在日治時代，我們黃家曾養過戲班，有時也會組織演出請親朋好友來家裡看戲。我小時候也見過祖父閉著眼睛，拿著扇子打著拍子，坐著那裡搖頭晃腦地哼唱北管戲的樣子。**[55]

52 高拱乾，《臺灣府志》，《臺灣文獻叢刊》，第 65 種（臺北：臺銀，1959），頁 187。
53 參見林鶴宜，《臺灣戲劇史》，頁 159-161。
54 參見本書序一。
55 黃華容口述，顧振輝採訪整理，〈先父黃鑑村先生——黃華馨、黃華容口述歷史〉，2017 年 11 月 30 日上午，臺北市中正區新生南路二段一四四號三樓，中國無線電協進會。

故而筆者認為，黃藏錦除了是一位一定漢文水平的知識分子，對於臺灣民間傳統戲曲都是有相當的舞臺經驗的資深愛好者。那一年黃藏錦的長子黃鑑村恰好剛滿7歲，家中濃郁的戲劇氛圍想必也會令他留下深刻的印象。

同時，黃藏錦還有收藏傀儡戲木偶的愛好，其女黃貴漢記得家裡曾有不少「手工雕刻、造型精美、很高很大的傀儡戲木偶，這是父親從福建家鄉帶回來的……」。[56]

臺灣有著悠久的酬神演劇的傳統，而臺南大天后宮就在黃家附近，黃鑑村同父異母的妹妹黃貴漢稱：「我們家就住在大天后宮正門對面的街區裡，我的房間在二樓，有個窗戶是可以看到大天后宮前的小廣場的。有時候過節搭檯演戲，都能從我房間的窗口看到」。[57]黃家幾代人與戲劇的不解之緣亦可想見其對黃鑑村成長過程中潛移默化的影響。

據黃華容提供的《黃氏族譜》，黃鑑村是黃藏錦與蘇快所生的長子。據族譜記載，黃藏錦另還有二子三女。

優越的家境使黃鑑村年幼時就受到良好的家學，黃鑑村「九歲前一直接受的都是私塾教育，因此打下了堅實的漢文功底」，那時黃鑑村「下象棋的水準就很高了，在臺南

---

56 黃貴漢口述，顧振輝採訪整理，《賢兄鑑村及府城黃家的情況——黃清涔、黃貴漢、陳大川口述歷史》，2018年11月2日下午，新北市新店區三圓羅馬社區，陳大川、黃清涔夫婦家中。

57 同前註。

地區幾乎無敵手」。[58]

一九一五年，九歲的黃鑑村在同化政策的口號下，以「共學生」的身份，進入了當時位於臺南竹園町，以日本學生為主的臺南第一尋常高等小學校。該校原名臺南小學，是年，以臺南第二尋常高等小學校設立而改為此名。一九二一年，因學制改變，該校再度改名為竹園尋常小學校。[59]

一九二三年三月十八日，聰穎好學的黃鑑村以出類拔萃的優異成績畢業於竹園尋常小學校。當時的《臺南新報》及《臺灣日日新報》都專文報導了這位優秀「共學生」的畢業典禮。

以[60]月十八日午後一時，於該校舉行第二五回卒業式。如例，合唱國歌、捧讀敕語、奉答後，友岡校長報告學事成績。次對卒業生男四十六名，女五十九名，授與卒業證書，及對優等生精勤者，授與賞品及賞狀。次對學業優等生黃鑑村、栢木惠美子兩名，授與北白川宮、閑院宮兩殿下奬學資金所支出所購紀念賞品。又次荒

58 黃華容口述，顧振輝採訪整理，〈先父黃鑑村先生——黃華馨、黃華容口述歷史〉。

59 參見〈歷史建築—原花園尋常小學校本館（公園國小）〉，網址：http://culture.tnnorth.gov.tw/tourist_details1-6.html，2017年11月3日所查。

60 筆者據報載時間，以及當時公學校一般的畢業時間來推斷，該處應為「三」的誤印。

卷市尹之（致）訓示。友岡校長之誨告。來賓奧田司令官。田村同校保護者會長之（致）祝辭。卒業生總代黃鑑村（致）答辭及唱恩師歌。二時十五分畢式。是日來賓，有奧田司令官以下、父兄保護者、同窗會會員等等。約二百餘名。[61]

十八日下午一點，臺南市竹園小學校在其大禮堂舉行了第二十五屆畢業證授予式，友岡校長對學校各個方面做了詳細的報告。該年畢業生中男子部有四十六名、女生五十九名，是久敏夫與阪本木佐向男女學生代表分別頒發了畢業證書、紀念獎品與獎狀。荒卷市尹蒞臨現場致訓辭、友岡校長作誨告，此外還有奧田守備隊司令官以及田村律師也對畢業生送上了祝辭。而後，黃鑑村代表全體畢業生向來賓述答辭。下午兩點儀式進入尾聲。由閑院宮、北白川宮兩位殿下為學習成績良好、品行端正的學生設立的獎學金紀念品頒贈給了黃鑑村與栢木美惠子。其中的黃鑑村系共學生，因學習成績優異，而在今學年被選拔為級長，是大有前途的優秀人才。此外，其他畢業生中的共學生九名（其中女生三名），其中受到獎賞及六學年全勤者有三名學生脫穎而出。該屆共學生成績普遍良好，這在全島各校中也是少有的。[62]

61〈各地卒業式．竹園小學校〉，《臺南新報》，1923年3月12日，版5。
62〈各學校の卒業式．臺南竹園小學〉，《臺灣日日新報》，1923年3月20日，版2。原文為日文當時報刊上就將剛畢業年僅十七歲的黃鑑村稱為「共學生之成績拔群者……前途頗有望之偉材」[63]。

同年，黃鑑村考入了以日本學生為主的臺南一中，但在求學的過程中，他因不滿老師偏袒日籍同學而憤然離校，渡海來到廈門的集美中學求學。[64] 對於黃鑑村赴集美中學求學，其妹黃貴渶提及：

據父親講，我大哥黃鑑村當年學習成績非常優秀，考試好像都是考第一名的。不止學習好，各方面也都相當優秀。那時候，他所就讀的臺南一中是以日本學生為主的學校。我大哥因為成績優異，再加上父親是臺南比較有名望的人物，所以就能被臺南一中錄取。然而，在臺南一中里的有些日本學生出於嫉妒就有些閒言碎語，找他麻煩來排擠他。那時正好是父親聽說華僑陳嘉庚在廈門創辦了集美中學，就安排我大哥去那裡求學。[65]

由顧振輝翻譯。

63〈各學校卒業式．臺南竹園小學〉，《漢文臺灣日日新報》，1923 年 3 月 21 日，版 6。

64《無線電界》編輯部，〈本刊創刊人——黃鑑村事略〉，頁 45。這段內容亦可見於〈黃鑑村事略〉，《黃公鑑村先生之遺像》背面，黃華容提供。

65 黃貴渶口述，顧振輝採訪整理，〈大哥黃鑑村及臺南黃家的情況——黃清涔、黃貴渶、陳大川口述歷史〉，2018 年 11 月 2 日下午，新北市新店區三圓羅馬社區，陳大川、黃清涔夫婦家中。

黃華容提及：「父親天資聰穎，離開臺灣到集美中學念了一年不到就報考並考上了上海交大。」66

66 黃華容口述，顧振輝採訪整理，〈黃華容關於口述歷史的補充〉，2018年10月5日中午，臺北隆記上飯店。此說存疑，在《申報》1927年9月17日及1928年8月1日第3版上公佈的上海交大新生錄取名單中，均無「黃鑑村」或「黃青釗」在列。而1921年至1926年均無相關記載。且上海交大的檔案館中並沒有黃鑑村的入學資訊，但黃鑑村也有可能通過其他途徑進入交大。另據南京大學檔案，〈國立中央大學學籍表〉，註冊號數第2396號，教（8）所載，黃鑑村「入校前肄業及畢業學校」一欄中，填寫的是「福建廈門集美舊制中學」並未填上海交大，若填寫上海交大被中大錄取的可能性會更高。故倘若此說成立，黃鑑村可能在此期間或更早前在上海交大求學。黃鑑村曾在《臺灣民報》3月17日、24日的第8版上發表過《南京國立中央大學概況》，在此文的最後部分中，青釗曾提出「上海非求學之地」且未提及上海交大求學的經歷。從目前掌握的史料來看，並沒有第一手史料可以證明黃鑑村曾是上海交大的學生。黃鑑村的後人在口述歷史中就曾提及曾與黃鑑村一同共事的幾位上海交大的校友，並且交大在臺復校後，每年都會邀請黃鑑村參加校友聚會，並寄送相關校友資料。然而，據筆者在臺灣交大圖書館查閱1935年《交通大學同學錄》（條碼號，HT001198）、1956年（條碼號，HT000319）、1961年（條碼號，HT001271）、1964年（條碼號，HT001272）、1970年（條碼號，HT001274）、1975年（HT001276）及《交通大學旅臺同學錄》中，均無「黃鑑村」或「黃青釗」在列。筆者又前往新竹交大校友會向工作人員洽詢，經工作人員查校友會系統中也沒有相關的記載。

一九二六年暑期，黃鑑村同時被廈門大學預科[67]與國立東南大學附屬中學的高一年級[68]登報公告錄取。

一九二七年八月，黃鑑村被國立第四中山大學[69]（即國立中央大學的前身）登報公告錄取[70]。據南京大學檔案記載，黃鑑村當時的學號為2896。[71]入學考試成績為，三民主義：四十五；國文：七十二；英：三十；算學：八十五；常識：二十七；算□：四十二；物理：十五；生物：四十五；第二外國文：八十[72]。

67〈廈門大學上海錄取新生公告〉，《申報》，1926年7月22日，版3。

68〈國立東南大學附屬中學錄取新生公告〉，《申報》，1926年7月29日，版3。

69一九二七年，北伐初步勝利，國民政府定都南京，6月9日重組南京各高校，以原東南大學為基礎，組建了國立第四中山大學，因設在首都故稱「首都大學」——參見校史館．數位校史，http://sec.ncu.edu.tw/ncudhis/index_chs.php?years=3，2017年7月3日所查。

70〈國立第四中山大學錄取新生揭曉〉，《申報》，1927年8月23日、24日、25日，版5。

71南京大學檔案，〈江蘇大學學生姓名錄、學生成績審查單及轉學證明（一九二七年起一九二八年止）〉，案卷號，743，頁17。另據王德滋主編，《南京大學百年史》，南京大學出版社，2002年，頁130、132所載，一九二八年二月二十九日，大學院（由教育部更名而來）大學委員會通過了更改校名的法案，並發佈165號訓令，要求第四中山大學依令更名「江蘇大學」。經過師生的強烈抗議，當年5月16日，國民政府行政院作出了江蘇大學改稱「國立中央大學」的決議。

72參見南京大學檔案，〈國立中央大學學籍表〉，註冊號數第2396號，教（8）頁，「入學試驗成績」

同年九月，黃鑑村正式入學南京中央大學預科。一九二八年一月記載的一九二七年度上學期黃鑑村學業成績如下表：[73]

學程	學分	成績
各體文選	3	65
補習英文	2	76
大代數	3	62
社會科學概論	2	C
黨義	1	P
初級德文	3	78
樂理唱歌	1	70
普通體育	1	65
普通無機化學	4	66
總平均	20	66

另有記載，黃鑑村求學於上海的國立交通大學[74]，而後因學潮轉入南京國立中央大學電機工程系[75]。

一欄。□處為字跡不清。

73 參見南京大學檔案館館藏，〈國立中央大學學業成績表：黃鑑村〉，教（7），「十六年度上學期」欄。

74 中原，〈無線電界雜誌創辦人——黃鑑村與我國之無線電教育〉，《無線電界》，臺北，無線電界雜誌社，2000年7月，頁41。

75 中原，〈無線電界雜誌創辦人——黃鑑村與我國之無線電教育〉，頁41。黃鑑村當時可能碰到了什據黃華馨口述歷史，在求學期間的假期，返臺休假的黃鑑村在家鄉臺南遇見了他的第一位妻子——黃陳愛月。

我的母親黃陳愛月，原是在臺南的一家私人診所裡當護士，與父親不期而遇。當時父親剛從廈門的集美中學畢業，準備去上海繼續深造，兩人沒正式結婚就一起去了上海。似乎是家裡不同意。……父親和我母親的婚事，遭到了家裡的反對。他們私下一起去了上海，祖父可能因此就斷絕了父親的經濟來源。[76]

麼學潮呢？據《上海交通大學史．第三卷建成理工管結合的工科大學（1921—1937）》（上海，上海交通大學出版社，2011，頁278-279）所載，該學潮應指1927年春為了配合北伐軍進軍上海，上海第三次工人武裝起義時，交大學生參加上海市總同盟罷課，配合武裝起義。但很快4月12日后，蔣介石發動「清黨」，大肆抓捕共黨分子，當時就有一批同學因此被迫離校。青釗可能因為之前的罷課而離校報考南京的高校，也有可能他當時也是中共學生黨員，在後來的「清黨」過程中不願簽「聲明書」而被迫離校。當然，若是後者的經歷，黃鑑村在臺期間自然不能為外人道。但從他的劇作的內容以及之後的文學創作的內容來看，作者的立場顯然還是傾向於國民政府的，故而前者的可能性比較大。當然，上述推論的前提是黃鑑村的確曾進入交大學習。

76 黃華馨口述，顧振輝採訪整理，〈先父黃鑑村先生——黃華馨、黃華容口述歷史〉，2017年11月30日上午，臺北市中正區，中國無線電協進會。兩人何時私奔尚存疑待考。

一九二八年四月三十日[77]，黃鑑村完成了「贈南一中畢業諸鄉學友」[78]的二幕劇《巾幗英雄》。

當年七月記載的一九二七學年度下學期，黃鑑村學業成績如下表[79]：

學程	學分	成績
補習英文	2	76
各體文選	3	72
解析幾何	3	60
初級德文	3	78
普通無機化學	4	65
社會科學概論	2	87
補習物理	1	65
黨義	1	60
軍事教育	0	P
總平均	19	71

一九二八年九月，黃鑑村正式進入電機工程科求學。

77 青釗，《巾幗英雄》的文末落款，《臺灣民報》，1928年6月10日，版8。
78 青釗，《巾幗英雄》的題款，《臺灣民報》，1928年6月3日，版9。
79 參見南京大學檔案館館藏，〈國立中央大學學業成績表：黃鑑村〉，教（7），「十六年度下學期」欄。

一九二九年一月記載的一九二八學年度上學期黃鑑村學業成績如下表[80]：

學程	學分	成績
普通物理	4	69
微積分	3	71
普通分析化學	請假	無成績
鍛工實習	1	62
機械畫	3	79
工科英文	3	71
軍事教育	1	P
總平均	18	69.4

一九二九年二月八日[81]，黃鑑村完成了「獻給Dear Mo」[82]的獨幕悲劇《蕙蘭殘了》。同年二月十九日，黃鑑村於中央大學圖書館[83]完成了〈南京國立中央大學概況〉並發表在當年發表在《臺灣民報》三月十七日、二十四日的第八版上，向臺灣學子介紹了中央

80 參見南京大學檔案館館藏，〈國立中央大學學業成績表：黃鑑村〉，教（7），「十七年度上學期」欄。

81 參加青釗，《蕙蘭殘了》的文末落款，《臺灣民報》，1929年3月31日，版9。

82 青釗，《蕙蘭殘了》的題款，《臺灣民報》，1929年3月3日，版9。

83 此時間地點青釗，〈南京國立中央大學概況（下）〉文末題款，《臺灣民報》，1929年3月4日，版8。

大學的概況與招生情況，並分享了一些自己的經驗與看法，並歡迎讀者來函詢問相關事宜[84]。

據黃華容回憶，黃鑑村在求學期間曾與徐志摩、陸小曼夫婦合影：

我小時候，曾經見過一張父親在冬天與一男一女在路邊合影的照片。母親告訴我，這是父親與徐志摩和陸小曼的合影。照片上，陸小曼站在中間，斜戴著呢帽，穿着時髦大衣，父親站在右邊，穿西裝外著黑色大衣。徐志摩站在左邊，穿西裝外著土黃色呢大衣。父親和徐志摩都戴著當時時髦的圓形眼鏡。兩位男士清瘦有學子的風範，女士時髦艷麗漂亮，因而詢問母親這位漂亮的女生是誰？[85]

一九三〇年一月記載的一九二九學年度上學期，黃鑑村學業成績如下表[86]：

84 參見青釗，〈南京國立中央大學概況〉，《臺灣民報》，1929 年 3 月 17 日、24 日，版 8。

85 黃華容口述，顧振輝採訪整理，〈先父黃鑑村先生——黃華馨、黃華容口述歷史〉。據維基百科「徐志摩」詞條所載，1929 年 9 月，徐志摩應聘任國立中央大學文學院英語文學教授，網址：https://zh.wikipedia.org/zh-tw/%E5%BE%90%E5%BF%97%E6%91%A9，2017 年 7 月 3 日所查。故，黃鑑村與徐志摩同時期都在中央大學求學與任教。兩人在時空上確實存在著相識的可能。

86 參見南京大學檔案館館藏，〈國立中央大學學業成績表：黃鑑村〉，教（7），「十八年度上學期」欄。

學程	學分	成績
工用力學	5	60
經驗計畫	2	77
機動學	3	65
電工學	2	80
普通體育	1	75
金工實習	1	69
電磁學（補）	1	P
總平均	17	62.9

一九三一年七月記載的一九三〇年學度下學期，黃鑑村的學業成績如下表[87]：

學程	學分	成績
熱工學	2	70
直流電機	3	60
經濟學	1	78
金工實習	1	75
直流電機	2	75
總平均	15	72.7

87 參見南京大學檔案館館藏，〈國立中央大學學業成績表：黃鑑村〉，教（7），「十九年度下學期」欄。

一九三二年一月記載的一九三一學年度上學期，黃鑑村的學業成績如下表[88]：

學程	學分	成績
交流電機	3	65
交流電試驗	2	77
傳電工程	3	67
電話學	3	60
無線電學	3	65
無線電試驗	2	80
專門報告	1	65
工業管理	3	89
機械設計原理	3	60
總平均	23	68.7

在中央大學求學期間，黃鑑村曾計劃留學德國，為此在校期間曾修習「初級德文」的課程。但因家庭經濟上的變故而未能成行。據其妹黃貴漢曾提及：

88 參見南京大學檔案館館藏，〈國立中央大學學業成績表：黃鑑村〉，教（7），「二十年度上學期」欄。

我聽我媽媽講，我六姨婆先生的哥哥是當時乙未割臺時，帶日本人進城的。對日本人來說是有功的，當時還被授予勳七等，最低的那個級別。那人本來是個小商人，後來破產了。後來臺南州的知事請父親去做他的財產清算人，就是他破產後，欠誰的錢該還多少，要進行一個賬目的整理與清算的工作。那個知事就說，這錢你就先墊著，我們臺南州官方的土地多得很，到時候要不行就劃一塊給你作為補償。日本人這麼說了，你不幫他做也不行。結果做了一半的時候，那個知事被調走了，新來的知事就不承認前任的承諾。這樣就使父親虧了很多錢。這事情發生在我大哥剛去大陸求學，我們還沒出生的時候。本來我大哥是希望能夠去德國留學的，但因為這個事情後，就沒去成。[89]

對此，黃鑑村的女兒黃麗鈴在筆述中，也提到黃鑑村是具備一定的德語能力的。**大家僅知道父親日文、英文說寫流利，上海話、南京話、臺語、泉州話、寧波**

89 黃貴渶口述，顧振輝採訪整理，《賢兄鑑村及府城黃家的情況——黃清涔、黃貴渶、陳大川口述歷史》，2018年11月2日下午，新北市新店區三圓羅馬社區，陳大川、黃清涔夫婦家中。

話……無一不通，但沒人知道他的德文也是很不錯的，只是說得不是很流利。每個月去進口書店，他都會選很多德國書籍，回家立刻選取最新的資訊給學生看。[90]

一九三二年四月五日，黃鑑村與黃陳愛月於南京生長子黃華萌。同年七月黃鑑村自中央大學電機工程科畢業。[91]進入上海《申報》館工作，[92]負責無線電技術專欄，同時任申報補習學校日文教授。

一九三三年十月十日，黃鑑村與黃陳愛月於上海聖瑪麗醫院生次子黃華馨。據黃華馨口述歷史，「那時父親剛畢業，沒錢付賬，就在出院時在醫院病房的茶几上擺了幾本與他專業有關的英文原文的書籍，就當作是醫藥費了」[93]。

在滬期間，黃鑑村的次子黃華馨記得他們一家「當時就住在上海虹口地區的北四川路上。父親住在霞飛路四明里是後來的事了。當時大媽、二媽兩個家庭不是住

90 黃麗鈴筆述，顧振輝整理，〈我的父親黃鑑村先生（二）〉，2017年12月17日深夜12:30。
91 《國立中央大學工學院一覽》，南京：南京大學檔案館，763號，1948年，頁20。
92 具體何時進入《申報》館工作，尚無考，黃鑑村在《申報》無線電欄首次出現還是在1934年。之前何以為生，尚不清楚，生黃華馨時付不出醫藥費，可見黃鑑村當時的收入並不穩定，經濟狀況還不是很好。
93 黃華馨口述，顧振輝採訪整理，〈先父黃鑑村先生——黃華馨、黃華容口述歷史〉。

在一起的。」[94]

同年，黃鑑村著有《無線電讀本》[95]（《申報》發行一九三四年一月出版，共一、零耳頁）以及《模範日華新辭典》[96]（中華書局，一九三九年一月出版，由蔡元培題寫書名）。他在胡適主編，由上海一心書店在一九三六年出版的《怎樣讀書》中撰有〈怎樣學習日語〉一文。

---

94 黃華馨口述，顧振輝採訪整理，〈先父黃鑑村先生——黃華馨、黃華容口述歷史〉。

95 該書為《申報叢書》第19種。該書從無線電的原理啟蒙（聲音傳達法、普通談話原理、有線電話原理、無線電話原理）、收音機一般構造到礦石收音機、眞空管收音機的製造，論述世界各國無線電事業的迅猛發展。中國因眞空管昂貴等原因發展遲緩，作者一位可以他山之石，效法「全國礦石化」來普及於民眾。書中配有製造收音機應用各機件的圖樣符號的解釋，有詳細圖析。是一本集普及與專業性於一身的讀本。——上海圖書館編，《近代中文第一報，申報》，上海，上海科學技術文獻出版社，2013年，頁256。

96 據〈模範日華新辭典出版〉，《申報》，1934年5月12日，版14所載該「書系申報補習學校日文教授黃鑑村所編，內容豐富，解釋詳明，於讀書作文造句時均可資為參考之用，允稱日華辭典中之維佳構，為學習日文者所不可不備。該書出版僅二旬，初版已售罄，不久即將重版，並聞現在仍售特價，每部一元五角（原價二元）。」另，該書名由蔡元培所題，同時，他的〈怎樣學日語〉被編入胡適主編的《怎樣讀書》，可見黃鑑村當時與在上海的中國大陸知名的知識分子有所交往。

一九三四年黃鑑村加入中國工程師學會[97]。同年，他在位於上海南京路三百九十一號中國大陸商場內的中國大陸日語學社任教[98]。在中國大陸電信函授學校任校長[99]。同年，他參與編輯《晨報》發行的《無線電周刊》。[100]

一九三五年六月二十四日，黃鑑村與黃陳愛月生長女黃麗娟。

同年七月，黃鑑村的〈怎樣學習日語〉、〈標準日語文法講座．第一講．名詞篇〉以及譯註的日語文語體短文〈塙保己一〉三篇文章發表於由上海「東方日文補習學校」發行《日語月刊》的創刊號[101]上。同時，他亦是該刊五位「編輯者」之一。

同年九月，黃鑑村與梁忠源在上海環龍中華職業教育社內創設中華無線電傳習所，梁忠源任校長，黃鑑村任主任，並主講無線電工程課程。翌年脫離該社，將傳

97《中國工程師學會會員通信錄》（上海，上海交通大學檔案，LS2-355），頁65。

98〈中國大陸日語學社招男女生〉，《申報》，1934年11月9日，版4。

99〈中國大陸電信函授學校常年招生〉，《申報》，1934年10月13日，版17。

100〈晨報發行無線電周刊〉，《申報》，1934年8月18日，版16。

101 參見《日語月刊》，第一卷第一期，1935年7月1日，頁1。黃鑑村能夠譯註文語體文章，或能說明其日文水準不低。另據上海圖書館所藏該刊的六期內容來看，該刊之後曾先後發表、轉譯過魯迅、陶行知、夏丏尊、葛祖蘭及高爾基等文化教育界名流的文章。黃鑑村與他們的交集或可未知，尚待查考。

習所遷往卡德路（今石門二路）四明銀行大樓，同年遷往愚園路，之後又遷至靜安寺路（今南京西路）銅仁街（今銅仁路）。傳習所在滬共歷十五年，開辦四十餘屆，培養學生不下二千餘人[102]。另有記載，同年，黃鑑村也在上海「華美無線電學校」任教。[103]

一九三七年黃鑑村被當年元旦創刊的《中華日語月刊》列為「特約撰述者」一同撰述者有王白淵、張我軍等人[104]。據此，黃鑑村與這兩位臺灣日治時期文學家或有往來。

同年，七月二十九日，黃鑑村與黃陳愛月生次女黃麗珊。

一九三九年四月二日，黃鑑村與黃陳愛月生三子黃華雄。

關於抗戰期間黃鑑村的行略，據黃華馨口述歷史：

102 張正傑口述、黃華容記錄，〈無線電界創辦史〉，《無線電界》（臺北：無線電界雜誌社，2000年6），頁41。筆者曾查得該校的一份畢業證書。該證書於民國二十六年（1937年）七月頒給时年十五岁的江蘇鎮江人氏——倪作廷。證書顯示該校由上海市社會局立案、中華職業教育社合作，特別是該證書上署名的校長並非黃鑑村，而是梁忠源。另據〈中國職業補習學校第七屆招男女生〉，《申報》1937年3月5日，版3所載，該校校長為梁忠源，黃鑑村為主任，校址為派克路協和里（今黃河路）131—135號。

103〈華美無線電學校招生〉，《申報》，1939年11月9日，版6。

104 參見《中華日語月刊》，第一卷第一期，1937年1月1日，頁1，「本刊撰述者」。該刊亦設址上海大陸商場539號，或是與中國大陸日語學社有關聯的刊物。

父親日語很好，且又從臺灣來的。故而被日方看中，要委以要職。父親不願背上漢奸的罪名，再三予以拒絕。後來就上了日方的黑名單。在太平洋戰爭爆發以後，日軍進佔租界，為了躲避日本方面的抓捕，舉家遷徙目標太大，為了避免過於矚目，故而父親就獨自前往浙江菱湖。我母親就帶著我們在南京靠著父親的接濟生活。我曾在南京的大行宮小學唸書。我記得這個小學對面就是國民大會堂。……之後，我們就未曾見過父親，一直到臺灣後才又相聚。[105]

據黃華容口述歷史：

抗戰時，父親……曾經避居於浙江菱湖。父親就在那時遇見了我的母親黃沈惠珠。聽我母親說，在那時，為了生計，父親還進行過武俠及言情小說的創作，投稿在當時的一些小報上。當時也是怕別人笑話，父親就用了女性化的筆名。[106]

一九四二年一月十三日，黃鑑村與黃沈惠珠生四子黃華剛。

同年三月十三日，黃鑑村與黃陳愛月生三女黃麗珍。

105 黃華馨口述，顧振輝採訪整理，〈先父黃鑑村先生——黃華馨、黃華容口述歷史〉。

106 黃華容口述，顧振輝採訪整理，〈先父黃鑑村先生——黃華馨、黃華容口述歷史〉。

一九四三年十二月三日，黃鑑村與黃沈惠珠生四女黃麗英。

一九四五年，抗戰勝利，臺灣光復，黃鑑村奉經濟部工礦處派遣來臺代表國民政府接收臺灣工礦公司，[107]於十一月就任臺灣石炭調整委員會駐基隆辦事處主任。[108]據黃華馨口述歷史：

在大陸時，父親結識了曾任江蘇財政廳廳長、交通銀行總經理的趙隸華……臺灣光復後，父親就在趙隸華的安排下被國民政府派回臺灣工作。臺灣光復後，父親隻身回到臺灣……等到父親工作安定之後，我母親就帶著我們一家，從南京經過上海來到了臺灣。……連震東和父親在大陸時就相識，兩人又是臺南的同鄉，在南京時曾與父親是鄰居關係。臺灣光復後，連震東一家坐船到基隆時，就是父親幫忙接船、安排住宿的。[109]

同年，黃鑑村與黃沈惠珠生五女黃麗蘋，據族譜記載，該女歿於一九五一年，據

107 《無線電界》編輯部，〈本刊創刊人——黃鑑村事略〉，頁45。

108 《臺灣省各職員機關錄》，（臺北：臺灣省行政長官公署人事室，1946年7月），頁183。

109 黃華馨口述，顧振輝採訪整理，〈先父黃鑑村先生——黃華馨、黃華容口述歷史〉。

六女黃麗鈴筆述「姊姊七歲得狂犬病過世」。[110]

關於黃鑑村如何返臺安頓家人，據黃華馨口述歷史：

父親名叫黃鑑村，字青釗。所以，他還用過另一個名字——黃青釗。……當時為了把妻子兒女都帶回臺灣，在戶口登記時，父親就用黃青釗登記了他與黃陳愛月的幾個孩子，用黃鑑村登記了他與黃沈惠珠的孩子。所以就這樣，黃青釗與黃鑑村在臺灣的戶籍上一直是兩個人。這樣一來，我們的祖籍就變成了臺灣臺南，而二媽的幾個孩子的祖籍就是福建晉江。……我們一家剛到臺灣時，大媽和二媽並不住在一起。我母親和幾個孩子住在西門町紅樓附近。父親和二媽一家則住在廈門街。[111]

一九四七年，黃鑑村轉任國民黨黨營事業樹華公司業務專員。同年，八月九日，黃鑑村與黃沈惠珠生五子黃華宏。

一九四九年二月七日，黃鑑村與黃沈惠珠生六子黃華容。

一九四九年十月三十日，黃陳愛月因血漏過世。其子黃華馨曾述及，「我母親過世

110 黃麗鈴筆述，顧振輝整理，〈我的父親黃鑑村先生（一）〉，2017年12月12日深夜。

111 黃華馨口述，顧振輝採訪整理，〈先父黃鑑村先生——黃華馨、黃華容口述歷史〉。

後，父親就把我們幾個小孩一起接到了廈門街……他在一九五十年代時沒事就會哼上一曲〈賣相思〉，想來也是對亡妻的一種懷念吧」。[112]

京劇是黃鑑村的業餘愛好之一。他從上海返臺時，曾帶了一批京劇磁帶，並建立女王唱片公司進行發行。據黃華容口述歷史：

父親一九四五年回臺灣時，帶過一批梅蘭芳、尚小雲等四大名旦的磁帶。這是他在上海花大價錢購買的版權，還開過一家女王唱片公司，把這些磁帶轉錄成唱片後進行售賣。後來因為傳習所的課務繁忙，一九五〇年代初父親就把這家唱片公司轉給了他的一位同父異母的胞弟黃榕桓。女王唱片除了發行京劇以外，還發行豫劇、紹興劇和土風舞的配樂，可謂盛行一時。可是這位叔父被人誣陷說，四大名旦人在大陸，臺灣為何有其唱片？因而被扣上了「通匪」的帽子，被警總逮捕為政治犯關押於土城看守所，關了十幾年。所幸父親很早就轉讓了該公司而沒有被波及。[113]

112 黃華馨口述，顧振輝採訪整理，〈先父黃鑑村先生——黃華馨、黃華容口述歷史〉。

113 黃華容口述，顧振輝採訪整理，〈先父黃鑑村先生——黃華馨、黃華容口述歷史〉。另據國防部後備司令部、臺灣警備司令部，《黃榕桓案》，檔號：A305440000C/0062/1571.62/97 所載，黃榕桓於 1969 年 6 月翻製經政府查禁有案之匪版「花為媒」影片全部插曲，灌製唱片，定名為「四季花開」發行。而交付感化教育三年，獲案之唱片 166 張沒收。

一九五一年，黃鑑村因志向關係辭職[114]，在臺北西寧北路五十六號[115]重新創設中華無線電傳習所，創辦專業期刊《無線電界》，及中華電子工程函授學校[116]。

同年三月十七日，黃鑑村與黃沈惠珠生七子黃華飛。

一九五三年一月八日，晚七時半，中華無線電傳習所遷台復校三週年紀念，為籌募校舍建築基金，假位於重慶南路臺北第一女子中學大禮堂，舉辦京劇義演。該演出邀請京劇演員牟金鐸、王麒麟、蓋世雄、梅硯生及著名票友李寶淦、周金福、金松、楊鎖來、王寶芳。上演劇目為《五台山》、《打龍袍》、《大鬧龍宮》及全部《鴻鸞禧》。[117]

關於黃鑑村任校長的中華無線電傳習所與京劇之間的淵源，黃華馨與黃華容分別回憶道：

父親平時很愛聽戲，主要是京劇的唱盤。平時不時也會哼上一段，諸如《華容道》、《蕭何月下追韓信》、《失空斬》等片段。我的名字就和《華容道》有關，他

114 《無線電界》編輯部，〈本刊創刊人——黃鑑村事略〉，頁46。

115 張正傑口述、黃華容記錄，〈無線電界創辦史〉，頁42。

116 張啟泰，〈無線電界創辦人——黃鑑村與我國之無線電教育〉，《無線電界》，臺北：無線電界雜誌社，2000年9月，頁2。

117 演出廣告，《中央日報》，1953年1月8日，版5。

> 那時最喜歡其中的一個唱段。我記得那時中華無線電傳習所晚上下課後，有人就拿著板凳圍著一個老先生教唱京劇的劇目，還有拉胡琴的師傅。我那時還小，但是很喜歡坐在旁邊看，印象深刻。
>
> 父親愛好戲曲，還喜歡《蕭何月下追韓信》，記得那時中華無線電傳習所在臺北市西寧北路的五十六號，離著不遠的迪化街上就有個永樂戲院。顧正秋當年在那裡帶團常年駐場。那時，我還和顧正秋團裡的大花臉王壽奎學習武生的戲《牧虎關》。那時傳習所裡教唱京劇，估計是和永樂戲院就在附近有關。我記得傳習所三週年時辦過一次京劇的募款義演，但成效怎樣，我不是很清楚。[118]

一九五三年六月十四日，黃鑑村與黃沈惠珠生六女黃麗鈴。

一九五五年十月二十八日，中國無線電協進會成立，黃鑑村作為創會會員，負責教育組吸收學生會員。對此黃華容介紹道：

118 黃華馨口述，顧振輝採訪整理，〈先父黃鑑村先生——黃華馨、黃華容口述歷史〉。

中國無線電協進會成立於民國四十四年（一九五五年）十月二八日。在成立草創時期，先嚴聯合了無線電界前輩胡振庸、姚善輝、黃履中、王詩章、蕭茂如、李元華、龔式文、魏協中、全寶華、方致異等等賢達共同發起創立本協會。鑑村先生負責教育組，吸收學生會員。為此，家父曾利用在廣播電臺授課教學的機會，曾在空中介紹本會情況，並呼籲廣大後進同仁一同參會，為推進我國的無線電事業而努力。當時會員多達二千餘人，舉凡從事於無線電相關業務的工作人員皆納入會員之中。我們的會員遍佈民航局、公路局、鐵路局、氣象局、各無線電廣播電臺人員、軍隊從事無線電工作者、學校理工科學生。其中甚多是鑑村先生創辦的中華無線電傳習所在學與畢業的學員。本會的成立大會是在警備總司令部大禮堂召開的，盛況空前。民國四十八年（一九五九年）協會指示創辦「無線電」技術會刊，先嚴擔任發行人及總編輯工作，雖然傳習所的日常教學及其它事務纏身，家嚴依舊兢兢業業地做好每一期會刊的編輯工作。後因被層峰派至臺灣電視公司擔任工程部副主任，才將編輯工作暫停，轉交給黃履中負責。此刊的編輯發行的工作始終未停止。年，因感念先嚴對本會的貢獻，勞苦功高，而被獲頒中國無線電協進會「榮譽會員」的殊榮。[119]

119 黃華馨、黃華容筆述、顧振輝整理，〈家父黃鑑村與中國無線電協進會的淵源〉，2019年9月19日。

一九五〇年代時，黃鑑村的妹夫，當時在臺中大肚紙廠工作的陳大川以「陳曉禾」的筆名在業餘完成了「科學預言小說」〈五十年後寶島奇談〉，並投稿於黃鑑村主編的《無線電界》，黃鑑村予以潤色補充後發表於《無線電界》，一九五七年，第三卷，第五期、第六期；一九五八年，第四卷，第一期、第五期。二〇〇一年，該雜誌創辦六十週年之際，於當年的三月刊及六月刊中重刊了該小說。

黃鑑村在這一時期曾先後執教於臺灣大學電機系、省立臺北工專（今國立臺北科技大學，曾任該校電機科教授兼工場主任[120]）等各校，並擔任電機科主任[121]。因工作過於繁忙，乃辭去教職。轉型編撰譯述無線電科學、電子科學等專著，約有五十餘部[122]。

一九五〇年代時，黃鑑村還受到過白色恐怖的襲擾。據黃華馨口述歷史：

在一九五〇年代時，我二媽因為通過在香港的親戚黃幼輝轉信與上海的家

120〈作者介紹〉，《彩色電視製作技術》，臺北：幼獅文化，1968年，扉頁。

121 吳俊雄，〈教育的搖籃——中華無線電傳習所〉，《無線電界》，臺北：無線電界雜誌社，2000年7月，頁41。此說存疑，經查國立臺北科技大學·電機工程系·歷屆主任的名單中並無黃鑑村，http://www.ee.ntut.edu.tw/all_chairman.php，2017年7月5日所查。故而任教授兼工場主任的可信度較大。

122《無線電界》編輯部，〈本刊創刊人——黃鑑村事略〉，頁46。

人聯絡。因為地址寫的是中華無線電傳習所，被保安司令部發現後，曾把父親抓去關了一禮拜。幸虧其中有熟人作保，父親才有驚無險地重獲自由。[123]

一九〇一年，臺視成立，黃鑑村應邀擔任工程部副主任，全力襄助策劃設計及電臺架設工作，「初期他默默地帶著工程隊，從北部竹子山架設基地臺直到中部、南部。這是一項特辛苦的工程，但他從不言累」[124]。在臺視期間，黃鑑村還負責與日方富士電視工程公司技術單位聯繫的工作[125]。同時還負責招考、訓練工程幹部[126]。黃鑑村對電視設備及節目製作均有研究，他也是饒曉明與溫世光的老師[127]。對於黃鑑村這一段的經歷，黃華容還曾回憶過這樣一段軼事：

123 黃華馨口述，顧振輝採訪整理，〈先父黃鑑村先生——黃華馨、黃華容口述歷史〉。
124 黃麗鈴筆述、顧振輝整理，〈我的父親黃鑑村先生（一）〉。
125 《無線電界》編輯部，〈本刊創刊人——黃鑑村事略〉，頁46。
126 張啟泰，〈無線電界伴我五十年〉，《無線電界》，臺北：無線電界雜誌社，2000年5月，頁42。
127 黃麗鈴筆述、顧振輝整理，〈我的父親黃鑑村先生（二）〉，2017年12月17日深夜12:30。文中稱：「當年父親在臺視工作時。有位臺視戲劇總編，他是當時全臺很知名的大編劇，也是我的教授，叫「饒曉明」。每當寫完一部著作，他都先送來給父親（他稱老師）審核。對老師特尊敬，也因此我得利（在校編劇都給我高分）。」

父親的日語很好……我記得有一次，三和電子株式會社來了一封用日文寫的信，我看不懂，就交給父親。父親立即就執筆回了一封信。後來，三和在臺灣秘書就說，您父親寫的日文是相當於文言文的水平。這個社長看了很驚訝，現在竟然有人能把日文寫得這麼好。這個社長還有看不懂的，還去請教了別人。因而他對父親很敬佩。為此，他來臺公幹時，還帶了半人高的日式人偶，要親自送給父親以示敬意。可惜那時父親在出差，他倆沒有碰上。[128]

臺北市政府感於黃鑑村熱心推動電子科學教育，特頒贈社會教育貢獻獎。黃鑑村曾任中國無線電協進會多屆理事，對推動會務貢獻甚巨，故被選為該會榮譽會員。[129]

一九七一年，黃鑑村年屆退休，應明新工專的之邀擔任電子科主任，並陪同校長赴國外考察電子教育制度。回臺後，為響應政府發展工業，集資創設華松電子公司，產製電子產品，未幾因受世界經濟不景氣影響乃結束業務，繼續從事著述工作。[130]

一九七六年，黃鑑村被查出患有攝護腺腫大症，入院手術後療養期間不慎跌仆，以致腦神經受損而神智不穩定。之後幾年，又曾數度血管破裂，送醫搶救，方得以保

128 黃華容口述，顧振輝採訪整理，〈先父黃鑑村先生——黃華馨、黃華容口述歷史〉。
129 《無線電界》編輯部，〈本刊創刊人——黃鑑村事略〉，頁45-46。
130 《無線電界》編輯部，〈本刊創刊人——黃鑑村事略〉，頁46。

全。另據黃麗鈴筆述：「父親六十五歲後就得了阿茲海默症，到七十二歲以後漸入嚴重期。」[131]

一九八二年十一月二十九日，黃鑑村因肺部感染導致各器官功能衰竭而逝世於臺北[132]。

3 紫鵑亦是黃鑑村

在青劍劇作發表同時期的一九二九年暑期，《臺灣民報》上先後曾刊登過兩篇署名為「紫鵑」及「紫鵑女士」的文章[133]。其中一篇〈南支臺灣留學生的眞相解剖——答昭和新報〉有理有據地駁斥了日方報刊污衊在中國大陸求學的臺灣學生的言論，同時文章也介紹了集美中學的概況，還清楚地寫出了該校的經費情況。在文末，作者還註明此文寫於當年六月二十九日的南京中央大學。另一篇署名為「紫鵑女士」的〈戲曲成立的諸條件的商榷——致葉榮鐘氏的一封信〉文末則標註：「8.22 於南京」。此文且直接參與了葉

131 黃麗鈴筆述、顧振輝整理，〈我的父親黃鑑村先生（二）〉，2017 年 12 月 17 日深夜 12:30。

132 黃鑑村晚年的身體狀況皆依據自〈黃鑑村先生事略〉，《黃公鑑村先生之遺像》背面，黃華容提供。

133 參見紫鵑，〈南支臺灣留學生的眞相解剖——答昭和新報〉，《臺灣民報》，1929 年 7 月 14 日，版 8。文末標註：（6. 29. 1929 於南京國立中央大學）。紫鵑女士，〈戲曲成立的諸條件的商榷——致葉榮鐘氏的一封信〉，《臺灣民報》，1929 年 9 月 15 日，版 8，文末標註：「1929. 8. 22 於南京紫鵑寄」。

榮鐘發起的戲劇論爭。葉榮鐘讚歎其「見解又比那些號稱學者、藝術家高明得多，這不由我不肅然起敬」[134]。

同時，筆者曾在上海發行的《無線電雜誌》，也就是黃鑑村以本名及青釗的筆名發表過若干篇專業文章的刊物上，亦有以「紫鵑」為名發表的專業文章[135]。

試想當年既是南京中央大學的臺灣學生，又對廈門的集美中學有如此深入的了解，同時此人的戲劇學養足以發文參與當時的戲劇論爭。而且還曾用該筆名在無線電專業期刊上發表專業文章。同時，還有用女性化筆名進行創作的經歷。從目前掌握的資料來看，同時符合以上條件者僅有黃鑑村一人。據此，筆者初步推斷黃鑑村除了青釗外，還有「紫鵑」及「紫鵑女士」的筆名。故而，筆者認為，紫鵑女士參與論爭的相關文章亦能部分展現黃鑑村當時對於戲劇的認知。

---

134 葉榮鐘，《戲曲與觀眾——答紫鵑女士》，《臺灣民報》，1929年11月10日，版8。

135 參見紫鵑，〈小式倍率表的製造〉，《無線電雜誌》，上海：無線電雜誌社1933年2月，頁94-95。靈芝、紫鵑譯，〈無線電工程師給其小弟弟的信，第四封、收音機上所用的電池〉《無線電雜誌》，上海：無線電雜誌社 1933 年 2 月，頁 43 - 44 ；靈芝、紫鵑譯，〈無線電工程師給其小弟弟的信，第五封、從熱銅線上發生電子〉《無線電雜誌》，上海：無線電雜誌社1933年2月，頁 151 - 155 ；靈芝、紫鵑譯，〈無線電工程師給其小弟弟的信，第六封、真空管〉，《無線電雜誌》，上海：無線電雜誌社 1933 年 4 月，頁 44 - 47 。

三　結語

通過前文對於黃鑑村生平的發掘與介紹，基本還原了臺灣日治時期尚不為人所知的劇作家青釗，亦即黃鑑村的生平事跡。青釗並非「女性作家」，而是以無線電教育方面的成就聞名於世的黃鑑村，他一生行誼遍佈兩岸。為人所不知的是他早年作為劇作家的成就。

黃鑑村出生於府城臺南的仕紳家庭。優渥的家境，使天資聰穎的他有機會接受良好的書房教育，這為他打下了良好的漢文功底。在家鄉臺南的竹園小學及臺南一中的求學經歷，一方面令他熟練掌握日文及其它學科的知識。另一方面，臺灣作為日本的殖民地，黃鑑村早年的求學歷程中也親身遭受到了不公對待。這也促使他離開臺灣，從而令他的生命歷程與中國大陸發生連結。

在他臺灣成長學習的一九二〇年代初期，正是日本「大正民主」的相對寬鬆期，也是中國大陸五四新文化運動方興未艾之際。在臺灣文化協會及進步的報刊的宣傳推動下，不少現代觀念開始傳入臺灣。尤其是現代的婚戀觀的傳入，立刻就受到了臺灣青年知識分子的關注與支持，並與傳統婚戀觀產生了衝撞與論爭。生逢其時的黃鑑村自然也不會置身於時代潮流之外。為了追求個體的獨立，反抗日本殖民教育的歧視，他毅然捨棄臺南一中的學業。為了追求戀愛自由，婚姻自主，他不惜與家庭決裂，毅然帶著愛人渡海私奔。更值得注意的是，在經濟來源被斷絕的情況下，彼岸國民政府平民化的教育方針以及各種獎助學金政策[136]使黃鑑村得以安心完成學業，而後在上海憑自己所學立業齊家。

在這一階段的人生經歷中，中華民國及國民政府的存在對黃鑑村早年的生命歷程來說無疑有著正面積極的意義。中華民國的存在，令黃鑑村在地理上有著一個躲避日本殖民壓迫的所在。同時，國民政府對於學生的補助與支持，使黃鑑村得以捍衛自己婚戀自由的權利，擺脱封建家庭的羈絆，又能安心完成學業，在國際化大都市的上海，黃鑑村逐步憑藉自己所學而安身立命。就黃鑑村早年的人生歷程來說，以臺灣籍民身份前往大陸對岸的存在使這位臺灣學子得以捍衛自己的主體性，從而實現了自我價值。這也自然形塑了他的國族認同與反殖立場。

黃鑑村早年的戲劇創作背後，除了臺灣日治時期的歷史文化上的背景，還可以看出他早年跨域經歷的影子。更難能可貴的是作為一名男性學子，黃鑑村在劇作中

136 詳見青釗，〈南京國立中央大學概況〉，《臺灣民報》，1929年，3月17日、24日，版8。

體現出了對女性問題的強烈關注。以至於一度被後人認為是女性劇作家。這就體現了黃鑑村早年在啟蒙現代性的洗禮下，從自己的生活出發，站在同情、關愛女性的立場上進行創作。

最後不禁讓筆者感歎的是黃家四代人與戲劇之間微妙的連結。這樣的愛好所形成的氛圍也會在潛移默化間影響著黃鑑村的成長。從曾祖父名列振聲社的「先賢」開始，到童年時親眼目睹父親粉墨登場、家中精緻的傀儡戲木偶以及家門外時常熱鬧開演的大天后宮，再到自己求學時的奮筆寫劇卻不以為業。到晚年時連台灣知名的編劇都會主動向他求教，再到自己的么女學了戲劇專業而也不以戲劇為生。雖世殊時異，橫跨兩百多年，但冥冥間戲劇似乎始終與黃家有著微妙的不解之緣。

黃鑑村生平及文本研究

《臺灣民報》劇作家青釗的劇作與生平[1]

一 前言

作為一名新近出土的臺灣日治時期劇作家——青釗在一九二八年、一九二九年的兩年間，在《臺灣民報》上先後發表了二幕劇《巾幗英雄》以及更為成熟的獨幕劇《蕙蘭殘了》。

《臺灣民報》作為在臺灣日治中期有重要影響力的報刊，被時人稱為「臺灣人唯一言論機關」，在臺灣文學史上也被素有「臺灣新文學陣地」。據石婉舜統計，在該報刊上，曾刊載有十三篇劇作，其中臺人創作有五篇[2]。青釗就創作了兩篇。顯然，從臺灣現代戲劇文學的創作上來說，青釗應有分量不小的地位。然而，由於種種原因，青釗的這兩部劇作，尚未有上演的記載。同時，學界對他的劇作也沒有相應的重視。對青釗身份的判定，也僅僅從文本的表面進行推測。

1 本文曾發表於《劇作家》，2019 年第 5 期，此次亦經修訂。

2 石婉舜，《搬演「臺灣」：日治時期臺灣的劇場、現代化與主體形構（1895-1945）》，臺北藝術大學戲劇學系博士論文，2011 年，頁 93。

筆者近年來通過史料的發掘、採訪與爬梳，還原了青釗亦即黃鑑村的生平概貌[3]。黃鑑村（一九〇六年七月十九日[4]——一九八二年十一月二十九日[5]），字青釗，出生於臺南仕紳家庭，祖父黃鷺汀、父親黃藏錦都是地方上有影響力的仕紳。青釗是一位原以無線電教育聞名於世的通訊科技領域的教育家，其文學成就一直不為人所知，直至近來筆者以〈《臺灣民報》劇作家青釗生平考〉一文才揭示了青釗的生平行略。

作家生平與其作品的研究，歷來是一個重要研究的面向。尤其是作為青釗在南京求學期間的業餘創作，必然會更多的從自己的生命經驗擷取素材進行創作。那麼從目前可考的文獻史料來看，青釗的劇作能與他的生平產生怎樣的連結？這就成了本文的問題意識，並隨劇作的細讀而衍生出更細部的問題。

本文將先介紹青釗的劇作，而後通過新近發掘的青釗生平的史料，探究其生平與創作之間微妙的連結。

3 參見顧振輝，〈《臺灣民報》劇作家青釗生平考〉，《臺南文獻》，第 15 輯，2019 年 6 月。

4 據臺灣戶籍檔案 A1843356 號所載，黃鑑村生於「民前伍年伍月貳捌日」。另據黃華容提供的《黃氏族譜》所載，該日期為農曆。故，黃鑑村的生日應當是西元 1906 年 7 月 19 日。

5 據臺灣戶籍檔案 A1843356 號，事 A,0057844 記 2 所載「民國柒拾壹年拾壹月貳玖日死亡」。

二　青釗劇作概貌

目前可知的青釗戲劇作品是他於一九二八年至一九二九年間在南京中央大學求學期間發表在《臺灣民報》上的《巾幗英雄》與《蕙蘭殘了》。

1　《巾幗英雄》

根據《臺灣民報》上，作者在全劇末尾的標注。該劇完稿於一九二八年四月三十日在「南京首都學府」[6]完成了二幕劇《巾幗英雄》，並在《臺灣民報》一九二八年六月三日與六月七日連載兩期。該劇劇情如下：

第一幕：某年十一月，臺灣某高等女學校的優等生施蕙蘭因在校長宿舍門口講了一句臺灣話，被校長聽見後，撤銷了她作為優秀學生代表向蒞臨臺灣的皇室成員觀覽成績的資格，並換成了別的同學。翌年畢業季，成績優異的施蕙蘭理應作為優秀學生代表在畢業典禮上代表學生發言，或代表學生領取畢業證書。然而，在前天，級主任告知蕙蘭，因為她去年的一句臺語，使她失去了此項榮譽。不知情的黃佩蓉出於好奇到自修室找蕙蘭。蕙蘭說起了自家是怎樣視如己出地對待貧苦出身的婢女秋香，並出錢讓她上公學校，之後還準備讓

6 此時間地點參見青釗，《巾幗英雄》的文末落款，《臺灣民報》，1928年6月7日，第九版。如前文所注此時該校校名尚在爭議中，但國民政府定都於此，故時稱「首都大學」，當年5月16日正式定名「國立中央大學」——參見王德滋、龔放、冒榮，《南京大學百年史》，南京大學出版社，2002年，頁301。

她來讀高等女學校。蕙蘭問及了佩蓉的相好——一位在南京國立中央大學求學的表哥。佩蓉說，他想要佩蓉也去考這個學校，好讓兩人一同求學。佩蓉漢文、英文不成問題，就是擔心三民主義考不上。蕙蘭覺得只要找本書看個幾天就行了。佩蓉最終詢問蕙蘭前天級主任找她是什麼事，蕙蘭吐露原委，並氣憤不已。

第二幕：當日晚上六點一刻，高等女學校畢業生秀琴與菊芬正在學校的應接室內佈置著畢業式後由師生們共同參與的謝恩會，兩人聊天帶出佩蓉與她表哥牽手逛街被他們撞見的八卦，正被門外走進來的蕙蘭聽見。對於兩人的關係是千金小姐嫁了窮小子的傳聞，蕙蘭更是道出原來有個劣紳當上了協議員，想讓佩蓉嫁給自己在日本留學的兒子。即便佩蓉不同意的情況下，其父感念劣紳幫他當上了協議員而背著佩蓉同意了這門婚事。後來在佩蓉和表哥的堅定抗爭之下，鬧到了法庭上才解除了婚約。說完此事後，蕙蘭稱讚了佩蓉那位在中國大陸求學的表哥，同時也肯定了當時國民政府平民化的教育政策。佩蓉姍姍來遲，和同學們嬉鬧一會兒後，謝恩會也隨著校長及老師們的到來而正式開始了。校長在秀琴的主持下進行了簡單的致辭，之後，佩蓉就站起來發言抨擊學校當局把持著畢業同學會的生殺大權，予取予求。蕙蘭則毫不客氣地拿她去年因為在校長宿舍門口講了一句臺語而至今遭受的不公的事蹟發難，當面質問校長「公平無私」到那裡去了！？有的教員在記她的話，有的教員起身關門，良心上過意不去的校長則狼狽不堪，向請辭的級主任表示應該辭職的是自己，並要求學生不要將此事外泄。

2 《蕙蘭殘了》

一九二九年二月八日青釗在「南京國立中央大學」[7]完成了「獻給 Dear Mo」[8]的「獨幕悲劇」《蕙蘭殘了》，同樣發表在《臺灣民報》一九二九年三月十日、十七日、二十四日、三十一日，共連載五期。該劇劇情大致如下：

一九二八年夏，盛蕙蘭原是臺灣某市陸姓家庭的婢女，三歲時父母過世，她便和叔叔一起生活。叔叔因為是個癮君子而敗光了家產。盛蕙蘭七歲時就被賣到陸家當婢女，早年間飽受欺淩打罵。陸家少爺陸少庭在上學接受新知後，不再打罵蕙蘭，反而教他讀書識字，將她照著自己喜歡的樣子去培養，兩人後來還曾萌生情愫。但之後陸少庭留學日本，使她飽受相思之苦。陸少庭信誓旦旦地讓盛蕙蘭等他學成歸來，盛蕙蘭自然應允。

7 此時間地點參見青釗，《蕙蘭殘了》的文末落款，《臺灣民報》，1929 年 3 月 31 日，版 9。

8 參照青釗，《蕙蘭殘了》，《臺灣民報》，1929 年 3 月 10 日，版 9。

無奈因為婢女的身份，蕙蘭沒有人身自由，她被陸家賣給白秋圃當姨太太，白秋圃因為沒有兒子，而期望能與蕙蘭生一個男孩，以延續香火。蕙蘭心有不願，無能為力的她只能以淚洗面。

白秋圃的獨女，也是進步學生的白綺霞十分同情蕙蘭的遭遇，見她鬱鬱寡歡的樣子便來好言安慰她。在瞭解原委後綺霞意外得知，陸少庭正是她未婚夫史雅懷的好友，綺霞便打電話把史雅懷給叫來了。蕙蘭傾訴了自己悲慘的身世，雅懷十分同情。綺霞便設計，讓雅懷與蕙蘭假意接吻，並故意讓父親白秋圃看到，使白秋圃在盛怒中寫下休書，還蕙蘭自由身。

正當一切如願時，陸家的婢女秋菊趕來找蕙蘭回去，說是少爺回來帶了一位漂亮的日本的婆娘回來。這讓秋菊高興地認為，陸家就此再也不會給日本人欺負了，並告訴他們太太決定下周就要舉辦婚禮。面對這樣的晴天霹靂，蕙蘭當即暈厥過去。被救醒後，萬念俱灰的蕙蘭從書桌的抽屜裡拿出手銃，朝自己胸口開槍自盡。

從內容題材上來看，兩劇均從臺灣女性為主體進行呈現。《巾幗英雄》主要反映了臺灣日治時期帶有歧視色彩的殖民地教育問題。《蕙蘭殘了》則反映了當時臺灣傳統前現代的社會制度對女性人身及婚戀自由戕害。同時，在這兩個主題之外含有底層民眾吸毒問題、人身買賣、蓄婢制度等存在於一九二〇年代臺灣的社會問題。

三　青釗生平與其劇作的連結

1　感同身受的時事新聞

據鄭鳳晴的研究[9]，該劇是由時事新聞改編而來。該事件原型是《臺灣民報》在一九二八年四月一日，登載的《臺南第二高女的怪現象》，其全文如下：

臺南第二高女的怪現象

卒業生痛責校長不公平　級主任見拙將要跪下

◇只為講一句臺灣話

臺南第二高等女學校女生施快治，於去[10]三月十九日以四年精勤卒業。但她過去四年中的成績都是優良，若依成績點數來論，確實為眾之冠，尤其是本年的成績應該有第一名的資格述答辭。可是至畢業式二星期前，她的級主任就喚去說——今年的卒業式本來應該你去述答辭，或是領卒業證書（第二名），因為你於去年十一月曾講一句臺灣話給校長聽到，現在依校長的意思這種名譽不能夠受

9 鄭鳳晴，〈媒體中登場的殖民地新女性－以《漢文臺灣日日新報》與《臺灣民報》為主〉，《臺灣文學論》，第一輯，新竹：清華大學出版社，2009年，頁140。

10 應為「去年」，或為報紙原文漏印——引者注。

了。她的成績品行如何，全校的教員及學友都承認。因為去年朝香宮殿下要蒞臨臺灣[11]的前幾天，她上學時經過校長宿舍前說過一句臺灣話給他聽到，該校長馬上開教官會議，將她一切要給殿下觀覽的成績品改換他人。其時雖然有數位教員反對這種辦法，校長卻以其權力壓制，結果反對無效，而至今的卒業式照她的成績應當享受的權利都被校長一人埋沒。僅說一句臺灣話的罪就如此，可見該校長的昏庸了，況且她是臺灣人，又講於校外呢！

◇謝恩會裡的醜狀

三月十九日卒業式舉行後，當夜在該校開謝恩會，出席教師職員約二十余名。該宴會至要終了的時候，施女生因憤慨校長的辦法，就起來將她所遭遇的經過事實，以悲憤的口吻略述一遍的感想。在講演中教員有的隨時去閉門，有的即馬上去拿紙筆來筆記她說的話，會場都為之緊張，不平的學生即滿心歡喜，她們都代她不平的。施女生講演後，該級井上主任立時離位，跑到廣松校長[12]的前面要跪下，說這

11此處應是指日本皇族朝香宮鳩彥王在1927年11月11日訪問臺南第二高等女學校的歷史事件——參見陳煒翰，《日本皇族的殖民地臺灣視察．附錄一皇族實際訪臺行程一覽》，臺北：臺灣師範大學臺灣史研究所碩士論文，2011年，頁146。

12據《臺南女子高級中學建校九十周年校慶紀念特刊》，2007年，頁21所載，廣松良臣於一九二五年五月至一九三三年二月任臺南州州立臺南第二高等女學校校長

種對她的處置自己要負責辭職。校長便說，這不是你的責任，如果你要辭職，我應該先辭職的。弄的一個謝恩會笑話百出，校長又狼狽說請大家不要將該事內容漏泄於外人。由此可見校長良心上的感覺。其中必然有所見愧於天地了。

◇取消卒業證書權？

翌日二十校長再命該校卒業生們到臺南神社參拜，施某與以外的女生沒有去，她們的理由如何，外人當然不大曉得。可是校長歸校後對著她們說：「今天有這樣不去參拜的實是不行，她們以為拿到卒業證書就夠了嗎，我有可以取消一部分卒業證書權的」云云。這種意思不外指著施女生而言，聽的人莫不曉得。可是施快治聽到這種話說，若是要取消畢業證書權，總也可以，唯該證書是在於莊嚴的畢業式時領到，如舉卒業證書還納式就可以給校長。

該校長這種辦法聽說不但是大多數學生反對，也有好幾個教員抱著很大的不平，因為他太重於形式，過於壓迫。聞近日提出辭職的教員已有二三名，又有數名將要托故辭職回去，可見該校長已失信於教員學生、為該校前途實是悲觀呢！[13]

13〈臺南第二高女的怪現象〉，《臺灣民報》，1928年4月1日，版3。

從上述報導內容來看，這是一則典型的涉及殖民地學校教育中的民族歧視的新聞，這樣的類型的事件，也時常出現在《臺灣民報》的報端。該新聞發表於一九二八年四月一日，據《巾幗英雄》在全劇末尾的標注，該劇完成於當年的四月三十日。除去《臺灣民報》渡海輾轉來到青釗手上的時間。該劇創作前後也只有不到一個月的時間。為何這則新聞，會激發起青釗如此文思泉湧般的創作激情呢？筆者認為，青釗與該新聞當事人施快治類似的人生經驗，是激發其創作熱情的重要原因之一。

從青釗的生平來看，他出生於臺南府城的富商家庭，早慧的他九歲時以「共學生」的身份，在家鄉的竹園小學度過了八年的求學時光[14]。一九二三年三月畢業時，由於成績優異，被選為畢業生代表被「授予北白川宮，閑院宮兩殿下獎學資金支出所購紀念賞品……致答辭及唱恩師歌」。[15]當時官方報紙《臺灣日日新報》的報導就將剛剛畢業

14 該校當時位於臺南竹園町，以日本學生為主的臺南第一尋常高等小學校。該校原名臺南小學。是年，因臺南第二尋常高等小學校設立。臺南小學故改為此名。1921 年，因學制改變，該校改名為竹園尋常小學校。參見《歷史建築—原花園尋常小學校本館（公園國小）》，網址：http://culture.tn-north.gov.tw/tourist_details1-6.html，2017 年 7 月 5 日所查。

15 〈各地卒業式．竹園小學校〉，《臺南新報》，大正 12 年（1923）3 月 12 日，版 5。

的黃鑑村稱為「系共學生之成績拔群者……前途頗有望之偉材」。[16]

之後，十七歲的黃鑑村考入了以日本學生為主的臺南一中，但在求學的過程中，他因不滿老師偏袒日籍同學而憤然離校，渡海來到廈門的集美中學求學[17]。

對此其妹黃貴渶回憶父親黃藏錦的說法是：

據父親講，我大哥黃鑑村當年學習成績非常優秀，……各方面也都相當優秀。那時候，他所就讀的臺南一中是以日本學生為主的學校。我大哥因為成績優異，再加上父親是臺南比較有名望的人物，所以就能被臺南一中錄取。然而，在臺南一中裡的有些日本學生出於嫉妒就有些閒言碎語，找他麻煩來排擠他。那時正好是父親聽說華僑陳嘉庚在廈門創辦了集美中學，就安排我大哥去那裡求學。[18]

16〈各學校卒業式．臺南竹園小學〉，《漢文臺灣日日新報》，大正12年（1923）3月21日，版6。

17參見《無線電界》編輯部，〈本刊創刊人——黃鑑村事略〉，《無線電界》，2000年，3月刊，頁45。這段內容亦可見于〈黃鑑村事略〉，《黃公鑒村先生之遺像》背面，黃華容提供。

18黃貴渶口述，顧振輝採訪整理，《賢兄鑑村及府城黃家的情況——黃清涔、黃貴渶、陳大川口述歷史》，2018年11月2日下午，新北市新店區三圓羅馬社區，陳大川、黃清涔夫婦家中。

《臺灣民報》上的「施快治事件」就發生在青釗的家鄉臺南。身為優秀畢業生施快治所遭遇的不公，對當年在臺南一中有類似遭遇的青釗可謂是感同身受。當年在臺南一中求學時的類似遭遇使他自然能體會施快治的行為動機。

相類似的事件，一位是負氣出走，另一位則是奮起反抗、當眾斥責。想來青釗讀到該則新聞時也會為施快治的颯爽英姿而擊節叫好。對此事強烈的認同與共鳴，極大地激發了青釗的創作熱情。因而也使得青釗前後用了不到一個月的課餘時間，就基於該事件進行了戲劇化的改編。

從以上的史料分析可以推測，《巾幗英雄》的創作是基於青釗早年在臺南一中遭受的不公，從而在《臺灣民報》上看到感同身受的新聞報導後，激發起的創作激情。雖然，發生在家鄉臺南的施快治事件只是臺灣當時諸多反殖民抗爭中的一朵小小浪花。但感同身受的經歷，成了青釗文思泉湧的起點。青釗作為一個業餘創作者，這樣的改編無疑是編劇初學者最易上手的創作方式。

2 誰是「Dear Mo」？

如前所述，青釗第二部劇作《蕙蘭殘了》在《臺灣民報》連載時，都在劇名下設題注：「獻給 Dear Mo」[19]。雖然該劇是否有原型事件，目前尚無考，但極有可能與作者自己的經歷有關。

那題注中提及的這位「Dear Mo」又會是誰呢？筆者認為，這裡的「Mo」應該是英文「Moon」的縮寫。就青釗後人提供的《黃氏族譜》來看，在青釗親人中，有兩位親人名字中帶有「月」。一位是他同父異母的妹妹「黃聽月」，另一位就是他第一任妻子「黃陳愛月」。

黃聽月出生於一九二一年，青釗創作該劇時，她才八歲[20]。就該劇劇情而言是不太可能與她有關的。就現有文獻史料來看，筆者認為這裡的「Mo」應該指的是青釗的第一任妻子黃陳愛月。關於她，其子黃華馨曾介紹道：

我的母親黃陳愛月，原是在臺南的一家私人診所裡當護士，與父親不期而遇。當

19 參見青釗，《蕙蘭殘了》的題款，《臺灣民報》，1929 年 3 月 3 日，版 9。

20 參見顧振輝採訪整理，《兄長黃鑑村與臺南黃家的事略——黃清涔、黃貴渶、陳大川口述歷史》，2018 年 11 月 2 日下午，新北市新店區三圓羅馬社區，陳大川、黃清涔夫婦家中。

時父親剛從廈門的集美中學畢業，準備去上海繼續深造，兩人沒正式結婚就一起去了上海。似乎是家裡不同意。我印象裡，他倆沒有正式結婚，但後來在戶籍上就登記上去了。……父親和我母親的婚事，遭到了家裡的反對。他們私下一起去了上海，祖父可能因此就斷絕了父親的經濟來源。[21]

至於他倆何時私奔到了中國大陸？《蕙蘭殘了》這個劇本是寫於他倆私奔前，還是私奔後？筆者據現有史料推測，該劇應是寫於私奔發生前。

青釗的妹妹黃貴渶曾提到：

據我母親李水枝女士講，大哥在求學大陸期間，還沒有結婚時，曾經回來過一次。可能是在那時碰見了他第一任夫人陳愛月女士。我母親說，你大哥那次回來時，我們兩個雙胞胎還坐在特製的連在一起的雙胞胎嬰兒椅上。我大哥當時看了覺得很新奇。[22]

21 黃華馨口述，顧振輝採訪整理，《先父黃鑑村先生——黃華馨、黃華容口述歷史》，2017 年 11 月 30 日上午，臺北市中正區新生南路二段 144 號三樓，中國無線電協進會。

22 黃貴渶口述、顧振輝採訪整理，《兄長黃鑑村與臺南黃家的事略——黃清渀、黃貴渶、陳大川口述歷史》，2018 年 11 月 2 日下午，新北市新店區三圓羅馬社區，陳大川、黃清渀夫婦家中。

這是一則重要的資訊，黃清涔與黃貴渶這對雙胞胎姐妹生於一九二九年一月，青釗完成《蕙蘭殘了》的時間是在一九二九年的二月八日，地點是南京大學中央大學，[23]是日亦是當年的農曆小年夜，故而青釗當年極有可能因故沒有回家過年。

此外，據黃鑑村學籍檔案所記載的歷年成績上來看，在一九二九學年度上學期，青釗出現了兩門補考都未及格的課程。這兩門課是在最後一學年裡重修之後才通過的，而之後一學期的修課數量是黃鑑村在中央大學求學的五年以來最少的一學期[24]。

雖然當事人早已作古，但基於上述資訊或可從旁推測：青釗與陳愛月私奔到南京應該是創作該劇之後的暑假。黃鑑村可能在此之前就已和陳愛月相識相戀。一九二九年暑假正好是黃鑑村經過兩個學年的學習，從預科順利轉入電機工程科進入專業課程的學習，並順利通過了第一學年的學習。隨著學業的穩定，他應該期望能夠同戀人陳愛月在該年的暑假裡完婚。青釗應該也就在這時在家裡見到了剛出生半年的雙胞胎妹妹黃清涔與黃貴渶。然而，他的婚事卻事與願違地遭到了家裡的反對。於是，年輕氣盛的

23 參見青釗，《蕙蘭殘了》（五），《臺灣民報》，1929年3月31日。）
24 參見南京大學檔案館館藏，《國立中央大學學業成績表：黃鑑村》，教（7）。

青釗為了捍衛自己的婚戀自由，就與陳愛月私奔到了中國大陸。

這樣來看，《蕙蘭殘了》在某種程度上可以視為青釗為陳愛月所寫的帶有寓言性質的情書。青釗或許很早就感受到了來自原生家庭對他婚姻的壓力，從而希望陳愛月能在《臺灣民報》上看到這篇獻給她的劇作後有所感悟，堅定她衝破舊有觀念與家庭的束縛，並堅定同他在一起的信念。

然而，這樣的私奔，必然也會付出一定的代價。隨著陳愛月的到來，必然需要青釗費心安頓照顧。同時，他倆的私奔行為又使其父黃藏錦在盛怒之下斷絕了對青釗的經濟支持。故而，生活與經濟上的壓力，分散了黃鑑村投注在學業上的精力，自然也體現在了他的成績上。在此變故下，使黃鑑村從一個相對悠游自在的富家子弟轉變為一個需要直面養家糊口的壓力的學生，這使他不得不放下文學創作這一業餘愛好，全力應對學業與生存上的壓力：即便如此，從成績上來看，青釗也花了好一段時間，才平衡好家庭生計與學業上的平衡。

3　青釗劇作女性意識的探源

青釗的兩部劇作中的女性人物占劇中登場人物的絕大多數。在劇情上 ，女性角色佔據了絕大部分的篇幅，同時她們也是劇中行動的發起者、主導者，而男性角色則是襯托或功能性的存在。作為一名男性劇作家，青釗在他的劇作中為何會顯現如此強烈的女性關懷？以致於不明就裡的後世學者會直接認為青釗是位女性作家[25]。

筆者認為，除了黃鑑村受臺灣文化協會的活動影響之外，更與他早年的生活經歷不無關係。雖然目前對於青釗早年的人生經歷相對模糊，但亦有部分可考的事蹟或與青釗的這兩部劇作產生一定的連結。

據先前的生平考略，青釗在他一歲多時，祖父黃鷺汀就已自殺身故。在這場家庭的重大變故中，除了前文提及的區長及煙草專賣權而產生的風波外，當時的報刊還記載了同時期，黃家另一位女性親屬的病故，而且還以「完名全節」的標題來讚譽她。

> **張許氏平安。年廿八。臺南市水仙宮街許臨之女孫。即黃鷺汀之內侄女也。自三十二年（一八九九年）出嫁內關帝港街張在之子張全。新婚十餘夕。全即染沈屙。醫藥罔效。彌留時執平安手曰。本期與卿白首。不料誤卿青春。恨也何如。一號而絕。平安痛哭不已。指天誓日。願以死守。自是足不出門。張母因憂子過度。致成心病。不知寢食。平安侍疾常衣不解帶。目不交睫。伺候茶湯。朝夕不怠。歷八年**

25 國立清華大學副教授石婉舜在她的博士論文《《搬演「臺灣」：日治時期臺灣的劇場、現代化與主體形構（1895-1945）》，臺北藝術大學戲劇學系博士論文，2011 年，頁 93 中將青釗定義為「女性作家」。

如一日。且絕無怨言。是不但貞節可揚。又孝行可表。先是平安之親事。黃鷺汀實成之。即後來平安之守節。亦惟黃鷺汀不時看顧之。此次黃鷺汀入殮時。平安痛不欲生。願以身殉。長立其左右啼哭。被人牽開之至再。鷺汀收殮後。平安之腹即發痛。々即無已。時至七日間。適照鷺汀入殮時死亡。噫異哉。平安廿八歲。是辰鷺汀收殮時是戌。辰戌一沖。人為平安惜。々其沖而死。予為平安幸。々其死可以完名而全節云。[26]

顯然，這篇報導還從傳統的封建道德的立場出發來描述評價此事。青釗當時雖然年幼。對於黃家來說，這必然會是黃家往後的日子裡一再被提起的重大事件，自然給年幼的青釗留下深刻的印象。

如前文介紹，青釗出身於臺南的仕紳家庭。祖父黃鷺汀與父親黃藏錦，都是涉足政商兩界的巨賈。作為含著金湯匙出生的黃家第三代長子，在將近十年的時間裡，他都是家中唯一的獨子。這對於當時的黃家來講，自然是不能接受的，據其妹黃貴漢口述歷史：

26〈完名全節〉，《漢文臺灣日日新報》，明治四十年（1907年）11月2日，版5。

我二哥比我大哥小了十歲，據我母親講，是因為我大媽媽和父親生了大哥黃鑑村後十年沒有再生另外的孩子。我祖母覺得我們黃家不能只有一個孩子，應該再生。所以她就建議說一定要再娶再生，作主讓父親再娶二房太太……後來就有了五個小孩。[27]

據族譜記載，除了青釗的生母蘇快之外，黃藏錦另有曾喜與李水枝兩位夫人。曾喜未有生育記載，而李水枝則為黃藏錦生有次子黃榕桓、三子黃子卿、長女黃聽月、次女黃清涔、三女黃貴渶。

然而，據青釗次子黃華馨口述歷史，祖母蘇快也曾做出了自己的抗爭。

我的祖母蘇快是祖父黃藏錦的大太太，二太太是個丫鬟。祖父娶第二房太太時，祖母很不高興，曾一度自己跑去西華堂吃齋念佛去了。[28]

也就是說，在青釗十歲之前，就經歷過父親依照前現代的婚姻習俗納妾再婚的事件，

27　黃貴渶口述、顧振輝採訪整理，《兄長黃鑑村與臺南黃家的事略——黃清涔、黃貴渶、陳大川口述歷史》，2018年11月2日下午，新北市新店區三圓羅馬社區，陳大川、黃清涔夫婦家中。

28　黃華馨口述、顧振輝採訪整理，《黃華馨口述歷史的補充》，2018年10月5日中午，臺北隆記上海飯店。

親生母親一時的負氣出走的背後又有怎樣的故事，我們無從知曉。但想必多少會對年幼的青釗產生一定的影響。所以青釗在年幼時，就在其家庭生活中曾間接或直接地感受女性在傳統前現代禮教規訓下的種種生存樣態。

青釗出生於臺南傳統仕紳家庭，家境殷實，家中也有不少的丫鬟侍妾。青釗後人黃華容曾回憶父親帶他們回家鄉臺南時曾提及：

那時，那條去往開基武廟的路上，還有一排樣子還不錯的老房子，我們路過時，那裡有十一、二個裹腳的老太太。她們推了一個代表來問父親是不是大少爺？但是因為很早離開臺灣就不記得對方是誰了，後來問了才知道，她是我們祖母蘇快的貼身丫鬟。[29]

身為臺南大戶人家的大少爺，青釗應會對筆下主人公盛蕙蘭的生存處境有一定的認知。所以，黃鑑村在年幼時就在家庭生活中間接或直接地感受到了女性在傳統前現代的規馴下的種種生存樣態。成長在這樣的傳統大家庭，又置身於殖民地臺灣的社會現實中，這些點點滴滴的生活見聞，都成為激發青釗創作激情的因素。

---

29 黃華容口述，顧振輝採訪整理，《先父黃鑑村先生——黃華馨、黃華容口述歷史》，2017 年 11 月 30 日上午，臺北市中正區新生南路二段 144 號三樓，中國無線電協進會。

另外值得注意的是《巾幗英雄》中主人公施蕙蘭有這麼一段慷慨激昂的譴責：

蕙蘭：我告訴你罷！她的父親現當著一個州協議員、你們也許知道的、他帶著一個十八九世紀的老腦袋、八股文章也許做得還不差、可日本話一句都不懂、開議會時要隨著一個通譯；像這樣那裡有資格當個議員呢？……可是這個協議員的位置是那大名鼎鼎的賣國賊——也許是開國的功臣——某劣紳給他運動得來的呢！原來這個劣紳有個日本留學的兒子、一年回家來。看中了我蓉姊、要來求婚、可蓉姊和她的表哥的愛情正在成熟的時期、那有首肯之理、這婚事也就失敗了。直到去年父親做了協議員、他再來求婚、她父親感佩著他的功德無以報答、因此就背著蓉姊允許了這項親事。……我們島內雖說遲化、然而所謂戀愛自由婚姻自由的聲浪早就澎湃於一般青年人的腦海裡了、可是這老頭子不知死活、竟把一個女兒當做禮物去運動一個議員、唉！眞可惡！要不是蓉姊的爸々、我早就打他個落花流水！（切齒）[30]

30 青釗，《巾幗英雄》，《臺灣民報》，1928年6月10日，版8。

該劇的原型事件中並沒有這段內容，這是作者自己構思的人物前史，並通過劇中人之口進行呈現。青釗的父親黃藏錦，據記載於一九二一年、一九二二年時，曾任臺南州臺南市協議會員[31]及市役所的教育委員[32]，他也曾擔任臺南開基武廟的管理人。當然，即便青釗的父親曾經身居其位，我們也不能輕易地將其「對號入座」。作為臺南地方上有名望的仕紳，黃藏錦自然會涉及當時臺南地方上層人士的秘辛。青釗或許在他父親平日的交際中對當時臺南地方上層政治生態有所耳聞。作為一種具有殖民地特點的現象加以改編而寫到了劇本中去，從這樣顯然「符合歷史可能性」的描寫中，我們也得以一窺殖民地臺灣社會風貌的冰山一角。

4 「理工男」業餘創作的歷史機緣是什麼？

青釗是南京中央大學電機工程專業的學生，但他卻並不埋首於專業的計算與推演，而是在業餘進行了戲劇創作，他為何進行這樣的創作？除了他早年在臺南一中求學時，

31 參見臺灣總督府，《職員錄》，大正10年（1921），頁333；臺灣總督府，《職員錄》，大正11年（1922），頁348。

32 參見〈臺南．教育委員任命〉，《臺灣日日新報》，大正10年（1921）5月3日，版4；〈臺南．教育委員任免〉，《臺灣日日新報》，大正11年（1922）1月22日，版4。

不滿殖民地教育對臺灣學生的歧視，憤而離開臺灣，渡海來到廈門、上海、南京等地求學以外。他的創作又體現了怎樣的歷史機緣？筆者認為，這與兩岸在一九二〇年代的文化啟蒙運動，亦即臺灣文化協會分裂之前的活動，尤其是在青釗的家鄉——臺南開展的文化與戲劇的活動，以及同時期中國大陸五四新文化運動的開展息息相關。

在中國五四新文化運動和日本大正民主運動的共同影響下，臺灣反抗日本殖民的鬥爭從早期的武裝鬥爭，轉向了在政治上請願設立臺灣議會；在文化上，大力引入現代觀念，以達到開啟民智、移風易俗的目的。為此，在一九二一年，以蔣渭水、林獻堂為首的臺灣有識之士建立了臺灣文化協會。通過創辦《臺灣民報》從而成為「臺灣人唯一言論機關」。一九二三年初，文協本部遷至黃鑑村的家鄉臺南，並開展了一系列的文化啟蒙的活動，比如在臺南祀典武廟及公會堂設立讀報社，舉辦演講會，播放電影等活動。

在戲劇演出方面，文化協會會員或穿插在文化演講之間，或專門編演具有濃厚反抗帝國主義色彩與革新社會思想、抗爭與啟蒙的「文化劇」進行宣傳。一九二七年，也就是青釗開始戲劇創作的前一年，在他的家鄉臺南不少知識分子的新劇團紛紛建立。據記載先後有臺南的「勞動青年演藝會」，文化協會理事黃金火、韓石泉、王受祿等人創立的「臺南文化演藝會」、林延年創立的「安平劇團」。次年由臺南仕紳黃欣創立了「臺南共勵會演藝部」[33]。

同時，韓石泉、王受祿、盧丙丁、曾先後在臺南南座（今臺南南門圓環西北）以及臺南大舞臺（今臺南西門路成功路路口）上演《戀愛之勝利》、《薄命之花》、《戇大佬》、《春夢》、《新的生活》、《淚海孤舟》、《月下鐘聲》等劇。有研究者認為，「這些「新劇內容多以諷刺傳統封建教條、歌頌自由戀愛與人權平等為主……日本劇作家秋田羽雀與文協人士書信往來親善，並引入蘇聯戲劇學說，成為臺灣戲劇改革取法的重要對象」[34]。一九二八年一月一日、二日，安平讀報社邀請臺南文化劇團在臺南文朱殿空地開演遊藝會[35]。黃欣領導的「臺南共勵會演藝部」的演劇活動維持了六年，先後在臺南大舞臺、宮古座及南座等處上演了《復活玫瑰》、《少年維特之煩惱》、《誰之錯》、《火之踏舞》、《父歸》、《潑婦》及《破滅的危機》等劇[36]。

33 參見林鶴宜，《臺灣戲劇史》，臺北：臺大出版中心，2015 年，頁 195。

34 吳密察總編，《文協在臺南展覽專刊》，臺南：臺灣歷史博物館，2007 年 10 月，頁 23,。

35 參見蔣朝根，《飛揚的年代——「文化協會在臺南」特展專刊》，臺北：臺北市文化局、臺灣新文化運動紀念館籌備處，2008 年 12 月，頁 55。

36 參見吳明倫撰，〈臺南共勵會演劇部〉，《臺灣大百科全書》，網址：http://nrch.culture.tw/tw-pedia.aspx?id=15386，2018 年 11 月 24 日所查。

一九二一年，上海文明戲班民興社在《臺灣日日新報》漢文記者李逸濤的策劃邀請下，先後在臺灣北中南地區巡演，形成了不小影響。在其演出過程中幫忙解說等相關工作的臺南人吳鴻河，於一九二三年前後籌組「臺南黎明新劇團」。由吳鴻河改編《新茶花》、《張汶祥刺馬》、《蝴蝶黨》等劇，自南向北展開巡演，所到之處甚為叫座，亦曾在臺南宮古座演出。[37]

上文提及的這些文協主導的文化及戲劇活動在臺南的活動地點，對於青釗祖居——臺南市本町四丁目三十三番地[38]（今臺南新美街一百三十四號，臺南大天后宮正門對面所在的街區）——來說均是步行可及的距離。雖然目前沒有青釗早年參與戲劇活動的記載，但可以從他劇中所透出的鮮明進步性可以看出，這樣的時空場域對他潛移默化的影響。此外值得注意的是黃鑑村早年的經歷，如前文所述，黃家幾代人都有雅好戲劇的記載，其父黃藏錦在黃鑑村七歲，還在子弟戲的演出中粉墨登場的記載。黃家宅邸的地點更使黃鑑村在成長中離不開大天后宮酬神演劇的耳濡目染。由此可以想見，黃鑑村在赴大陸求學前，就已經或多或少地受到了傳統與現代戲劇的影響與熏陶。

37 參見呂訴上，《臺灣電影戲劇史》，臺北：銀華，1961 年，頁 295-296。
38 參見南京大學檔案，《國立中央大學學籍表》，註冊號數第 2396 號，教（8）頁。

在中國大陸方面，當時正是國民政府北伐成功，在形式上統一了中國，身處國民政府首都南京的青釗自然會受到當時進步思潮的感染。同時，一九二〇年代以來，有大批臺灣學子先後赴中國大陸求學。在整個中國革命氣氛的感染下，這些留學中國大陸的臺灣學生也成立了許多以學生為主體的反日愛國進步組織。南京臺胞學生就曾組建「中臺同志會」，該會旨在促進兩岸同胞交流，反對日本殖民統治。該會在當年曾先後組織了紀念「五．七國恥紀念日」[39]與反對「六．一七臺灣始政紀念日」[40]的集會活動。並且印製了數千份《中臺同志會六．一七紀念告民眾書》，說明要將這一天當作中臺民眾的「解放運動日」。文中還希望臺灣民眾應將國民革命當成和他們息息相關的情勢來看，並在各方面盡力加以協助[41]。雖然該會骨幹成員假期返臺時受到日本總督府的抓捕，但該會浩大的聲勢與宏願，想來當時也在南京的青釗不會不受其影響。此外，青釗在中央大學第一年預科的求學階段，成績最好的課程便是「社會科學概論」。[42]

39 指一九一五年五月七日，北洋軍閥政府爆出日本企圖滅亡中國的「二十一條」。

40 指一八九五年六月十七日，日本臺灣總督府為紀念這一天正式開始統治臺灣而設置的紀念日。

41 參見藍博洲編著，《日治時期臺灣學生運動》，時報文化，1993年，頁311-317。

42 參見〈國立中央大學學業成績表．黃鑑村〉，南京：南京大學檔案，1932年，教（7）。

同時，青釗長期學習生活的江浙一帶是中國現代戲劇的重鎮。愛好戲劇的青釗也應會受到一些耳濡目染的影響。從青釗當時的個人交遊即可看出一二。其子黃華容曾提及：

我小時候，曾經見過一張父親在冬天與一男一女在路邊合影的照片。母親告訴我，這是父親與徐志摩和陸小曼的合影。照片上，陸小曼站在中間，斜戴著呢帽，穿著時髦大衣，父親站在右邊，穿西裝外著黑色大衣。徐志摩站在左邊，穿西裝外著土黃色呢大衣。父親和徐志摩都戴著當時時髦的圓形眼鏡。兩位男士清瘦有學子的風範，女士時髦豔麗漂亮，因而詢問母親這位漂亮的女生是誰？那時我雖然還小，但還是感覺到這女孩很美麗。[43]

徐志摩除了是一位著名的現代詩人以外，他也是國劇運動重要的參與者與鼓吹者。一九二六年，他在《晨報副刊》上創辦了《劇刊》周刊，集結了一批同好「對戲劇藝術作了廣泛而有益的探討」。[44] 青釗從事戲劇創作的一九二八年至一九二九年間，徐志摩正在寧、滬兩地的高校中大量兼課。同時，他在《新月》雜誌上發表了他與陸小曼合作的五幕話劇《卞昆

43 黃華容口述，顧振輝採訪整理，《先父黃鑑村先生——黃華馨、黃華容口述歷史》，2017 年 11 月 30 日上午，臺北市中正區新生南路二段 144 號三樓，中國無線電協進會。

44 周炎生，〈評徐志摩的戲劇活動〉，《中國現代文學研究叢刊》，1993 年第 1 期，頁 276。

岡》[45]。有意思的是，該劇的完稿時間，與青釗的《巾幗英雄》前後就差了兩天。[46]一九二九年九月，[47]徐志摩受聘為中央大學英文系教授，還開設西洋詩歌及西洋名著選等課程。[48]

當時，徐志摩在上海與田漢、洪深、歐陽予倩、郁達夫、徐悲鴻等文學藝術界人士交往甚密。[49]歐陽予倩在一九二七年夏，應田漢的邀請赴南京籌辦國民劇場，雖因時局不穩而夭折，但也在當年的八月十七至十九日公演過三天。[50]

---

45 該劇連載於《新月》1 卷 2 期（一九二八年四月十日）與 1 卷 3 期（一九二八年五月十日）。並在 1929 一九二九年作為中國戲劇社叢書之一，由新月書店出版了修訂本。

46 據周炎生，〈評徐志摩的戲劇活動〉，《中國現代文學研究叢刊》，1993 年第 1 期，頁 280 所載《卞昆岡》脫稿於一九二八年四月二十八日，如前文所考青釗的《巾幗英雄》脫稿於 1928 年 4 月 30 日。

47 據維基百科「徐志摩」詞條所載，一九二九年九月，徐志摩被聘為國立中央大學文學院英語文學教授，網址：https://zh.wikipedia.org/zh-tw/%E5%BE%90%E5%BF%97%E6%91%A9，2017 年 7 月 5 日所查。故而，黃鑑村與徐志摩同時期都在中央大學求學與任教。兩人的相識是可能的。

48 參見陳從周編，《徐志摩年譜》，文海出版社，1983 年，頁 77。

49 參見蘇關鑫，〈歐陽予倩年表（1889-1962）（上）〉，《廣西師範學院學報》，1982 年第 4 期，頁 41。

50 蘇關鑫，《歐陽予倩研究資料．歐陽予倩傳略》，北京：智慧財產權出版社，2009 年，頁 20。

田漢所領導的南國社也曾在一九二九年一月與七月間在南京兩次公演。尤其是一月那次，不僅上演了《名優之死》以及《湖上的悲劇》等兩劇，田漢還粉墨登場扮演劇中的劉振聲與詩人夢梅。還曾先後在南京女子中學作《戲劇與觀眾》的講演。[51]這樣發生在南京的演出活動，極有可能影響了當時身在南京的青釗，在潛移默化中指引並激發了他創作構思。

青釗以「紫鵑」為名的發表的文章中，也不止一處地以易卜生的《娜拉》為例來支撐自己的觀點。易卜生及其《娜拉》對五四新文化運動中對女性解放運動產生過重要的影響，胡適受此啟發創作了他唯一的劇作——《終身大事》。該劇也曾轉載在《臺灣民報》的創刊號上而為廣大臺灣知識精英所熟知。魯迅也為此做過「娜拉走後怎樣」的講演。《娜拉》一劇也成為了當時學生劇社爭相上演的劇作。青釗對該劇的熟稔，自然也體現了他當時的戲劇學養，亦可見他對於戲劇愛好之深。

上述內容直接或間接地展示了青釗——這位理工科專業的大學生——在課餘進行戲劇創作前後，可能受到的影響來源。

51 參見吳孟鏗，〈田漢年表〉，《廣西大學學報》，1984 年第 2 期，頁 93-94。

然而，徐志摩一九三〇年便離開中大返回北大任教，次年又因飛機失事而離世。文藝方面的良師益友的離世，再加上學業與生活上凡此種種的現實壓力，或許是青釗未再繼續從事戲劇創作的原因之一。

結語：

從上文的探析中，我們不難發現，除了臺灣歷史文化上的背景，還可看出青釗早年經歷的影子。更難能可貴的是他作為一名男性學子，青釗在劇作中體現出了強烈的女性意識，以至於一度被後人認為是女性劇作家。這就體現了黃鑑村早年在啟蒙現代性的洗禮下，在創作時可以從自己的生活出發，站在同情女性、關愛女性的立場上進行創作。

青釗作為一名臺灣日治時期較早在中國大陸留學的臺灣學子，他的戲劇創作，大多取材於他在熟悉的家鄉在地的殖民地經驗。中國大陸的存在，使黃鑑村在地理上有著一個躲避日本殖民壓迫的空間。對於黃鑑村早年的人生歷程來說，中國大陸的存在，也使這位臺灣學子得以捍衛自己的婚戀自由，並實現了自我價值。同時，當時風起雲湧的反帝、反封建的浪潮，也顯然感染了青釗的創作。再加上與徐志摩等文藝界名流的交流往來，令浸淫於中國現代戲劇發展重鎮的青釗在耳濡目染間開始在業餘進行戲劇創作。

在歸納概括中國大陸一九二〇年代的戲劇文學的創作題材時，有戲劇史家曾總結道：

以愛情自由、婦女解放為主題的劇本，在本時期數量最多，影響最大。這些劇作在對傳統的舊道德、舊思想和種種習慣勢力的批判中一馬當先，在個性解放運動中發揮了巨大作用。劇作家從不同的角度觸及這一主題。首先是通過男女青年的戀愛婚姻問題，表現個性解放的要求和自由、民主思想的覺醒。……劇作家在表現個性解放運動的同時，也敏銳地覺察到新口號下的渣滓。因此一批鞭撻喜新厭舊、玩弄女性的不道德行為的劇本，從另一個側面揭示了愛情生活中豐富複雜的社會內容。……本時期的劇作除了表現愛情上的新舊思想道德的對立之外，還從其他多方面觸及了當時中國社會的弊病，……把愛情遭遇與官僚豪紳的家庭矛盾結合起來進行描寫，暴露了半殖民、半封建社會的黑暗、腐朽及其虛偽的道德。[52]

青釗劇作的情節都發生在臺灣，但將其置於一九二〇年代以上海為中心的現代戲劇文學發展潮流中去審視時，可發現他的劇作雖然不多，但它其主題與取材角度，大致應和著以個性解放、婚戀自由和封建道德的批判等面向。這就從另一個角度體現出當時兩岸間的現代戲劇文學創作，存在著另一種同聲相和的面向。

52 陳白塵、董健主編，《中國現代戲劇史稿》，中國戲劇出版社，2008年，頁61—63。

青釗劇作論

黃鑑村生平及文本研究

一　前言

在一九二八年與一九二九年的兩年間，《臺灣民報》上先後發表了署名為青釗的兩篇短劇《巾幗英雄》和《蕙蘭殘了》。由於目前未有這兩部劇作上演的相關記載，一直以來，學界對青釗的劇作尚未有專門的研究與論述。

近年來，筆者通過〈《臺灣民報》劇作家青釗生平考〉[1]一文，確認了青釗即是以無線電教育聞名於世的黃鑑村先生。此文大體還原了黃鑑村的身世，這兩部劇作是他在南京國立中央大學預科及電機工程科大一時的業餘創作。同時，筆者在此文中推斷青釗同時還以紫鵑的筆名，參與了葉榮鐘在《臺灣民報》發起的戲劇論爭。

白春燕〈從一九二九年戲劇論爭看葉榮鐘的文藝觀〉，[2]在文章的第三部分，「與紫鵑的問答」仲介紹論爭過程中提及紫鵑（即青釗，黃鑑村的另一筆名），在與葉榮鐘探討戲劇作品與觀眾關係時，認為大眾不具備藝術鑑賞能力。若要推進藝術運動，不

1 參見顧振輝，〈《臺灣民報》劇作家青釗生平考〉，《臺南文獻》，第15輯（2019年6月），頁140-161。

2 參見白春燕，〈從1929年戲劇論爭看葉榮鐘的文藝觀〉，《臺灣文學學報》，第34期（2019年6月），頁99-132。

應為了迎合大眾而降低藝術性。白春燕此文的重點在於從論爭中梳理葉榮鐘的觀點，對於紫鵑文章所透露出其所具備的戲劇方面的知識結構及其戲劇觀的樣態，是筆者期望加以補充之處。

另外筆者的〈《臺灣民報》劇作家青釗的劇作與生平〉[3]一文對青釗創作兩部劇作前後的人生處境進行了梳理與辨析，尤其是對青釗的女性關懷所進行的探析，直接或間接地說明瞭作為一名男性作家，青釗的人生經歷是如何形塑了他如此強烈的女性關懷？

吳宗佑的碩士論文〈「民眾」的戲劇實踐：以日治時期臺日知識人的劇本為中心（一九二三至一九四三）〉[4]的第三節在梳理《臺灣民報》的戲劇劇本時，在第一小節專門介紹並分析了青釗的兩部劇作。作者認為青釗的劇作「展現了社會批判力，也揭

3 參見顧振輝，〈《臺灣民報》劇作家青釗的劇作與生平〉，《劇作家》，2019年第5期，頁95-103。

4 吳宗佑，《「民眾」的戲劇實踐：以日治時期臺日知識人的劇本為中心（1923-1943）》，臺北：政治大學臺灣文學研究所碩士學位論文，2019年。

露了殖民統治的黑暗面」，[5] 然而，該文在轉述劇情時存在著若干粗疏之處。[6]

5 吳宗佑，《「民眾」的戲劇實踐：以日治時期臺日知識人的劇本為中心（1923-1943）》，頁27。

6 吳宗佑，《「民眾」的戲劇實踐：以日治時期臺日知識人的劇本為中心（1923-1943）》，頁25處，稱《巾幗英雄》一開場中「黃佩蓉推測施可能成為畢業生代表。這時施蕙蘭才說出自己曾在日本皇族來臺視察的場合被抓到說臺灣話」然而，該劇此處施蕙蘭的臺詞是轉述級主任的話：「他說：『本來這次畢業式應該你去述答辭、或是領畢業證書、但是：呵！因為你去年十一月、你曾講一句臺灣話啊！這一句話被校長聽了！所以現在依校長的意見、這種名譽你不能受了！』」（見青釗〈巾幗英雄（上）〉，《臺灣民報》，版9，1928年6月3日）。另據該劇作最後施蕙蘭當眾斥責校長時的臺詞是「去年十一月的事、諸位也許還記得吧？宮殿下要蒞臺灣來了、在那時幾天、我上學時、經過校長宿舍前面、說了一句臺灣話、那知被校長聽見了！於是立刻開教官會議、將我一切要給殿下觀覽的成績改換了別的同學了。」（見青釗〈巾幗英雄（下）〉，《臺灣民報》，版8，1928年6月10日）。所以，施蕙蘭講臺灣話是在校長宿舍門口被校長聽見的。並非在「日本皇族來臺視察的場合」。無獨有偶，同前註，頁26處，稱「施蕙蘭斥責日人教師歧視臺灣學生，還讓教師公開認錯」。然而，原劇中施蕙蘭最後一段僅有斥責，並未在臺詞中提出讓教師認錯的要求：「怕甚麼！？你們平時都是被壓迫慣了的、受了壓迫、爲甚麼自己不去解放、而永自甘於奴隸的命運呢？……諸位先生！諸位同學！讓我來說幾句罷：諸位想想看、我是臺灣人、臺灣人不講臺灣話、要我們講什麼呢？受了這不名譽的責罰。我以爲可以免了這個罪名、那知道今年卒業式、更又把我成績應當享受的權力給埋沒了！埋沒了！只說了依據臺灣話罪過就這麼嚴重嗎？試問諸位先生平時常說『公平無私』；可是現在的『公平無私』到那裏去了呢？」這些文本讀解的粗漏之處，或許會令論者在文本理解上產生偏差。

以上的前行研究，對於臺灣日治時期劇作家青釗的生平及其戲劇創作等方面進行了初步的探究。本文的問題意識將聚焦於於青釗的劇作，以文本精讀的方式，從劇作中的地方意象、人物塑造、劇作結構、劇作語言等特點為切入，對青釗的劇作進行分析。由於青釗作為一位臺籍學生而身處於中國大陸的創作地點。故而在評價其劇作時，亦需將其同時置於臺灣與中國大陸現代戲劇文學史的維度中予以審視。

二 中、日兩國間微妙的地方意象

縱觀青釗的兩部劇作，其劇情全都發生在臺灣，題材表現的都是當時臺灣存在的現實問題。然而，他創作位置卻在對岸的南京。顯然，作為一名不滿殖民地教育的民族歧視而赴中國大陸求學的臺灣學子來說，這樣的書寫，多少帶有文化地理學上的意涵。文化地理學者麥克．克朗曾指出：

> **文學（以及其他更晚進的媒體）在塑造人群的地理想像方面，扮演著核心要角。……顯示不同的書寫模式如何表達了與空間及移動性的不同關係，以及文學裡頭的空間關係如何被賦予不同意義。不僅作品本身訴說著地方，連作品架構也**

訴說著社會如何在空間上安排秩序。[7]

檢視青釗在劇中的空間意象的設置可以看出作者在劇作背後所隱含的「中國大陸——正面、希望」與「日本——負面、絕望」的情感結構。該結構體現在劇情與人物的設置上。

在《巾幗英雄》與《蕙蘭殘了》兩部劇中，我們可以發現一個有意思的現象，在劇中的主人公均是臺灣女性，而在男性人物的設置上，兩劇各有一位不出場且分別在中國大陸與日本內地留學的男性人物。作者在劇中的人物塑造蘊含著截然相反的空間意象。

一位是《巾幗英雄》裡的理想男性配偶的形象——黃佩蓉的表哥，也是她從小青梅竹馬的未婚夫，是一位在南京求學的臺灣學生。在劇中，作者通過女性人物的對話中，塑造了他的進步形象，「說起來無人不服他、學問又好、人格又高尚，而且是個有血性的男子漢」。[8]他出身貧苦，不願接受別人的、甚至是佩蓉的接濟。他靠自己的努力考上了對岸的國立大學。他表哥假期回臺，來找佩蓉去公園遊玩，佩蓉的母親卻因守舊的思想而不讓他們一起去，表哥便機智地出言予以化解。當蕙蘭問及他倆的婚後打

7 Mike Crang 著，王志弘、余佳玲、方淑惠譯，《文化地理學》，臺北：巨流圖書，2008 年，頁 44。

8 青釗，《巾幗英雄（下）》，《臺灣民報》，1928 年 6 月 10 日，版 8。

算時，他表哥並不視佩蓉為自己的附庸，不想讓她做一位照料他生活起居的陪讀，而是希望她也去報考國立中央大學的預科，一同學習研究，成為一位高學歷的知識女性。[9]

在《蕙蘭殘了》一劇中，對主人公盛蕙蘭始亂終棄的陸少庭是一位留日臺生，他是造成主人公悲劇命運的始作俑者。陸少庭是臺灣某市的富家子弟，盛蕙蘭自小父母雙亡，隨叔叔一家過活。因為叔叔吸食鴉片導致家境窮困，便將蕙蘭賣到陸家做婢女。從此蕙蘭「更沒有幸福可說了，任人家挨罵、鞭打」。[10] 陸少庭受家庭影響年幼時對蕙蘭也是拳腳相加。但他升入中學後，卻開始善待蕙蘭，關懷愛護她，並教他文化知識。蕙蘭也逐漸愛上陸少庭。然而，在陸少庭的心裡依舊把蕙蘭當作玩物，只是想把她「造成一個理想中的伴侶」。[11] 留學日本之後，陸少庭還是將誓言拋在九霄雲外，移情別戀的他最終帶著一個日本太太回來。這令費盡千辛萬苦才獲得自由身的蕙蘭萬念俱灰，最終絕望地舉槍自盡。

顯然，從不知名的表哥，再到陸少庭。這兩位不曾出場，卻對劇中人有著重要的意

9 以上劇情內容參見青釗，〈巾幗英雄（上）〉，《臺灣民報》，版9，1928年6月3日。
10 青釗，《蕙蘭殘了（三）》，《臺灣民報》，1929年3月17日，版9。
11 青釗，《蕙蘭殘了（二）》，《臺灣民報》，1929年3月10日，版9。

義。對於《巾幗英雄》裡的佩蓉來說，這位在中國大陸求學的表哥是她未來幸福生活的希望所在。至於《蕙蘭殘了》中的陸少庭的始亂終棄，無疑是該劇主人公蕙蘭「殘了」悲劇性命運的始作俑者。如同麥克．克朗所言：

男人與女人不僅被安置於空間關係中，這些關係還支持了地方經驗的內涵，以及這對男人和女人的意義——他們都是透過地理而分派了性別化的慾望。這現實了空間經驗與個人認同的緊密關聯。[12]

青釗兩部劇作中這樣明顯的地方傾向，顯然與作者的身居南京的創作位置與國族認同不無關係。劉柳書琴曾指出：

臺灣人的原鄉情懷其來有自，臺灣有志之士期待祖國扮演解放者角色或提供反日助力，把母土命運與祖國前景聯合起來考量也非一朝一夕。在被迫與祖國割離的臺灣人之中，這種近乎反射性的想像確實存在著。特別是儘管臺灣淪日期間祖國充滿苦難，然而也屢屢展露革新奮起的跡象，因此她的每一次的曙光乍現，都生生激勵著殖民統治下的臺灣人，特別激蕩著青年們的血潮。[13]

12 Mike Crang 著，王志弘、余佳玲、方淑惠譯，《文化地理學》，頁 65。

13 劉柳書琴，《荊棘之道：臺灣旅日青年的文學活動與文化抗爭》，新北：聯經出版，2009 年，頁 139-141。

從作者的生平來看，青釗之所以前往中國大陸求學，一是不滿於日本在臺灣建構的帶有歧視色彩的殖民地教育給他帶來的歧視與不公。二是青釗在赴中央大學求學前後，自己的婚戀自由受到了來自原生家庭的阻撓，並最終在自己大一年級的暑假中同陳愛月私奔。[14]但這樣的行為招致的是家庭在經濟上的斷供。幸運的是，青釗又因國民政府對於學生的各種補貼[15]而使他可以在沒有經濟來源的情況下，得以安心求學。在這樣的情況下，中國大陸對於青釗而言是躲避殖民統治的壓迫、取得進一步深造、捍衛戀愛自由、獲取個體獨立、實現人生價值的所在。

一九二七年正值國共合作下北伐戰爭取得初步的勝利，中國大陸所展露的新興曙光吸引了一批臺灣學子前往中國大陸求學。青釗創作《巾幗英雄》的時候，當時所在的南京剛被國民政府定為首都，「清黨」之後，國民革命軍繼續北伐，一路勢如破竹。國民政府蒸蒸日上的勢頭，似乎也影響了青釗的人物塑造。青釗筆下的主人公敢在畢業謝恩會上挺身而出，當眾斥責校長的氣魄，以及校長狼狽不堪的反應，其昂揚的意氣無不折射出作者對於時局的信心。

14 顧振輝，〈《臺灣民報》劇作家青釗的劇作與生平〉，頁99。
15 青釗，〈南京國立中央大學概況（下）〉，《臺灣民報》，1929年3月24日，版8。

青釗在劇中不僅將理想的男性形象與中國大陸作連結，還通過劇中人之口，讚揚了國民政府當時的平民化的教育方針。事實上也確實如此，青釗在同時期還曾專門撰文介紹當時國民政府設立的學校對於臺籍學生具有「保送免考入學」[16]的資格，以及為清寒學生免去學費的政策。同時，對於祖籍福建的中大學生，經申請，福建省政府每年還會發放每年每人發放津貼一百元。[17]所以，對於置身那個歷史節點的青釗來說，中國大陸是他得以安心求學的所在。

然而，值得注意的是，青釗後一部劇作《蕙蘭殘了》中，中國大陸的意象出現了耐人尋味的變化。當綺霞在安慰傷心的盛蕙蘭時提到：

> **你聽見沒有前幾天有一對青年男女跳下××磯情死了？據說男的是中國的甚麼大學的學生、女的是某高女的學生、兩個人愛上了，女的方面向這位大學生要求千把塊錢的聘金。可是男的是個無產青年，一時那來這千把塊錢呢？可憐，他們達不到目的就情死了！這不是個怪現象嗎？**[18]

16 青釗，〈南京國立中央大學概況（下）〉，《臺灣民報》，1929 年 3 月 24 日，版 8。
17 同前註。
18 青釗，《蕙蘭殘了（二）》，版 9。

這段與劇情沒有直接聯繫的臺詞，除了批判了臺灣婚俗中的聘金制度外，還在人物設置的背後透露出微妙的地方意象。

就作者生平來看，筆者曾辨析推斷，青釗與愛人黃陳愛月的私奔是發生在創作《蕙蘭殘了》之後，家裡為此還中斷了對於青釗經濟上的資助。[19] 同時青釗家中也因故蒙受了重大的經濟損失，令原本留學德國的計劃也只好作罷。[20] 顯然，青釗戀愛受阻是在創作該劇前後就已有端倪。

另外，青釗在同年以「紫鵑女士」為名參與葉榮鐘的戲曲論爭時，在文中以唯美主義作家王爾德（Oscar Wilde）的代表劇作《莎樂美》[21] 為例來佐證自己的論述。雖然沒有無法全然考確青釗的戲劇知識結構，但將其與《蕙蘭殘了》相較之下，青釗劇中的蕙

19 參見顧振輝，〈《臺灣民報》劇作家青釗的劇作與生平〉，頁 99。

20 黃貴渶口述、顧振輝採訪整理，《兄長黃鑑村與臺南黃家的事略——黃清涔、黃貴渶、陳大川口述歷史》，2018 年 11 月 2 日下午，新北市新店區三圓羅馬社區，陳大川、黃清涔夫婦家中。大體情況是：黃藏錦曾受當時臺南州知事之托，幫忙處理黃家遠親的債務，並許諾以土地來作為墊付債務的補償。可該知事任滿調走後，繼任者不承認前任的承諾，令黃藏錦損失甚巨，也令黃鑑村留學德國的計劃被迫中止。

21 參見紫鵑女士，〈「戲曲成立的諸條件」的商榷——致葉榮鐘氏的一封信〉，《臺灣民報》，1929 年 9 月 15 日，版 8。

蘭因心中愛的幻滅而決絕地槍自戕，最終香消玉殞的意象，亦可以看出唯美派劇作對於青釗創作的微妙影響。

從時局來看，隨著國共分裂，國民黨內部的派系林立，新軍閥混戰的陰雲開始瀰漫，中原大戰的一觸即發，列強的威脅依舊陰雲籠罩。使得中國大陸的前途似乎又蒙上了一層陰影。無獨有偶，當年十二月的《臺灣民報》上就曾登載了〈資本主義化的中國無復去年的新氣象〉[22]一文。

遭遇家庭變故，同時時局又風雲詭譎。從對中國大陸意象的書寫顯示出青釗第二部劇作一反之前昂揚的戰鬥姿態，而是進行了悲劇的轉向。同時，《蕙蘭殘了》的性別書寫亦如臺灣日治時期如〈臺娘悲史〉等文學作品中常見的以悲劇性的女性形象來隱喻臺灣作為殖民地的悲慘命運。

據張晏菖對《臺灣民報》刊載劇作的研究：自一九二七年文協分裂，《臺灣民報》自東京遷臺發售後，在主編賴和的執掌下出現了一批劇作，其「內容都描繪社運青年的心靈，讓文協分裂後社會運動者遭遇挫折、苦惱、悲觀內省的知識分子形象活躍於報紙

22 詳見《臺灣民報》，1929 年 12 月 22 日，版 4。

版面」[23]。由此，對於青釗的劇作，張晏菖進一步指出：

> **當一九二八年後的臺灣劇作，已轉向描寫知識分子與分裂時代的意見相左時，青釗並未著墨理想主義挫折的一面，作為中國留學生，可說是臺灣作者前進新文化運動先進地中國後，獨自延續著一九二〇年代初期理想青年對抗家父長的典型路線，而獲編輯者賴和的青睞。**[24]

筆者認為，論斷僅適於《巾幗英雄》的創作。留學南京期間，青釗亦會在假期返臺探親，也能接觸、感受到文協分裂所帶來的影響。《蕙蘭殘了》的悲劇轉向，除有對岸局勢本身的影響外，同時在創作心理上也映和著「社會運動者從熱血對抗保守的家父長體制，再到內部分歧裂解的挫敗感，表現社會運動者體察自我的深刻內省」[25]的創作趨向。

中國大陸戲劇史家在總結一九二〇年代的劇作家的創作心理時曾指出：

> **具有自由主義與民主主義思想和青春活力的劇作家們，在理想和現實的撞擊中產生兩種情緒：一、對黑暗現實的反抗與對光明未來的呼喚；二、在重壓下看不清**

---

23 張晏菖，《反思社會運動者自我：「編輯者賴和」與《臺灣民報》的戲劇》，新竹：清華大學臺灣文學研究所碩士論文，2020年，摘要頁。

24 張晏菖，《反思社會運動者自我：「編輯者賴和」與《臺灣民報》的戲劇》，頁52。

25 同上註，頁67。

出路的某種傷感。前者是熱烈，後者是悲涼。[26]

顯然，青釗在這樣的歷史時空中，創作的這樣兩部書寫臺灣的劇作，無形中也應和了上述兩種情緒。這樣的源自於前現代的傳統勢力與日本殖民者對於家鄉臺灣的雙重壓迫，以及文協分裂後，對於臺灣未來社會運動方向的迷惘與內省。青釗的兩部劇作正是他對此的一聲吶喊與一聲歎息。

三　女性本位的人物設置

（一）佔多數且據支配地位的女性人物

在人物設置上，青釗的兩部劇作中登場且有臺詞的人物計有十三位。其中，女性計有九位，男性計有四位。顯然，青釗筆下的女性人物佔有主要且多數的地位。在劇情上，女性角色佔據了絕大部分的篇幅，亦是劇中行動的發起、主導者，而男性角色則僅是襯托或功能性的存在。

在《巾幗英雄》一劇中，全劇的幾乎都在女性角色展開，劇情地點就設置在高等女學校內，人物之間的對話主要就是在蕙蘭與他的好友佩蓉，婢女秋香和幾位女同學。男性

26 陳白塵、董健主編，《中國現代戲劇史稿》，北京：中國戲劇出版社，2008年，頁65。

角色一直到第二幕的最後謝恩會開始時，方才登場。有臺詞的角色僅有校長與級主任，而且都還是被動型的發言，即是在其他角色的戲劇動作下的回應性臺詞。校長是在謝恩會的主持人秀琴的邀請下，做了簡單的發言。在佩蓉與蕙蘭先後義正言辭的責難之後，級主任向校長請辭，自知理虧而狼狽不堪的校長則表示辭職的應該是自己，並囑咐大家不要把佩蓉與蕙蘭的言論外洩出去。

相較於《巾幗英雄》，《蕙蘭殘了》裡男性角色的戲份雖然比女性多了一些，但他們還是被動的功能性人物。他們的戲劇動作受到了女性角色的支配。劇中登場的男性人物是雅懷和白秋圃。這兩位男性角色的登場的動作線均由綺霞的意志所支配，而直接的目的則是為了讓蕙蘭獲得自由身，最終目的則是讓蕙蘭可以和陸少庭終成眷屬。同時，綺霞的未婚夫雅懷和陸少庭是好友。於是，綺霞便打電話把雅懷叫來，在聊天過程中帶出了蕙蘭悲苦的身世。在綺霞想出辦法後，雅懷就配合地予以執行。這時，白秋圃也被女兒綺霞給拉上了場，「恰好」撞見蕙蘭在和雅懷接吻。在綺霞的「引導」下，令盛怒之下的白秋圃寫下了休書，使蕙蘭最終如願以償地獲得了自由身。

可見，青釗劇作中出場的男性均為實現女性意志的陪襯，為完成女性人物行動而設置的功能性人物。換言之，他們在劇中的出場是實現劇中女性人物的意願所需，在劇中並沒有自發且主動的行為。

另外值得注意的是，青釗兩部劇作中還存在著沒有出場但又在劇作中有著重要作用的男性角色。除了上文提及《巾幗英雄》中，佩蓉的表哥作為一位理想男性配偶的形象與中國大陸作連結的意義。《蕙蘭殘了》一劇中不出場的男性——陸少庭則是蕙蘭悲劇的始作俑者。他始亂終棄的行徑直接促使了蕙蘭的自殺。

然而，從更高的視角來看，導致蕙蘭悲劇命運的是臺灣當時黑暗的社會現實。青釗通過的他的劇本創作，折射出當時臺灣社會中存在的前現代的人身買賣制度、蓄婢制度以及臺灣作為日本殖民地現實，使得臺灣人民受到舊有的封建陋習與日本殖民者的雙重壓迫。試想當時的臺灣若有一套現代文明的法制體系，從法律上禁絕人身買賣。若設有完備的福利制度，年幼的盛蕙蘭也不會因為父親吸毒而生計無著。若臺灣不被日本殖民，且擁有體系健全完備的現代教育體制，想必陸少庭亦無需赴日留學。這樣一來，就造成這出悲劇的社會基礎便不復存在。當然歷史不能如此假設，但這也顯示出青釗劇作與當時臺灣社會現實的連結。

青釗在竹園小學的卒業式上所享受的榮譽，[27]正是原型人物施快治本應在臺南第二高

27 參見顧振輝，〈《臺灣民報》劇作家青釗生平考〉，頁150。

女卒業式上得到的。然而，她在校外的一句臺灣話，卻因殖民地歧視性的政策令施快治失去了應有的榮譽。而青釗也正是在日籍師生的歧視與排擠下被迫離鄉渡海。在《臺灣民報》上讀到這樣的報導，自然激發起青釗強烈的共鳴與同理心，也隨之激發起創作激情。

顯而易見的是：兩劇中蕙蘭的人物形象有著截然不同的性格。在《巾幗英雄》中，作者著力刻畫的施蕙蘭是一位現代知識女性。她在臺灣高等女學校中成績出類拔萃，卻因為說了一句日語而被取消了應有的榮譽。同時，她也是一位關心社會現實，寬宏博愛、追求公理的進步女青年。她出身在一個開明富裕的家庭裡，當年家中的婢女秋香因為父親死了而被迫賣身葬父時，施蕙蘭的母親拿出三百元讓他們料理喪事。家裡對待秋香也是視如己出。施蕙蘭自然也不以高人一等的態度去對待她，並送她上學接受教育。她相信「社會雖然是黑暗，只要我們向著光明的路上走，那黑暗的社會也就會光明起來的」。然而，面對自己所遭受的不公，她瞭解這是殖民地臺灣的普遍現狀。可她不再選擇隱忍，一腔怒火再難壓抑：

我並不是為我的私事而憤恨啊！你看，現在強權時代，哪裡還有公理的存在！法律，法律是沒有了！道德，道德是消滅了！有強權的地方就有公理，沒有強權的

就要受人支配，做人的奴隸罷！什麼燕趙的俠客，什麼救世的英雄，怎麼現在都沒有呢！？荊軻的行為眞可佩呵！現在哪裡還有第二個岳武穆呢！（聲淚俱下）唉！你看這破碎地山河蹂躪到什麼田地！我們還能算受人權保障的嗎？天啊！還我們的自由啊！（淚瑩瑩下）[28]

這段慷慨激昂的臺詞，揭露了殖民地臺灣黑暗的現實，同時也為蕙蘭在下一幕激烈的言行做好了在心理動因上的鋪墊。下一幕，施蕙蘭在與其他同學談起佩蓉之前被她父親強行安排的婚約時，更是咬牙切齒地表示：

我們島內雖說遲化、然而所謂戀愛自由婚姻自由的聲浪早就澎湃於一般年青人的腦海裡了、可是這老頭子不知死活、竟把一個女兒當做禮物去運動一個議員、唉！眞可惡！要不是蓉姊姊的爸爸、我早就打他個落花流水！[29]

面對同學的譏笑，她更進一步說道：「你看女子眞不中用嗎？連我們校長這個老腐敗我都要打他個七死八活呢！」

28 青釗，《蕙蘭殘了（一）》，《臺灣民報》，版9，1928年3月3日。
29 青釗，《蕙蘭殘了（二）》，版9。

謝恩會上，素有「潑辣貨」之稱的佩蓉率先發難，抗議校方通過把持同學會來隨意打壓學生的惡劣行徑。她被同學勸阻坐下後，施蕙蘭憤然而起，質問同學「怕什麼！？你們平時都被壓迫慣了的，受了壓迫為什麼自己不去解放而永自甘於奴隸的命運呢？」並當場向校長發難，質問校長平時講得冠冕堂皇的「公平無私」到哪裡去了？就這樣，一位大義凜然、性格潑辣的巾幗英雄躍然而出。顯然，作者在施蕙蘭的塑造中投注了自己在臺南一中所受不公的憤懣。在中國大陸的求學的經歷，想必在周遭反帝反殖民的進步思潮的影響[30]下，讓青釗更容易認識到殖民地臺灣的黑暗與不公，也更願意通過自己的筆一抒胸中鬱結之氣。

在《蕙蘭殘了》一劇中，作者塑造了另一位性格截然相反的盛蕙蘭，她似乎是另一種命運的秋香（《巾幗英雄》中的婢女）。盛蕙蘭雖然接受過由陸少庭「中轉」而來的教育，對於婦女解放及社會現實也有所認知。可盛蕙蘭畢竟出身底層，飽經憂患也非自由身，接受二手教育的她也難以具備全然的現代意識。她的性格也不像施蕙蘭那

---

30 1920年代以來，有大批臺灣學子先後赴中國大陸求學。在整個中國革命氣氛的感染下，這些留學中國大陸的臺灣學生也成立了許多以學生為主體的反日愛國進步組織，南京臺胞學生就曾建有「中臺同志會」，該會旨在促進兩岸同胞交流，反對日本殖民統治。並組織多場相關活動。詳見顧振輝，〈《臺灣民報》劇作家青釗的劇作與生平〉，《劇作家》。2019年第5期，頁101。

樣敢於抗爭。盛蕙蘭在劇中就清醒地認識到：「反抗嗎？哼，談何容易！帝國主義的彈壓，資本主義的侵略，土豪劣紳貪官汙吏的剝蝕，吃人禮教的束縛，同類的相殘，數不盡的惡勢力在包圍著，弄得民不聊生，走投無路，在青天白日之下，更找不出一片純淨之土，你叫我如何去反抗呢！？」[31]劇中盛蕙蘭的悲劇命運顯然是殖民地臺灣黑暗的現實造成的。

面對這樣黑暗的社會現實，盛蕙蘭顯然是渺小的，她沒有施蕙蘭的剛毅果決，癡情的她只想「不負」她的陸少爺。即便她在綺霞和雅懷的幫助下獲得了自由身。但陸少庭的始亂終棄，破滅了她最後的希望。誠然，對她這樣的具備一定知識的女性來說，在友人的幫助下，應該也能走上獨立的職業女性的道路。然而，盛蕙蘭還是被自己的癡情所吞噬。最後的槍聲，讓絕望的盛蕙蘭從內心無邊苦痛中得以解脫，但也不啻為一記悲劇性警鐘，敲響在當時的臺灣上空。

（二）女性人物塑造的侷限與不足

作為一位年輕且業餘的男性劇作家，青釗在塑造女性角色時，難免存在著一定的侷限性。作者在女性角色的塑造過程中存在著流於表面，人物內心的開掘尚淺。人物性格較為扁平，前後也還存在著沒有變化的弊病。

31 青釗，《蕙蘭殘了（一）》

首先，《巾幗英雄》中觸發施蕙蘭暴烈抗爭的動因的描寫尚顯不夠，對於當時的高等女學校而言，能夠給到訪臺灣的日本皇族觀覽成績以及在畢業典禮上致辭或代表學生領取畢業證書對於一個畢業生而言，除了儀式性的榮譽以外，又有怎樣的實質性的獎勵或好處？對施蕙蘭個人來說又有怎樣的意義？施蕙蘭對於這樣的榮譽有怎樣的期許？有怎樣的渴求？作者並沒有在劇情中以人物的行動予以直觀地呈現，而是通過兩人間的互相對話來帶出這段前史，通過言語而非動作來表達內心的不滿，這就使該劇的人物塑造有失於扁平單調，也沒有為最後的高潮做足鋪墊。這些問題對於當時的臺灣人而言似乎是不言自明的，但對於當時身處域外的或今天的讀者而言，存在著明顯的時空隔閡。

在處處偏向日本學生的臺灣殖民教育體系中，臺灣學生施蕙蘭能通過自己不懈的努力取得如此優異的成績，已屬不易。本該歸她的榮譽被不公正地撤銷後，給蕙蘭的心理帶來怎樣巨大的打擊？從而觸發她敢於當面斥責校長。顯然，作者對於人物這方面心理動因描寫尚不周全，沒有在前史的交代中做足鋪陳。這就很難讓觀眾與讀者產生更為深層的同理心，也在無形中減弱了劇作的批判力度。

此外，對於日本這樣一個等級觀念森嚴的民族，同時又身處殖民地臺灣。施蕙蘭的在劇中的行為顯然是「大逆不道」的。但作者在劇中沒有對此進行渲染。而且在那樣的歷史情境下，施蕙蘭如此「忤逆犯上」的行為等待她的無疑將是悲劇性的命運。原型事件中校長是有自己的應對方式的。原新聞報道曾記載了原型人物施快治後續拒不參拜臺南神社並遭到校長撤銷畢業證的威脅。[32]可劇本沒有直觀地表現學校當局對蕙蘭的處置，也沒有呈現後續事件。

顯然，對於後續依舊具有張力的事件，作者卻既未著墨，也沒有展開想像進行的虛構，而是匆匆結尾，雖然給讀者留下了遐想的空間，但如此的不作為削弱了該劇對於現實的批判力度，也有虎頭蛇尾之憾。

當然，我們還是需要將當時的日本殖民當局的審查制度考量在內，劇本在報紙上不止一處地出現「×」的削刪符號也不斷地提示著它的存在。顯然，若再進一步揭示施蕙蘭之後的命運或深化闡釋這背後的矛盾，很容易就觸及「阻礙內臺融合之事項」[33]的審

32 參見〈臺南第二高女的怪現象〉，《臺灣民報》，1928 年 4 月 1 日，版 3。
33 鈴木清一郎，《臺灣出版關係法令釋義》，臺北：杉田書店，1937 年，頁 108。

查紅線了。亦或許青釗也曾對此有所著墨，只是不便發表而自行或由審查而被刪去了。

在《蕙蘭殘了》一劇中也有類似的問題，盛蕙蘭以婢女的身份如何對臺灣社會的黑暗有如此深刻的認知？就靠陸少庭「二傳手」式的教學，自然不能將完整的公學校教育帶給盛蕙蘭。盛蕙蘭作為一個沒有人身自由的奴婢，何以在繁重的家務中接受新知，得到啟蒙現代性的洗禮？自然也很難讓她在劇中達到如此認知水準。顯然作者還是在借劇中人物之口述表達自己的看法。（這也是當時中國現代劇壇流行的「社會問題劇」的通病，該問題會在後文專門論述。）在這過程中，置身於舊制度牢籠的盛蕙蘭如何與現代意識產生矛盾糾結。這無疑也是該人物身上值得深入刻畫的一部分。同時，這樣的內心的鬥爭與掙紮又是如何導致她面對桎梏她的舊制度不反抗、不出走，而是最終選擇結束自己的生命。如果作者可以將盛蕙蘭這部分的內心掙紮戲劇化地呈現在劇本中，無疑可以使該人物的性格邏輯更完滿，人物形象更豐滿，劇作的質量也會更上一個層次。

另外值得注意的是，該劇劇情一直在舊有的人身買賣體制的運轉邏輯中進行的，作者為解決女主人公的困境所設計的情節，依舊是設計使盛蕙蘭當下的人身所有者白秋圃寫下休書以獲取自由身。而作者自己在婚戀上面對相似坎坷，則以攜侶私奔的決絕方式突破原生家庭的阻撓。自然，該劇是以盛蕙蘭的悲劇來凸顯舊有制度「吃人」的本質。若劇中人以革命的姿態、決絕的行動去擺脫舊有制度的束縛，雖有一時之快，但隨之而來的仍會有「娜拉出走後」之問。而且，該劇亦不再會是一出懲創人心的悲劇。

作為一名男性劇作家，青釗在他的劇作中為何會顯現出如此強烈的女性關懷？以致於不明就裡的後世學者會直接認為青釗是位女性作家？筆者認為，除了黃鑑村早年受臺灣文化協會及其相關演劇活動的影響之外，更與他早年的生活經歷不無關係。而且部分可考的事跡能與其劇作產生一定的連結。[34]

此外，青釗後來的生平行誼與作品也向我們表達著他對於女性一以貫之的信念。青釗四十七歲時同黃沈惠珠所生的麼女黃麗鈴對父母間的伉儷情深，有過深刻的記憶：

> **他一生特愛我的母親沈惠珠女士，即使日日忙於月刊稿件，書桌極亂，然每月總有幾天見書桌淨潔，那時就是感性的帥哥要帶妻子出遊，或看電影逛街，常常是去美軍俱樂部跳舞，舞姿翩翩，無以形容。……他疼妻子數十年如一日，每晚夜深妻子才有空蹲馬桶。此刻他絕不離開浴廁門口。踩步等著有痔瘡的妻子平安出來！亦時時在門口追問妻子「好解嗎？」此等身語，愛意之深，無可盡言。**[35]

青釗對於么女的教育，黃麗鈴亦深有感觸：

---

34 關於青釗劇作女性意識的探析，請參見拙文〈《臺灣民報》劇作家青釗的劇作與生平〉，《劇作家》，2019年第5期，頁99-101。

35 黃麗鈴筆述，顧振輝整理，〈我的父親黃鑑村先生——黃麗鈴筆述（一）〉，2017年12月12日深夜。

他人雖保守，思維卻異於傳統教育，十二位子女皆不束縛。五〇、六〇年代家家都是望子成龍，望女成鳳。唯他是隨子女發展，我高中考大學，因為是甲組，成績不錯，想考個建築系，但父親語重心長地告訴我：「女孩子上大學就是要開開心心，全班都是男生，僅一兩位女生，如何快樂？」……所以改考乙組……我最後考上了文化大學戲劇系，在當時不是很有面子，但父親卻開心地宴客，告知親友，好似我考上了臺大外文系！[36]

更值得注意的是，時隔近三十年後，由青釗主編的刊物上刊登了一篇署名為陳曉禾的「科學預言小說」——〈五十年後寶島奇談〉，其中開篇就是：

我說女人永遠是優秀的統治者，五十年後男人全體變成女人的附件……[37]

四 由糙轉精的劇作結構

從青釗的生平來看，《巾幗英雄》與《蕙蘭殘了》創作於他的學生時代。作為一名理工科學生的業餘創作，難免有其幼稚不成熟的地方。其特點就在於青釗的創作對於戲劇創作的規律還把握不好，集中體現在作者對於戲劇結構技法的欠缺與粗糙。然而，值

36 同前註。

37 陳曉禾，〈五十年後寶島奇談〉，《無線電界》，第 3 卷第 5 期（1957 年 11 月），頁 62。

得注意的是，若將青釗兩部劇作進行比較而言，則可以發現作者在技法上的顯著的進步。這樣的進步恰好也應和著中國現代戲劇文學由文明戲及社會問題劇為主的早期階段向成熟階段過渡時期的發展光譜。

《巾幗英雄》取材於社會真實事件值得肯定，但在劇作結構上存在還是著單薄的現象。作者擷取了臺南第二高等女學校施快治抗議的時事新聞，但不拘泥於還原整個故事。作者顯然是將女主人公當面斥責校長的場面作為全劇的高潮，並圍繞著這個高潮構思全劇。可是作者畢竟只是一位二十歲出頭的大學生，僅用了不到一個月時間就完成了該劇，[38]自然在創作手法上難免有稚嫩粗糙之處。筆者認為，該劇結構設置上的弊病在於動作性的欠缺，導致對話佔據了過多的篇幅，進而影響了劇情發展的連貫性。

古希臘思想家亞里斯多德認為：

> **悲劇的目的不在於摹仿人的品質，而在於摹仿某個行動；劇中人物的品質是由他們的「性格」決定的，而他們的幸福與不幸，則取決於他們的行動……情節結構乃是悲劇的基礎，有似悲劇的靈魂……悲劇中沒有行動，則不成為悲劇，但沒有「性格」，仍然不失為悲劇。**[39]

38 參見顧振輝，〈《臺灣民報》劇作家青釗生平考〉，頁98。
39 亞里士多德，《詩學．詩藝》，北京：中國社會科學出版社，2009），頁18。

《巾幗英雄》在第一幕的人物行動可以簡單地歸納為，黃佩蓉來找好友施蕙蘭詢問前幾日級主任找她談話是為了什麼事。可這一個動作，就敷演了整整一幕。作者為兩人設置了冗長的對話，來表現人物性格，交代前史，進而展現劇作的主題思想。從而導致了蕙蘭與佩蓉兩位角色在這一幕絕大部分的時間裡都在進行對話。雖然符合日常生活的邏輯，但對於一幕戲來說，在戲劇動作上還是略顯單薄。顧仲彝就曾指出：

> **劇本不是演講，不是純粹向觀眾說理的文章，而是用生動的人物和曲折的故事來激發觀眾的感情，感動觀眾的藝術作品。**[40]

譚霈生也認為：

> **對話作為戲劇動作的一種方式，不僅應該體現出人物潛在的意願，而且應該體現出人物潛在的意願，而且應該對談話的另一方具有一定的衝擊力或影響力，應該是兩顆心靈的交往及相互影響，對話的結果，必須使雙方的關係有所變化，有所發展，因而成為劇情發展的一個部分。**[41]

40 顧仲彝，《編劇理論與技巧》，上海：上海人民出版社，2015年），頁51。

41 譚霈生，〈論戲劇性〉，《譚霈生文集．一》，北京：中國戲劇出版社，2005年，頁44。

顯然，第一幕中的對話，既沒有讓蕙蘭與佩蓉的關係發生變化，也沒有使得劇情得到發展。作者鋪陳各種為高潮而進行的交代反而使劇情顯得蒼白無力，也很難提起觀眾的注意力。

第二幕的戲劇行動就可以歸納為高女的學生為了畢業謝恩會而佈置會場，蕙蘭和佩蓉先後到場和大家聊天。在謝恩會上，佩蓉和蕙蘭先後發難，義正言辭地斥責校方的種種不公。這一幕由於高潮的部分早已設定好，故而，在謝恩會前，蕙蘭及後來的佩蓉和同學聊天的過程中，還是在交代一些背景性的內容，蕙蘭說了兩句敢打人的狠話，來為高潮做人物性格上的鋪墊。施蕙蘭在全劇中行動就是在最後對校長的一番責問，之前的她就是在不斷地在對話中表達自己的看法，回溯一些自己的前史，顯然會讓觀眾與讀者感覺瑣碎而又不得要領。

顯然，《巾幗英雄》中作者著力於通過交代前史，發表議論來表達理念，在情節的編排以及人物行動線的設置上，還有欠周密，影響了劇作的整體質量。顯然，作者還是理念先行，將臺詞的創作視為理念的宣揚，忽視了其中的動作性。通過大段對話來表達理念的演説性臺詞，無疑會降低該劇的可看性。在這樣簡單的行動編排也僅是一個獨幕劇的量。作者安插了太多表達理念的臺詞，使得該劇有失於凝練。劇中過多的人物前史及情節背景性的介紹，完全可以通過情節的編排予以戲劇性呈現。從而提升劇作的藝術性與可看性。

此外，從劇作內容的呈現上來看，《巾幗英雄》在戲劇性的開掘上還有待深入。就如同古希臘悲劇《安蒂岡妮》（古希臘語：Ἀντιγόνη）中安蒂岡妮以替親人收屍的天然法對抗國王克瑞翁的人間律令。公平公正是人性中自然且正當的追求，臺灣人講臺灣話也是臺灣人的天然權利。然而，日本殖民者口口聲聲「內臺一體」、「一視同仁」、「公平無私」，卻在日常社會生活中處處歧視、打壓臺灣人民。施蕙蘭的遭遇就是一個縮影，她的反抗無疑也有安提戈涅的影子。但顯然，作者對事件的編排上太過忠於原型事件，而未進行更為深入的戲劇性開掘。劇中僅有蕙蘭一方的作用力，而學校當局爭鋒相對的「反作用力」卻著墨無多。這就讓該劇停留在紀實的層面上，無法通過劇情的豐富進而成為一個通過個人的悲劇來折射殖民地社會的黑暗現實。

然而，我們也需要注意的是《巾幗英雄》一劇在劇情時空上的緊湊。作者並沒有簡單地將主人公所遭受不公正待遇的經歷運用開放式結構一五一十地呈現出來，而是有意識地將大幕拉開的時間設置為謝恩宴當日的下午，劇情高潮就發生在當晚的謝恩宴上。雖然尚有不成熟的地方，但顯然作者初步具備了緊湊集中的創作意識。這也在某種程度上為他後一部劇作的進步埋下了伏筆。

青釗的第二部劇作《蕙蘭殘了》中，作者在劇情結構的編排上有了顯著的進步。首先，青釗選擇了以更為精簡的獨幕劇形式來構架該劇。對於獨幕劇的結構周端木認為：

獨幕劇是一種精巧玲瓏的結構體，要在極其有限的時空內展開衝突、塑造人物、揭示主題，做到既巧妙又自然，既針密線又遊刃有餘，功力集中體現在結構上。[42]

青釗將劇情集中到一個場景中推進，在情節設置上也開始使用發現與突轉的戲劇技巧。並以閉鎖式結構[43]通過不斷地回溯前史，推動人物層層遞進地展開劇情。

該劇大幕一拉開，作者就為主人公盛蕙蘭設置了一個危機：自己的心上人陸少庭將要放暑假從日本回來。可身不由己的她卻被陸家賣到白家當姨太太，可蕙蘭與陸少庭又

42 周端木，《戲劇結構論》，上海：上海人民出版社，2015年，頁109。

43 閉鎖式結構，又稱點式結構，其包括劇情範圍較小，往往只寫高潮和結局，集中表現戲劇性危機，而對於過去事件和人物關係則用回顧和內省的方式隨著劇情發展逐步交代出來。該結構特點是：具有經過嚴格選擇的，最低限度的登場人物，極其節約的活動地點和時間，以及直線發展的題材。這樣結構的戲總是從危機中開始的，一下子就跳到最緊張的戰鬥中去，而把過去有關的情節用回顧式的敘述方式在劇情開展中逐步透露出來。——參見顧仲彝，《編劇理論與技巧》，頁146、149。

有「等他回來」的約定。面對這樣的境況，無能為力的盛蕙蘭只能整日鬱鬱寡歡、以淚洗面。綺霞發現後，通過回溯式地交流知道了蕙蘭的困境，並發現這個陸少庭還是自己的未婚夫認識的。於是劇情推進，綺霞便打電話把未婚夫史雅懷給叫來一起想辦法。雅懷來了以後，蕙蘭繼續回溯式的交代了自己的身世與陸少庭相戀的原委。綺霞為蕙蘭想了辦法，於是安排了劇中人下一步的行動。於是在綺霞拉著父親白秋圃，故意撞見蕙蘭與雅懷接吻。白秋圃自然怒不可遏，綺霞順勢讓父親寫下與蕙蘭脫離關係的文書，使得蕙蘭獲得了自由身。正當一切都在如願進行，蕙蘭高興地準備與暑假歸來的陸少庭相會時，劇情突轉。陸家的婢女跑來告知陸少庭帶了一個日本太太回來，不日就要成親。這一突如其來的消息，猶如晴天霹靂，使萬念俱灰的蕙蘭最終舉槍自盡。

在這部獨幕劇中，作者通過編排人物之間環環相扣行動來推動劇情的發展，藉由不斷地發現來回溯前史，並以突轉的方式迅速讓人物通過戲劇性的行動來達到最後悲劇性的高潮。但在人物行動間，穿插其中的台詞雖然較《巾幗英雄》來說沒有那麼累贅，但相對過強的演說性，還是在一定程度上干擾了劇情發展的緊湊性。

此外，作者將綺霞設為全劇的唯一的主動行為者，使得人物衝突設置上還稍顯單薄。劇中人所有的阻力都在劇情之外，劇情內的情節都隨著劇中主人公尤其是綺霞的意願在發展。綺霞在劇中的戲劇動作如下：綺霞詢問蕙蘭的情況；綺霞打電話叫雅懷來家裡；綺霞設計讓父親撞見雅懷在和蕙蘭接吻，並順勢讓父親解除了與蕙蘭的關係。這些行動基本都輕易取得了成功，使蕙蘭獲得自由身。在這個過程中，幾乎沒有來自其他人物在行動上對其產生阻力。即便是守舊思想極為頑固的白秋圃，也只是發發脾氣，在整個舞臺行動上依舊任綺霞「擺佈」。另外，主要人物的內心的矛盾與衝突的刻畫也稍顯不足。這都使得劇情稍顯平淡而缺乏懸念。

但總體來看，與《巾幗英雄》相比，《蕙蘭殘了》在劇作結構的水準上的確有著顯著的提高。劇情上變得更為緊湊，人物也有了自己的行動線也通過前史的不斷被回溯、發現而環環相扣地推進。這樣的進步對於青釗這樣一位理工科大學生的業餘之作來說，也實屬難得了。按這樣的趨勢，若青釗的創作能夠繼續精進下去，筆者相信他會在戲劇創作領域上取得更大的成就。

五　反殖與啟蒙立場的現實揭櫫

如前所述，青釗劇作中設置了過多「討論」的情節，影響了劇作的質量。然而，就內容而言，正是這些帶著強烈批判色彩的討論情節，揭示了當時在日本殖民下的臺灣，存在的一系列的社會問題。這些問題涉及了底層民眾吸毒問題、人身買賣、蓄婢制度、婚戀自由以及帶有歧視色彩的殖民地教育等問題。面對這些問題，作者借劇中人之口，表達出自己啟蒙現代性的立場。

在《巾幗英雄》中，佩蓉見到蕙蘭後，就因為自己的婢女瓊花向蕙蘭透露了她的婚事，而談起了蓄婢制度。即便無力改變社會現狀，作者也通過蕙蘭之口，提出了理想且人道的解決方案：不打罵，且視如姐妹，並讓她接受教育。然後，借佩蓉與表哥的戀愛來表達戀愛自由、婚姻自主的理念。同時，還通過批判佩蓉父親給她包辦的婚姻，來揭露當時臺灣社會中某些為了一己私利而與殖民統治者沆瀣一氣的土豪劣紳。作者借佩蓉的表哥，讚賞肯定了當時國民政府教育費用的低廉。對照臺灣當時的教育，除了批判「此地的教育是貴族式的，資本家的少爺小姐才有資格進中等以上的學校」，[44] 更重要的還是通過蕙蘭大義凜然的發言，戳破了教育當局「公平無私」的偽善面目。

對於再談到蕙蘭因為說一句臺灣話而遭受的不公正的處罰時，作者借蕙蘭之口點出了殖民地臺灣的黑暗現實：「現在強權的時代，哪裡還有公理的存在？」甚至呼喚「燕趙的俠客救世的英雄」，最後聲淚俱下地痛訴道：「你看這破碎的山河被蹂躪到什

44 青釗，《巾幗英雄（下）》。

麼田地！我們還能算受人權保障的人嗎！？天啊！還我們的自由啊！」[45]

在《蕙蘭殘了》一劇中，作者藉由蕙蘭的悲慘的身世與悲劇性的命運來揭示殖民地臺灣的種種黑暗。首先是前現代的蓄婢制度，女性因人身買賣而遭遇的淒慘命運。自小寄人籬下的盛蕙蘭因為叔叔吸鴉片家中無以為繼而被家人賣到陸家。可到了陸家，繁重的家務、無休止的打罵，令盛蕙蘭的身心飽受摧殘。陸少庭對她的一時傾心，自然讓陸家人反對他們在一起。於是，便趁著陸少庭留學日本，將盛蕙蘭賣給想生兒子的白秋圃當妾。奴婢的身份讓盛蕙蘭毫只能任人擺佈，無自主性可言。在當時漸次文明開化的臺灣，使得一大批臺灣青年還是意識到了這種前現代社會制度的罪惡。但面對這樣的社會現實，雖然不遺餘力地批判，卻一時又難以解決。除了在制度規約下有「主人」的書面同意，奴婢是絲毫沒有人身自由可言的。

其次，盛蕙蘭還遭受了陸少庭及其家庭的始亂終棄的感情欺騙，陸少庭中學畢業後赴日求學後的轉變，也是耐人尋味的。第一個暑假返臺時，還山盟海誓地讓盛蕙蘭等他回來。可一年後，他卻帶了一位日本太太回來成親。盛蕙蘭被賣到白家時，在日本求學的陸少庭可能已經得知此事。可能他覺得也已經再無可能與盛蕙蘭在一起了，於是才會

45 青釗，《巾幗英雄（上）》。

有後來的日本太太。同時，日本在臺灣所設置的教育體系並不完備且資源完全傾向在臺日人的情況下，至少在一九二八年臺北帝國大學成立之前，臺灣學子在中學畢業後，在島內幾乎沒有進一步深造的可能，這也導致了陸少庭與盛蕙蘭分居兩地的處境。同時，日本在臺灣實行帶有強烈歧視色彩的殖民統治，令臺灣人民飽受壓迫。才會有陸少庭娶了日本太太會讓陸家「以後再也不給日本人欺負了」[46]的說法。

與《巾幗英雄》相比，作者在該劇中沒有過多直接的觀點表達，而是通過呈現盛蕙蘭悲劇性的命運，深刻地批判了臺灣前現代的社會制度對女性的戕害。同時也從側面揭露了日本對於殖民地臺灣統治的陰暗面。

六　雜糅的劇作語言

一九二〇年代是五四新文化運動倡導下，中國白話文寫作剛剛確立的年代。在留學北平的張我軍倡導下，使用白話文的新文學在臺灣也逐步發展起來。可是，臺灣作為日本殖民地，日本殖民當局的語言政策也日趨收緊。然而，對於殖民當局強行推行的日

46 青釗，《蕙蘭殘了（五）》，《臺灣民報》，1929 年 3 月 31 日，版 9。

語，心有不甘的臺灣民眾始終不能在文化上完全認同日本。在既不能也無法順暢使用以國語為基礎的白話文，也不情願使用日語的情況下，也產生了試圖使用臺灣本地固有的漢語方言來進行新文學創作的「臺灣話文派」。「臺灣話文派」與「中國白話文派」在一九三〇年代初還曾爆發過論戰。在同時期的《臺灣民報》及其他臺灣文藝刊物上就有不少以臺灣話文寫成的作品。顯然，這些作品受眾範圍只能侷限在臺灣及福建部分地區。

然而，青釗作為一個負笈中國大陸江南地區的臺灣學子，從他的劇作來看，他已然能夠較熟練地使用白話文進行寫作。這也使得這篇作品能有更廣大的受眾，能讓中國其他地區的知識階層可以讀懂並以此瞭解臺灣的狀況。在當時臺灣的有識之士就曾提出，「若能夠把中國白話文來普及於臺灣社會，使大眾也能讀懂得中國話，中國人也能理解臺灣文學，豈不兩全其美！」[47]

當然，在劇作的某些字句上，我們也可以看出青釗早年所受的殖民地的語言教育，使得他在白話文的使用上偶爾存在著某些日文的習慣，從而令其劇作中某些語言在遣詞造句上存在著雜糅的特點。

47 克夫，〈「鄉土文學」的檢討——讀黃石輝君的高論〉，《臺灣新民報》，1931年8月15日，版11。

比如他在《巾幗英雄》一劇中使用「熱望」[48]這樣的和製漢語來表達「熱切期望」的意思。無獨有偶，在《蕙蘭殘了》一劇中，作者使用日文名詞：應接室（おうせつしつ）來表達「接待室」的意思；用「情死了」[49]來表達「殉情而死」的意思。該詞源自日文詞彙：情死（じょうし），意為相愛的男女願意一同赴死，即殉情而死。同時亦有「這種名譽你不能受了」[50]的語句來表達「不能授予你該項榮譽」的意思。該語句明顯帶有日語中固定搭配的詞組「名誉を受ける」以及對於指示代名詞「この」在使用習慣上的影響。

從這些劇作中客觀存在的語言現象中，可以看出早年的日文教育對於青釗使用剛建立起來的白話文寫作上的影響。中國白話文剛剛建立時，就曾借鑒了一批和製漢文。青釗劇作的語言呈現，除了有作者殖民地教育的影響之外，也折射出中日兩國同為東亞後發現代性國家，在各自向現代國家轉型過程中，兩國的現代通用標準文字在確立初期的相互影響。

48 詳見青釗，《巾幗英雄（下）》。
49 詳見青釗，《蕙蘭殘了（二）》。
50 青釗，《巾幗英雄（上）》。

七　審查制度下的文本呈現

研究臺灣文學的日本學者河原功曾提醒後輩研究者，「從事研究臺灣文學研究之際，『審查』的存在不可須臾或忘」[51]。日本臺灣總督府早在一九〇〇年就頒布了《臺灣新聞紙條例》，在一九一七年十二月又頒布了新的《臺灣新聞紙令》，對於臺灣民眾自己創辦的報刊，實行嚴苛的管制。而且「與日本內地的《新聞紙法》比較之下，《臺灣新聞紙令》遠為嚴苛」[52]。另據《臺灣總督府官房及各局事務分掌規定》，執行報紙、雜誌及出版品審查事務的正是總督府警務局保安課[53]。一九二七年八月遷入臺灣發行的《臺灣民報》正是在此法令的嚴厲管制之下。河原功曾指出：

在臺灣發行的報紙遭逢禁刊的，雖也有日本人經營的《臺灣新聞》、《南瀛新報》等，但最多的還是《臺灣民報》（後來改為《臺灣新民報》）。因為這是唯一由臺

51 河原功，〈日治時期臺灣「審查」的實際情況〉，張文薰、林蔚儒、鄒易儒譯，《被擺佈的臺灣文學——審查與抵抗的系譜》，新北：聯經出版，2017年，頁309。

52 河原功，〈日治時期臺灣「審查」的實際情況〉，頁268。

53 參見臺灣總督府，〈訓第354號臺灣總督府官房並民政部警察本署及各分局分課規程の通相定む〉，《臺灣總督府報》，1901年，第1054號，頁11-22。

灣人經營的報社，與臺灣社會運動的關係也最為密切。[54]

如前所述，青釗的兩部劇作有著鮮明的反殖與女性解放的主題，這樣的內容自然會為當時審查制度所不容。筆者認為，劇本在發表時，因部分內容觸及了審查紅線，而在內容審查的預刷階段，在個別字詞上遭到了刪除處分。

青釗在《臺灣民報》上發表的兩部劇作中共出現了五處被打上「×」符號及一處直接省略。為何這些內容遭到了這樣的處理呢？首先《臺灣新聞紙令》第十四條規定：

違反新聞紙刊載事項之擾亂安寧秩序、妨害風俗者，臺灣總督府得禁止其販賣出刊，並告誡發行人。[55]

同時，據該條例第二十六、二十七、四十二條之規定，違反上述條令的編輯或署名者，可以判處三年或二年以下的監禁，並處以一千或五百圓的罰款。另據第二十一、三十一條之規定，臺灣總督擁有查封權[56]。至於擾亂安寧秩序的具體定義，鈴

54 河原功，〈日治時期臺灣「審查」的實際情況〉，頁293。

55 轉引自河原功，〈日治時期臺灣「審查」的實際情況〉，頁274。

56 以上條目內容參見春原昭彥、劉明華譯，〈日本統治下的臺灣報紙〉，《新聞研究資料》，1988年第3期，頁176-177。

木清一郎在其《臺灣出版關係法令釋義》中就有明確的界定：

(1)冒瀆皇室尊嚴。

(2)否認君主制。

(3)宣傳共產主義、無政府主義等理論與戰略、戰術，或煽動實踐其運動、支持上述革命團體。

(4)宣傳法律、司法單位的國家權力造成之階級性，與妄言詆毀之事項。

(5)煽動暴力行為、直接行動、大眾暴動等。

(6)煽動殖民地獨立運動。

(7)非法否認議會制度。

(8)動搖國軍存在及成立的基礎。

(9)毀損外國君主、總統、帝國派遣至外國使節的名譽，導致國家外交利益嚴重受損。

(10)造成軍事外交重大挫折之機密事項。

(11)煽動犯罪、隱蔽犯罪、慰問救護犯罪人或刑事被告人。

(12)妨礙搜查重要嫌犯，致使其未到案而引起社會不安之事項。

(13) 擾亂財經界，其他明顯挑動社會不安之事項。
(14) 挑起戰爭之虞。
(15) 阻礙內臺融合之事項。
(16) 慫慂臺灣獨立，煽動民族意識之危險事項。
(17) 誹謗臺灣總督，致使其威信受損之事項。
(18) 惡意宣傳臺灣統治與施政方針之弊，意圖挑動無知島民疑惑之事項。
(19) 其他顯著妨礙治安之事項。[57]

參照以上規定，再來具體勘察青釗劇作這五處被刪改內容：

第一處：《巾幗英雄》的第二幕中學生會主席蔡秀琴在謝恩會上以官方口吻的致辭中提到：

從智識方面著想，我們雖不能說進步到如何程度，但是最低限度，我們也曉得做個「××主義的最忠實的××」了。[58]

57 鈴木清一郎，《臺灣出版關係法令釋義》，臺北：杉田書店，1937年，頁107-108。
58 青釗，《巾幗英雄（下）》。

此處的內容無從推斷，但應是遵從官方意識形態對於學生要求的表述。

第二處：同一幕中，之後的校長致辭中也出現了「×」符號。

希望諸位畢業了之後努力去改良家庭，並且做個最忠實的大××國的臣民（？）這是我所熱望你們的。[59]

筆者認為，此處的××可推斷為「日本」。

第三處：同一幕中，蕙蘭挺身而出斥責校長的臺詞中，直接省略了日本皇子的名號。

……去年十一月的事，諸位還記得吧？宮殿下要蒞臺灣來了……[60]

這裡需要注意的是，「諸位還記得吧？」與「宮殿下要蒞臺灣」之間在排版上正好是換行之處。這裡就順勢直接刪去了曾於一九二七年十一月十一日造訪臺南第二高等女學校的朝香宮鳩彥王[61]的名號。

第四處：在《蕙蘭殘了》中，綺霞勸解蕙蘭的臺詞中就出現了具體地名上的刪節：

---

59 青釗，《巾幗英雄（下）》

60 青釗，《巾幗英雄（下）》。

61 參見陳煒翰，〈附錄一　皇族實際訪臺行程一覽〉，《日本皇族的殖民地臺灣視察》，臺北：臺灣師範大學臺灣史研究所碩士論文，2011年，頁146。

的省略：

前幾天有一對青年男女跳下××璣情死了。[62]

第五處：綺霞打電話讓男友史雅懷過來幫忙時，講電話的臺詞中也出現協會名稱上的省略：

……是……你是那兒？……××協會？雅懷在家嗎？[63]

筆者認為，此處或可推斷為「文化協會」。當時臺灣文化協會在各地的分會不少就直接設在當地仕紳的家中。由於該會也是總督府當局重點監控的對象，故而可能因此加以省略。

從前述雖事無巨細，但又流於籠統的規定來看。顯然，青釗的劇作在內容主題上，均觸及到了上述規定的若干條款。至於報刊出版審查的具體流程，河原功指出：「在臺灣從發行報刊之前，就有必須向監督單位繳納樣書的義務，事前審查的滴水不漏自不待言。若發現有損總督府利益的文字，大部分都會在『預刷審查』的階段將其刪除」[64]。

62 青釗，《蕙蘭殘了（二）》。

63 青釗，《蕙蘭殘了（二）》。

64 河原功，〈日治時期臺灣「審查」的實際情況〉，頁293-295。

就青釗劇作在《臺灣民報》上的呈現上來看，筆者認為，這些刪節應是在預備審查階段，以消除具有具體指涉意義的名詞來降低文本中過於明顯的指向性。從而試圖降低劇本整體的敏感性，以便通過審查。從該案例來看，在具體操作中，藉由日方審查員可能存在的語言隔閡，而在具體操作中以某些帶有具體指涉性的詞彙來進行針對性的審查。易言之，當內容出現日本、總督府及皇室名號或涉及反殖、解殖理念的詞彙時，報社的編輯會先行予以刪節以迴避日方審查員的進一步審查所帶來的風險。

可顯然，一篇作品的主旨並不可能因為若干具體名詞的刪減而有所減弱。然而，審查制度的存在，對作者而言也是創作過程中不得不顧慮的「達摩克里斯之劍」。面對當局罰鍰並拘捕關押的威脅，使得作者在創作與發表的過程中往往投鼠忌器，限制了作品的縱向開掘的深度，進而無形中消弭了作品批判的力度。

日本殖民當局對於報刊審查的過程中，針對報刊上不同類型的內容，其尺度或有不同。就《臺灣民報》而言，在那一時期被大幅刪節的內容，大多位於時事新聞與評論的版面。文學作品的版面上，較少出現過大面積「開天窗」的現象。故而，在這一時期的報刊的審查上來說，當局的審查重點似乎並不在文學作品上，而在於時事的報道及評論上。

在內容上因審查而受到的影響而言，青釗的劇作在那個歷史時期相對還是幸運的。在此之前，《臺灣民報》一九二七年十二月時，曾以四期連載的形式轉載過中國大陸作家汪靜之的劇本《新時代的男女》。然而，該劇就是一部未被完全刊載的作品。該劇之前曾在中國大陸出版的《山潮》雜誌，一九二七年第一卷第二期中刊載，從這個版本來看，劇中大段關於反帝反殖民的臺詞內容在當年十二月二十五日由《臺灣民報》轉載第四部分時，全文以長方形黑框以及大段空白所取代。[65]

在青釗劇作之後，臺灣出版物中刊載的劇作受到了來自審查制度更為嚴苛的管控。如在一九三二年六月出版的《中央公論》第四十六期第六號上，安藤盛的《蕃女的色慾》；一九三六年四月出版的《臺灣新文學》第一卷第三號上，黃一純的劇本《大爺有的是拳頭》；一九四一年十一月出版的《臺灣藝術》第二卷第十一號上，楨源治的劇本《惡靈》。都曾在刊物裝訂完成後被用刀片割下該頁或須刪除的部分[66]。河原功就曾指出：

65 參見汪靜之，《新時代的男女》，《山潮》，第1卷第2期（1927年），頁11-24；《臺灣民報》1927年12月4日、11日、18日、25日，版9。

66 參見河原功，〈日治時期臺灣「審查」的實際情況〉，頁297。

> **一九三〇年左右，為了防範中國的新文學運動與日本普羅文學所夾帶的赤化思想進入臺灣，總督府提高警戒到難以想像的地步，此時審查與禁刊急遽增加，甚至接近「文化隔離」與「愚民政策」的程度。……臺灣文學即是一頁與「審查」纏鬥的歷史，臺灣的審查制度足以說明臺灣文學發展之崎嶇艱辛。**[67]

另外，如前行研究中石婉舜所指出的，當時包括青釗在內的幾部臺人劇作「並不具備上演的可能性」[68]。除去劇作本身的可演性的侷限外，也應考慮當時日本殖民當局對於文本及劇場的審查與管控對於日治時期臺灣劇目搬演的影響。

八　青釗劇作的評價

從臺灣現代戲劇發展的維度來看，黃鑑村在一九二〇年代末的兩部戲劇創作，正體現臺灣現代戲劇文學的另一種面向，即當島內殖民當局統治日趨高壓時，臺灣新劇運動漸趨低潮時，劇作家通過「左翼文化走廊」[69]棲身於中國大陸進行域外書寫。長期置身於

67 參見河原功，〈日治時期臺灣「審查」的實際情況〉，頁 308-309。

68 石婉舜，《搬演「臺灣」：日治時期臺灣的劇場、現代化與主體形構（1895-1945）》，頁 93。

69 此概念由劉書琴提出，意指 1920 年代末至 1930 年代中日戰爭全面爆發前，東亞各國左翼運動隨著法西斯主義及殖民主義體制的圍剿與肅清而陷入低潮，在此背景下產生了更為少數的異議群體，通

這樣創作場域，令青釗的劇作也與中國大陸現代戲劇發展的潮流同聲相和。

臺灣知識分子引導發起的新劇（或稱文化劇、文士劇）運動正是在一九二〇年代蓬勃發展起來的。臺灣的留日學生的戲劇演出活動以及一九一九年成立的帶有啟蒙反殖色彩的全臺性知識分子團體——臺灣文化協會與一九二三年成立的鼎新社在戲劇實踐上「對臺灣本土話劇的創生是做出了巨大的貢獻」。[70] 一九二四年暑期在臺灣文化協會舉辦的夏季學校期間，進行了「文化劇」的試演，成為了臺灣新劇活動的先聲。楊渡認為：

> **文化協會本與留學生有極大關聯，往後這些參與演出者亦多投入文化協會的運動；因此，臺灣演劇運動之具備著革新思想與文化運動的性格，應是與中國有關，而此次演出，雖無法確定稱之為是臺灣新演劇之肇始，但作為舉辦了民族運動及革新思**

過中、日、臺、朝的跨國網絡進行流徙，藉由左翼意識形態的同一性，跨越民族主義進行連結，通過操作東亞一到兩種強勢語言，發展出國際連環性的行動與話語，進而形成左翼文學走廊。參見劉柳書琴，《荊棘之道——旅日青年的文學活動與文化抗爭．第五章 左翼文化走廊與不轉向敘事，臺灣日語作家吳坤煌的詩歌與戲劇游擊》，新北：聯經出版，2009，頁 162-198。

70 崔文華、田本相，〈臺灣話劇的誕生〉，《中國話劇藝術史．第七卷》，南京：江蘇鳳凰教育出版社，2016 年，頁 6。

想的演劇，他確實是一個開端，編織著與中國大陸的「春柳社」在日本演出的《茶花女》一樣的意義開端。[71]

在日本「大正民主」時期相對寬鬆的氛圍以及中國大陸五四新文化運動的影響下，臺灣文化協會為了倡導以新文化運動來開啟民智，抵抗並試圖擺脫日本佔領者的殖民文化控制，創造具有臺灣本土特點的先進文化，並以此來改造社會。然而，這些思想傾向自然引起了日本殖民當局的警惕。因而臺灣的新劇運動一開始就受到來自日本臺灣總督府的監督與管束，演出常常受到嚴格的審查，甚至直接禁演。臺灣現代戲劇就是在這樣艱難的環境下發展成長的。

到一九二七年臺灣各地劇團紛紛成立，觀眾人數也空前增加。當年「被稱為臺灣話劇運動的鼎盛之年」。[72]然而，隨著大部分知識青年傾向更為激進社會主義思想因而與保守的地主資產階級發生了分歧而導致了文協的分裂。臺灣的新劇運動「在缺乏地主資產階級的經濟支持的情況下，立即陷進難以持續的困境……在內部缺乏真正的文藝家、演員和戲劇的鑒賞的群眾的情況下，最終還是在內部意見的分歧中、外部

71 楊渡，《日治時期臺灣新劇運動》，臺北：時報出版公司，1994年，頁50。
72 崔文華、田本相，〈臺灣話劇的誕生〉，頁9。

的取締當中，急劇瓦解」。[73]

然而，隨著時局的發展，日本殖民當局的審查制度日益高壓，致使臺灣新劇運動日趨式微，恰好這也是黃鑑村在中國大陸求學的階段。

如前所述，當時的中國大陸對黃鑑村有著多重的正面意義。置身首都學府——中央大學的黃鑑村在那樣一個風雲際會的年代裡，通過自身的學習與反思，將自己在殖民地家鄉親身感受到的、觀察到的壓迫與歧視，以戲劇文學的方式進行揭露與批判，進而展現出了鮮明的反殖與啟蒙的左翼立場。就如同陳芳明所言，「大部分日治時期的新文學作品，都帶有左翼色彩，因為這些作品都誕生在殖民地社會，在這樣的社會裡，身為被統治的臺灣人，幾乎沒有一個人能躲避殖民者的壓迫。從這個角度來看，才能正確認識日治時期臺灣文學的真精神。」[74]，亦如解佳蓉所論「中國新劇運動是部分臺灣知識分子接觸新劇的重要起點，背後有著借鑑中國知識分子文化啟蒙道路的意圖。」[75]

73 李宛儒，〈臺灣新式戲劇的早期發展——日治時期臺灣知識分子的新劇運動〉，《清末民初新潮演劇研究》，廣州：廣東人民出版社，2011年，頁225、230。

74 陳芳明，《左翼臺灣——殖民地文學運動史論》，臺北：麥田出版，1998年，頁46。

75 解佳蓉，《一九二〇、三〇年代臺灣知識分子新劇中與中國的關係探討》，臺北：臺灣大學文學院戲劇學系碩士論文，2016年，頁44。

值得注意的是，《巾幗英雄》發表不到半年，臺中就發生了類似的「小山暴言事件」，[76] 吳坤煌事後更是以威武不屈的身體政治，不惜放棄得之不易的學籍也要以本民族的服裝來表達對殖民者的強烈抗議。[77] 從中亦可以看出青釗劇作精準地揭露了日本殖民統治下臺灣教育中所存在的問題。劇中人物巾幗不讓鬚眉的氣度，也極大地感召了臺灣的進步學子。

就青釗劇作發表的場域——《臺灣民報》來看，據石婉舜統計，共有登載了十三部劇本。「十三篇之中有八篇為轉載劇本，其中七篇為中國作家作品、一篇為日本作家作品。」[78] 臺灣作家則有五篇，青釗在其中佔兩篇。這樣的數據一方面可以看出青釗身為臺籍劇作家在該發表場域中的分量。另一方面也可以看出，《臺灣民報》在介紹中日現代劇作間的明顯地傾向性。解佳蓉指出：「七部劇本中共有五部以『婚戀』關係為背景……這五部『婚戀』劇可分為以趣味為取向為主、以及帶有明確社會呼籲企圖的

---

76 詳情參見藍博洲編著，《日治時期臺灣學生運動》，福州：海峽學術出版社，2006 年，頁 34-43。

77 參見陳淑蓉，〈重讀吳坤煌：思想與行動的歷史考察〉，《吳坤煌詩文集》，臺北：臺灣大學出版中心，2013 年，頁 26-27。

78 石婉舜，《搬演「臺灣」，日治時期臺灣的劇場、現代化與主體形構（1895-1945）》，頁 93。

劇本兩類」。[79]從中可見《臺灣民報》引介這一時期中國現代戲劇潮流時的傾向，使青釗的劇作的主題與題材也存在著與之相和的面向。

由於青釗劇作的創作都在當時中國的首都南京，且已在中國大陸求學多年，又曾與「國劇運動」重要的參與者徐志摩有過交往。這就使得青釗的劇作雖取材自臺灣，但與同時期的中國現代戲劇文學發展進程不謀而合。從中國現代戲劇史的維度來看，青釗作為一位在中國大陸求學的臺灣學生，其戲劇創作自然離不開當時中國戲劇發展狀況的影響。

一九二〇年代的中國現代戲劇，正處於由早期形態向成熟形態過渡的階段。受文明戲因商業化而墮落的教訓而興起了愛美劇，雖然提倡業餘演劇，但在演出方式與文本建構上仍有文明戲的餘緒。同時，五四新文化運動蓬勃發展，使得社會問題劇成了一股創作的潮流。戲劇史家曾總結道：

在整個二十世紀二〇年代，獨幕劇的創作成一時之風氣，這一方面反映了當時的劇作者就種種社會矛盾與問題，急於表達、快速反映內心煎迫；另一方面，在

79 解佳蓉，《一九二〇、三〇年代臺灣知識分子新劇中與中國的關係探討》，頁23。

> **五四新劇創立之初，雖然也有一些篇幅較長的多幕劇出現，但一些戲劇雖然分了場與幕，其實際容量還是個獨幕劇的篇幅，還有一些日常帶有文明戲……的痕跡。**[80]

社會問題劇亦稱問題劇，它是十九世紀中葉歐洲民族民主運動蓬勃發展時期興起的一種戲劇，體現了批判現實主義的文藝思潮。作家都通過其作品中的人物和情節，批判地揭露資本主義社會的某些不合理現象，提出令人思索的社會問題，一般都宣揚個人主義的叛逆精神和道德改善觀點。曾產生廣泛的社會影響。十九世紀挪威戲劇家易卜生和他的《玩偶之家》、《群鬼》、《人民公敵》等，是這類劇作的代表作家和作品。以易卜生的戲劇為代表的社會問題劇五四」以來對我國現代戲劇乃至現代文學，產生了廣泛深刻的影響。「五四」時期即一九二〇年代在中國大陸盛行的「社會問題劇」。然而，「倡導的寫實的社會問題劇，並不是出於一種文體的選擇。改造社會的緊迫動機，使得他們以一種急功近利的、非審美的態度對待一門藝術」。[81]故而有戲劇史家認為：「從藝術上說，這一時期的劇本大多數還是比較稚嫩和粗陋的。重抒情的只圖

---

80 田本相主编，《中國話劇藝術史．第二卷》，南京：江蘇鳳凰教育出版社，2016年，頁240。

81 丁羅男，〈中國話劇文體的嬗變及其文化意味〉，《二十世紀中國戲劇整體觀》，上海：上海百家出版社，2009，頁56。

說個痛快……在人物塑造、劇情提煉、結構剪裁、語言運用上，一般都功力不深……有些劇本雖表明多幕，實際上只有獨幕劇的規模與份量」。[82] 就前文所析，青釗的《巾幗英雄》恰好就存在著這樣的弊病。

另外，有「臺灣新劇第一人」之稱的張維賢在一九三六年指出：「一般都說劇本有『讀的劇本』（lesedrama）和『劇場劇本』（theatredrama）……似乎清楚區分了『讀的劇本』是文學，『劇場劇本』是戲劇。」[83] 解佳蓉就此指出「劇本的選擇與該報紙媒體的立場、任務大有關係，在新文化運動的使命下，可以想見將劇本視為『文學讀本』的編輯，會更著眼於其中的主題思想，而非劇場性。」[84] 由此可見《臺灣民報》在劇作選擇上存在的傾向性。葉榮鐘在他一九二九年年底寫就的〈中國新文學概觀〉中對於這一時期的現代戲劇則進一步地評價道：

82 陳白塵、董健主編，〈中國現代戲劇史稿〉，北京：中國戲劇出版社，2008年，頁66。

83 耐霜，〈劇本評〉，《日治時期臺灣文藝評論集》（第二冊），臺南：臺灣文學館籌備處，2006年，頁149。

84 解佳蓉，《一九二〇、三〇年代臺灣知識分子新劇中與中國的關係探討》，頁22-23。

但莫論如何現在的中國沒有好戲曲[85]是無可諱言的事實，不但沒有好戲曲就是劇作家也幾乎是沒有的，現在除起田漢、歐陽予倩、洪深等人是專門的作家，其餘如丁西林、郭沫若、徐公美、陳大悲都是副業的。……作品中較好的只有丁西林的《一隻馬蜂》及其他幾篇獨幕劇，田漢的《珈琲店之一夜》、徐公美的《歧途》、陳大悲的《幽蘭女士》等，郭沫若的《三個叛逆的女性》，文學的要素雖然很豐富，但劇的要素似乎很貧弱。[86]亦如前文所論，青釗在人物設置及劇作結構等方面存在的種種缺陷。亦造成了上述「劇的要素」的貧弱。葉榮鐘在〈中國新文學概觀〉中曾進一步指出，中國劇作家缺少實際的劇場經驗，光靠在「外國人的著書上用功夫」，無法寫出能在劇場上發揮效果、並了解觀眾心理的劇本。[87]

青釗在南京中央大學求學期間，曾以「紫鵑」为名參與葉榮鐘的戲曲論爭時，可以很熟稔地舉出易卜生的劇作《娜拉》[88]為例來佐證自己的觀點，並提出「戲劇應該去引

85 或受和製漢語影響，葉榮鐘在此文中將戲曲與新劇二詞通用，均指涉現代戲劇。
86 葉榮鐘：〈中國新文學概貌〉，《葉榮鐘早年文集》，臺中：晨星，2002年，頁244。
87 參見解佳蓉，《一九二〇、三〇年代臺灣知識分子新劇中與中國的關係探討》，頁29。
88 參見紫鵑女士，〈「戲曲成立的諸條件」的商榷——致葉榮鐘氏的一封信〉，《臺灣民報》，1929年9月15日，版8。

領提高民眾而「不應降低了它的價值，去俯就民眾」[89]的觀點。顯然，這兩者觀念上的差異，令青釗的劇作因忽視劇場可演性而導致「劇的要素」的缺乏。這亦是青釗劇作未曾上演的重要因素之一。

該問題的存在，反過來也可以看出青釗的劇作所受中國現代戲劇潮流的影響。他早年身處於中國現代戲劇的重鎮——上海、南京，又曾與國劇運動的重要參與者徐志摩有交往。[90]雖然目前無法進一步瞭解黃鑑村在中央大學的學習生活。但很顯然，在當時中國大陸第一流的高等學府中。又有徐志摩的影響，青釗會接觸到中國現代戲劇發展的脈動。這也自然會體現在青釗的劇作中。

青釗的《巾幗英雄》就明顯地存有「社會問題劇模式」的特質。青釗從臺灣社會的諸多現實問題出發，以女性問題為著眼點，期望通過戲劇創作揭露問題、表達批判的立場。為此，作者為借主人公之口設置了較多帶有演說性的「討論」。然而，這對於戲劇情境的構建而言是一個敗筆，因為它非常容易打破劇中的規定情境、中斷人物的行動，從而使劇情的推進受到了遲滯，最終影響劇作的可演性。對此，丁羅男曾指出：

89 同上註。

90 參見顧振輝，〈《臺灣民報》劇作家青釗生平考〉，頁152-153。

> **五四問題劇的倡導者和實踐者，大都沒有眞正理解和掌握易卜生戲劇中的討論技巧。他們只抓住了「討論」這種形式，卻丟掉了戲劇作為藝術的特性；他們在劇作中提出和討論的問題，不僅常游離於劇情發展之外，而且缺乏應有的深刻性。**[91]

對於一九二〇年代社會問題劇也有學者也指出，這些劇作「往往把全部注意力集中在問題上，他們未能攫取易卜生戲劇的精華，有時只能用乾巴巴的問題框架去支撐全劇。急切地探討和解決社會問題的創作責任感，強調社會審美效能的戲劇觀，一方面使其創作帶有鮮明的社會思想傾向，起到思想啟蒙、批判社會現實的作用；但另一方面，又是也成為一種無形的精神負荷，限制了劇作家的藝術創作力。尤其是當作家以理性控制感情，以問題取代形象時，戲劇創造過程就會成為社會問題演繹的過程。」[92]

然而，青釗的劇作也有著當時社會問題劇的優點。他們運用戲劇的文學體裁，關注當時臺灣社會的現實與矛盾，顯示出現實主義的傾向。黃鑑村的兩部劇作揭露並批判了臺灣在一九二〇年代所存在的諸多的社會現實問題，並顯示出作者進步傾向。前後兩部劇作之間作者所顯示的進步與成熟，映和著當時中國現代戲劇文學走向成熟的過渡階段的歷史光譜。

91 丁羅男，〈中國話劇文體的嬗變及其文化意味〉，頁57。
92 田本相主編，《中國現代比較戲劇史》，北京：文化藝術出版社，1993年，頁141。

在歸納概括中國大陸一九二〇年代的戲劇文學時，有戲劇史家曾總結道：

以愛情自由、婦女解放為主題的劇本，在本時期數量最多，影響最大。這些劇作在對傳統的舊道德、舊思想和種種習慣勢力的批判中一馬當先，在個性解放運動中發揮了巨大作用。劇作家從不同的角度觸及這一主題。首先是通過男女青年的戀愛婚姻問題，表現個性解放的要求和自由、民主思想的覺醒。……劇作家在表現個性解放運動的同時，也敏銳地覺察到新口號下的渣滓。因此一批鞭撻喜新厭舊、玩弄女性的不道德行為的劇本，從另一個側面揭示了愛情生活中豐富複雜的社會內容。……本時期的劇作除了表現愛情上的新舊思想道德的對立之外，還從其他多方面觸及了當時中國社會的弊病，……把愛情遭遇與官僚豪紳的家庭矛盾結合起來進行描寫，暴露了中國大陸半殖民、半封建社會的黑暗、腐朽及其虛偽的道德。[93]

顯然，將青釗的劇作置於中國大陸一九二〇年代的戲劇文學的大背景中去審視時，可以發現，他的劇作雖然僅有兩部问世，但它們的主題與題材，均或多或少地應和上述的創作面向，亦可見青釗劇作所涵蓋的題材廣度。

93 陳白塵、董健主編，《中國現代戲劇史稿》，頁61—63。

綜上，當我們把青釗的劇作置於《臺灣民報》的發表場域進行審視時，可以發現《臺灣民報》在當時選登劇作上的傾向，加之青釗本身跨兩岸的生平經歷及創作場域等因素，使青釗的劇作在無形間映和著當時中國戲劇文學發展的光譜。易言之，青釗劇作體現出一九二〇年代中國現代戲劇文學過渡時期所呈現出來的混雜性。其中既有前一個階段中文明戲中存在的「演說」以及，社會問題劇中存在的「討論」的方式來直接反映社會問題，表達觀念而疏於情節的架構和人物的塑造方面的弊病。然而，青釗的劇作的價值在於多維度地揭示了當時臺灣社會諸多現實問題。這對於一位理工科背景的大學生而言，在繁重的學業與生活壓力之下，能利用業餘時間進行這樣的創作，已屬不易。同時他對於劇作結構的探索與進步，亦是臺灣現代戲劇文學發展過程中有益嘗試。只可惜，這樣的創作因種種原因而未能延續。否則青釗很有可能成為臺灣現代戲劇史上一位重要的劇作家。

結語

青釗的劇作出現在賴和執掌《臺灣民報》文藝欄時期（一九二七至一九三〇），本文對青釗的劇作進行了一個初步的研究。如前所述，作為新文化運動的機關報的《臺灣民報》編輯者在選稿時相較於劇場性，更傾向於選擇與其主題思想的契合的文本。就時代氛圍的連結來看包括青釗在內的劇作本身也是展現其「運動性」的一環。[94]

葉石濤曾將一九二〇年代只在《臺灣民報》出現過一次筆名，真實身份仍未知的作家稱為「一作作家」。[95]就筆者目前的出土情況來看，青釗的劇作及其它作品，顯然不止「一作」。然而，青釗長期以來未受學界關注。對於臺灣日治時期的戲劇文學的創作而言，他劇作數量雖不多，但其內容的現實性以及對於戲劇文學創作的探索與建構的意義也是不言而喻的。青釗早年的求學歷程，使他的作品與中國大陸產生了極深的連結。青釗的劇作及他以紫鵑為名參與葉榮鐘的「戲曲論爭」的論述均也折射出臺灣戲劇史、文學史與中國大陸相互連結與影響的面向。

從青釗的身世來看，他是來自府城臺南，在中國大陸求學成才的學子，也是一位有電機工程專業背景，且日後也靠著在無線電專業領域上的才華安身立命的專家學者。文學創作是他的業餘雅好，他的戲劇作品《巾幗英雄》與《蕙蘭殘了》是他在中央大學電機系求學時期的業餘之作。若未來能夠出土青釗在浙江菱湖時期的武俠、言情小說。[96]

94 參見張晏菖，《反思社會運動者自我「編輯者賴和」與《臺灣民報》的戲劇》，頁9。
95 葉石濤，《臺灣文學史綱（註解版）》，高雄：春暉出版，2010年，頁72。
96 參見顧振輝，〈《臺灣民報》劇作家青釗生平考〉，頁155。

從他橫跨文理的成就來看，讓人不禁想起同樣以物理與戲劇文學成就而聞名的丁西林。[97]

日後，若有條件開展再進一步的探查，再結合青釗在浙江菱湖時期的武俠、言情小說相關的研究。筆者認為，將其比作「臺灣的丁西林」或也未嘗不可。對於臺灣戲劇史以及臺灣文學史來說，無疑又多了一片待填補、研究的全新領域。

---

97 丁西林（一八九三——一九七四）中國劇作家、物理學家、社會活動家。原名丁燮林，字巽甫。一八九三年九月二十九日生於江蘇省泰興縣黃橋鎮。一九一三年畢業於上海交通部工業專門學校（上海交通大學前身），一九一四年，入英國伯明翰大學攻讀物理學和數學。一九二〇年歸國，歷任北京大學物理系教授、國立中央研究院物理研究所所長。一九四八年六月一日丁西林應同事莊長恭邀請，到臺北工作，任國立臺灣大學理學院物理學系教授兼教務長。七月，兼任文學院院長。同年八月一日，莊長恭校長第1次請辭離臺，他以教務長代理校長，八月中旬到青島處理事務，從此永遠離開臺灣。一九四九年九月參加了第一屆中國人民政治協商會議。一九四九年後，他先後擔任了政務院文化教育委員會委員、文化部副部長，中國人民對外文化協會副會長、對外文化聯絡委員會副主任、北京圖書館（今中國國家圖書館）館長、中國文字改革委員會副主任、中國作家協會會員、中國戲劇家協會常務理事等職。丁西林自幼喜愛文藝，留學期間閱讀了大量歐洲戲劇、小說名著。歸國後從事業餘戲劇創作，成為「五四」以來致力於喜劇創作的有影響的劇作家之一。丁西林發表的劇作共十部。已一併收入一九八五年由中國戲劇出版杜出版的《丁西林戲劇集》。丁西林的喜劇有著較高的藝術成就，集中體現在《一隻馬蜂》、《壓迫》、《三塊錢國幣》和《等太太歸來》中。

黃鑑村生平及文本研究

臺灣戰後科幻文學的新先聲

——論〈五十年後寶島奇談〉的出土[1]

一 前言

對於臺灣最早的科幻文學作品，黃美娥曾考證有臺灣日治時期作家鄭坤五僅有手稿且並未公開發表過的〈火星界探險奇聞〉[2]，該小說被視為「臺灣本土科幻小說的最前鋒」[3]。此外還有天麗刊載於《風月報》一九四一年七月號上的〈還童術〉[4]。另有記載於行政院文化建設委員編印的《光復後臺灣地區文壇大事紀要》上，由葉步月（葉炳輝）用日文在一九四六年十一月由臺北藝術社出版的《長生不老》[5]。這些科幻小說陸續出土問世。填補了臺灣日治時期科幻文學的空白。然而，臺灣日治時期的科幻作品似乎與之後的作品尚未形成脈絡上的連結。對於臺灣戰後的科幻文學史而言，早前學界一直認

1 此文曾發表於《臺北文獻》，第 212 期（2020.12）。此次出版亦經部分修正。

2 參見黃美娥，〈關乎「科學」的想像：鄭坤五〈火星探界奇聞〉中火星相關敘事的通俗文化／文學意涵〉，李勤岸、陳龍廷主編，《臺灣文學的大河：歷史．土地與新文化》，高雄：春暉出版社，2009 年，頁 388-392。

3 林萃鳳、吳福助，〈火星界探險奇聞．編校說明〉，林萃鳳編，《鄭坤五研究》，臺北：文津出版社，2004 年，頁 211。

4 詳見《風月報》，昭和 16 年 7 月號上卷。

5 有意思的是葉步月的該小說在陳淑蓉編纂的詞條中被定義為偵探小說。參見劉柳書琴主編，《日治時期臺灣現代文學辭典》，新北：聯經出版，2019 年，頁 136。

為臺灣科幻小說的起源於一九六八年，張曉風創作的《潘渡娜》以及張系國及黃海緊隨其後的創作是臺灣科幻小說的濫觴。其中最有代表性便是傅吉毅的觀點：

> **與其說去承認日治時代的科幻傳統（如果有的話），倒不如說臺灣科幻小說的發主要是戰後從歐美移植過來，並且受其影響來的恰當。**[6]

該觀點得到了黃海的贊同，他認為「反省當初創作科幻小說，確實因為吸收若干科普或科幻知識，讀了翻譯的科幻小說，看了美國的科幻電影，加上我原本一直有寫小說的能力，剛好張曉風創作的《潘渡娜》發表，觸動了心中的科幻因子，以致蓄勢待發」[7]。陳國偉認為，「真正被視為臺灣科幻小說的起點，則是要屬一九六八年。……臺灣科幻小說的序幕，正式由張曉風、張系國與黃海三人揭開」[8]

就臺灣科幻文學前後的脈絡，楊勝博認為：「二戰結束後，臺灣的科幻小說基本上並未延續先前的科幻傳統，在整個科幻小說的發展脈絡上，在戰前戰後並不連貫（不管

---

6 傅吉毅，《臺灣科幻小說的文化考察 1968-2001》，臺北：秀威資訊，2008 年，頁 7-8。

7 黃海，《臺灣科幻文學薪火錄（1956-2005）》，臺北：五南圖書，2007 年，頁 20。

8 陳國偉，《類型風景——戰後臺灣大眾文學》，臺南：臺灣文學館，2013 年，頁 145。

是在語言還是題材、風格上）」[9]。也就是說，當臺灣科幻文學在一九六〇年代末再出發時，尚鮮為人知的臺灣日治時期的科幻文學對其影響是微乎其微的。

傅吉毅對臺灣科幻文學史的溯源工作不足有所認知，他認為與葉步月「同時期是不是有其他未知的科幻小說存在的可能性呢？筆者認為是有的，綜觀當時整個世界世代的氛圍，其實還是籠罩在科學理性的脈絡底下，作為科學近親的科幻小說可能存在嗎？是值得去考察的」[10]。因而，一九五〇年代的是否存在臺灣本土的科幻文學，也是值得探究的一個面向。

據現有的史料來看，一九五〇年代在臺灣有影響的科幻作品是旅港作家趙滋蕃的《飛碟征空》、《太空歷險記》、《月亮上看地球》。該三部曲是由高雄三信出版社先後在一九五六年、一九五七年及一九五八年翻印自香港亞洲出版社。「五〇年代三本書先後印行三版，每版五千冊，三書合計四萬五千冊。這樣的銷售量，在當年港臺地區來說是驚人的數字」[11]。該作品通過祖孫兩人的太空冒險為主幹，通過對話來介紹太陽系

9 楊勝博，《幻想蔓延——戰後臺灣科幻小說的空間敘事》，臺北：威秀資訊，2015年，頁16。

10 詳見《風月報》，昭和16年7月號上卷。。

11 參見劉柳書琴主編，《日治時期臺灣現代文學辭典》，新北：聯經出版，2019年，頁21。

的相關知識。這些作品被認為是「臺灣科幻小說的萌芽先兆」[12]。

黃鑑村一直以來是以無線電教育事業上的成就而為世人所知。然而，在筆者的發掘與考證之下，發現黃鑑村還是一位在一九二〇年代《臺灣民報》上曾以青釗及紫鵑為筆名發表過劇本及雜文的文學家[13]。在進一步整理發掘時，筆者發現黃鑑村戰後在臺創辦並任主編的期刊——《無線電界》中，曾在一九五七年至一九五八年間以連載的形式刊登了一篇署名為「陳曉禾」的「科學預言小說」——〈五十年後寶島奇談〉。之後，該刊為慶祝創刊六十週年時，於二〇〇一年再次登載該小說。兩個版本除了部分字詞上進行了校正外，內容基本一致。但後一個版本的作者被署名為「黃鑑村」。由於該刊物是無線電通訊領域的專業刊物，而一直不為文學界關注。直到近年才被筆者發現。

基於以上前行研究，本文的問題意識如下：

作為新近再發現的科幻小說，〈五十年後寶島奇談〉內容與題材是怎樣的？作者究竟是誰？有怎樣特點？在一九五〇年代的臺灣文學史及尚處於萌芽先兆期的臺灣科幻文學史的緯度來看，它能有怎樣的地位與評價？

12 呂應鐘、吳岩，《科幻文學概論》，臺北：五南圖書，2001年，頁25。

13 參見顧振輝，〈《臺灣民報》劇作家青釗生平考〉，《臺南文獻》，第15輯（2019年6月）。

本文第一部分介紹該小說的概貌，第二部分探究作者的身份；第三部分分析該小說的特點；最後試著從臺灣科幻文學史及臺灣文學史的維度對該小說進行評價。

二 〈五十年後寶島奇談〉概貌

在一九五〇年代後期，由南京國立中央大學電機工程科畢業的臺南籍學生——黃鑑村在臺北創刊並任主編的《無線電界》雜誌上刊登了一篇署名為「陳曉禾」的小說〈五十年後寶島奇談〉（一九五七年，第三卷，第五期、第六期；一九五八年，第四卷，第一期、第五期），在小說名稱上還做了「科學預言小說」的定義。

近半個世紀後。正值《無線電界》雜誌創刊五十週年之際，該小說被重新刊登在二〇〇一年的三月刊，頁 1-8；同年六月刊，頁 1-8。共連載兩期。除了部分字詞上進行了校對外，內容與一九五七年版沒有出入。但作者則被署名為「黃鑑村」，並在小說附上了一段「編輯論誌」：

> **本會榮譽會員黃鑑村先生為「無線電界「雜誌社創辦人，際此五十週年社慶，特將黃老於五十年前所撰寫的科學預言小說「五十年後寶島奇談」予以刊登，一方面紀念黃老，二方面對黃老於五十年前的先知卓見，均在五十年後全部應驗，值得欽佩。**[14]

14 編輯論誌，〈五十年後寶島奇談〉，《無線電界》，第 84 卷第 1 期（2001 年 3 月），頁 1。

《五十年寶島奇談》小說的內容概貌如下：

臺灣日月潭涵碧樓的長廊上，幾位年輕人正在聊天，一位幻想家描述其起臺灣五十年后的樣貌。中華民國九十九年（二〇一〇年）四月一日，從北向南時速高達兩百公里的高速火車，準備經臺北過隧道前往福州。列車在北回歸線附近的站臺上來了一位名叫郭芝且貌似野人的老人。他為躲避核戰而躲入深山，此次重見天日，受到了政府和民眾極大的關注和歡迎。「五十年代人類生活研究會臺灣分會」的主席柳調蟬和貴令及貴典小姐的接待下，郭芝住了一個月的醫院，調養好了身體，並取得了中華民國的國籍及全世界唯一的代名符號。六月，郭芝老人在柳調蟬及貴令的協調籌劃下在臺北府前廣場中央博物院直屬臺灣省人文廳大禮堂內，舉行了一場演講。可由於隨時提問的習慣以及年輕人對科技史常識的缺乏，很快就讓郭芝老人失去了耐心，憤而中止了演講。得虧柳調蟬上臺解釋，才讓演講不至於不歡而散。郭芝老人出院後住在陽明山上政府提供的住宅中。一個月後，郭芝又想去臺灣中南部去看看，於是在貴令的孿生妹妹貴典，使用「身臨景」的設備，讓郭芝不出家門就看到了臺北市的先進的城市規劃，運河的建設使基隆港與淡水河相通，也讓陽明山成為了一個小島。在中南部的農田由於全機械化耕種的普及以及經緯儀的使用，而不再有田埂的存在。同時，血脈化的水利設施，使原來的河道變成了良田，原來的水系用管道所代替，這讓農作物永無旱澇的影響。人們甚至還在實驗如何調節降水，消除颱風的技術。聽到這裡，郭芝陷入了沉默……

小說在這裡就結束了，筆者為此專程查閱《無線電界》雜誌，直至二〇〇一年該小說重刊，都未見後續的連載。該刊後任的主編，黃鑑村的六子黃華容在訪談中提道：

我曾經有看過這篇小說相關的稿件，現在已經找不到了，據我的回憶，該小說後面的情節如下：

小說主人公出現時，鬍髮很長，這是因為他為了躲避第三次世界大戰，在臺灣的深山裡躲了很多年。這位老人被帶到一個房間後，因饑餓而肚子發出了咕嚕嚕的聲音。這時就從一面沒有門的牆里送出了一份配有果汁的餐食。小說中也提到了時空轉換機器已經相當普及，人們可以隨便就到達自己想去的地方，以及想去的時間點。小說中還提及當時基隆到福州已經有海底隧道，其中運行時速可達光速的子彈頭的列車。那時，世界已經大同了，世界上每個人都有一個獨一無二的 code

number。去任何地方都不用簽證了。小說裡的那位老先生因為躲在深山裡，因為沒有受到外面的污染，生命力比較旺盛而可以長壽。那時的科技已經非常發達了，所有的疾病基本上喝點東西、吃顆藥丸、打一針就能得到治療而痊癒。這些內容今天也快實現了。

小說中的老先生因為他之前的朋友們都已經過世了，他一個人十分寂寞。在最後，他在睡夢中夢見了自己心心念念的，當年和老朋友在一起其樂融融的快樂時光。這個夢境被當時的科技偵測到了。於是，他就被送回到了那個讓他魂牽夢縈的時空——小說開頭時提及的日月潭涵碧樓的樓道間。幾位老朋友正坐在一起，暢想著臺灣的未來……[15]

該小說在最初發表時，在篇首自我定義為「科學預言小說」。在臺灣「一直要到一九七〇年代後期，才逐漸有了「科幻小說（science fiction）」文類的概念」[16]。對此，學

15 黃華容口述，顧振輝採訪整理，〈黃華容口述歷史的補充〉，2018 年 10 月 5 日中午，臺北市隆記上海飯店。

16 參見黃海，《臺灣科幻文學薪火錄（1956-2005）》，臺北：五南圖書，2007 年。

界的定義各有不同，也有廣義狹義、軟硬、真偽之分。基本地來講，臺灣科幻小說作家亦是學者的黃海就認為：「科幻文學是科學想像或合理想像的戲劇化」[17]。加拿大學者蘇恩文（Darko Sunvin）認為「科幻小說是一種認知上的抽離（cognitive estrangement）的小說……由這種抽離的態度，科幻小說主要的形式設計便是作為作者經驗環境的另一種選擇的想像框架或者可能的世界」[18]。

這篇創作於一九五〇年代的〈五十年後寶島奇談〉所描述的內容發生在距今不遠的二〇一〇年。結合這兩個定義，再來檢視該小說，至少從今天來看，該小說中的部分基於科技發展而設想出來的事物已然成為現實，比如高鐵、同步翻譯設備、寬熒幕全息投影設備、智能圖書館甚至是三峽水利工程等。這些設想也正是作者基於「經驗環境」，即作者從時代背景與自身的國族認同出發，在小說中構建了一個「復國已成」的背景框架。此外，作者亦是基於自身知識結構而對科技發展進行預判，從而對未來臺灣可能的樣貌展開想像。由此而言，該小說自然是可以納入科幻文學的範疇中的。

17 參見黃海，《臺灣科幻文學薪火錄（1956-2005）》，臺北：五南圖書，2007年。

18 蘇恩文（Darko Suvin），蕭立君譯，〈《科幻》專號導論〉，《中外文學》22卷12期（1994年5月），頁13。

三　誰是「陳曉禾」——作者身份的探究

由於二〇〇一年的編輯論誌中明確說明該小說為黃鑑村所撰，並對該小說預言的準確性進行了高度評價。這樣看來，這篇小說似乎無疑是黃鑑村的文學作品。然而，筆者在尋訪黃鑑村的後人時，曾訪得比黃鑑村小二十二歲的雙胞胎姐妹黃清涔與黃貴渶，同時也結識了黃清涔的丈夫，也就是黃鑑村的妹夫——陳大川先生。

陳大川先生生於一九一九年，四川重慶人，一九四二年畢業於中央技藝專科學校的造紙科，後任職於由經濟部設立於成都的一家造紙廠工作。臺灣光復後，被派往臺中大肚紙廠工作，在那時，他結識了同在那裡工作，黃鑑村的妹妹黃清涔女士。一九四七年五月，陳大川與同事黃清涔在臺中成婚，亦成為了黃鑑村的妹婿。一九五二年陳大川調往高雄小港紙廠任工程師。同時，他也是研究中國造紙史的學者，曾著有五本相關專書，代表作有《中國造紙盛衰史》[19]。他的外甥黃華容也曾介紹道：

19　參見陳大川口述，顧振輝採訪整理，《賢兄鑑村及府城黃家的情況——黃清涔、黃貴渶、陳大川口述歷史》，2018年11月2日下午，新北市新店區三圓羅馬社區，陳大川、黃清涔夫婦家中。

後來二姑黃清涔嫁給了曾任臺中大肚紙廠擔任工場主任的陳大川。這位陳大川是四川人，滿口四川話。他曾經出版過關於造紙歷史的著作。在一九七〇年代末，在他退前，他從高雄小港紙廠廠長的位置上被調到臺北的臺灣水泥公司任採購部門的主管。……一九七〇年代時該書還獲得了政府的獎項……陳大川還和張大千等畫家有來往，對國畫也很有造詣，還曾開過相關的畫展。[20]

從上述簡略的生平介紹中，我們可知年逾百歲的陳老先生是一位畢生從事造紙事業的工程師兼學者。原本筆者的訪談是想進一步瞭解黃鑑村的情況。沒想到陳大川主動向筆者提出，他就是那位「陳曉禾」。陳大川先生不僅在訪談中如數家珍地談起了他當時的創作情況，還在事後還巨細靡遺地親筆記述了他的創作動機與構思（詳見前文口述歷史部分）[21]。

在手稿中，陳大川首先說明了小說最初署名「陳曉禾」的由來。這是他的本名「大川」的反義詞「小河」再變為文雅一點的「曉禾」而來。其次還詳述了他是怎樣從身邊

20 顧振輝採訪整理，〈黃華容口述歷史的補充〉，2018年10月5日中午，臺北市隆記上海飯店。

21 詳見陳大川口述，顧振輝採訪整理，《賢兄鑑村及府城黃家的情況——黃清涔、黃貴渶、陳大川口述歷史》，2018年11月2日下午，新北市新店區三圓羅馬社區，陳大川、黃清涔夫婦家中；陳大川筆述，顧振輝整理，《陳大川先生關於〈五十年後寶島奇談〉的說明》，2019年11月12日。

的家人同事為原型來命名設置小說中的人物。再者，解釋了他如何從具體的生活經歷去構思相關的情節。再如何預判未來科技發展對於日常生活的改變等等。此外，陳大川還分析了為何到後來被誤會成黃鑑村的作品。他認為，二〇〇一年的主編黃華容在小說第一次發表時，年僅十歲，應是他在不明就裡的情況下造成的誤會。

總體來說，筆者認為，陳大川的筆述所言中肯，即便已年逾百歲依舊能將小說創作動機等方面表述得如此清晰。同時，筆者另向黃華馨與黃華容詢問相關情況時，他們也表示同意他姑丈陳大川的說法：「姑丈是個正派的人，他的分析也有道理，我也同意他對於這篇科幻小說的說法。」[22]基於當事雙方的表述，筆者認為可以採信陳大川的說法，即該小說是陳大川原創，由黃鑑村領導的編輯團隊進行潤色的作品。故而，依陳大川在筆述手稿中的意願，該小說應以陳大川與黃鑑村共同署名。

四　〈五十年後寶島奇談〉的特點

1　臺灣本位的地方書寫

陳大川作為一名戰後來臺，從事造紙事業的外省人。在業餘，憑藉著自己的奇思妙想，動筆暢想起臺灣五十年後的樣貌。雖然他是一名外省人，但該小說情節的描寫從未

22 黃華容口述、顧振輝採訪整理，《黃華容口述歷史的再補充》，2019.6.29 下午，電告確認。

離開過臺灣。從高速列車在臺灣中部北回歸線附近停車迎上郭芝老人之後，主人公行動的範圍都在臺北，而介紹的情況，如陽明山、臺北市景、臺灣中部地區的農田等，均在臺灣展開，尤其是作者在小說裡展示了當時臺灣多語言混雜的場景。如前所述，作者在小說裡通過主人公郭芝之口，向讀者惟妙惟肖地展示了國語、日語、臺語及三地門地區原住民的排灣語。

小說中僅有兩處提及中國大陸，一處是為了介紹臺灣交通事業的發展而描寫了接通對岸的海底隧道。二者是為了呼應臺灣日月潭的水利設施而提及的巫峽水電站。顯然，這兩處與對岸有關的內容，均是以描寫臺灣為視角進行的極為有限的外延性介紹。

作為一部外省作家的作品，該小說的完全沒有外省人寄寓海島的落寞與思鄉之情。小說筆觸所及，均是一番欣欣向榮的繁榮景象。這樣臺灣本位的臺灣書寫是一九五〇年代國民政府大力倡導下以反共抗俄為主流文壇上所少見的。當時，臺灣尚處於國民黨白色恐怖的高壓統治之下。尤其是二二八事變後，臺灣島內本省人與外省人之間的隔閡與矛盾進一步加深。作為一個獨在異鄉為異客的外省人，陳大川何以會在業餘的文學創作中顯露出如此堅定的臺灣本位呢？筆者認為，作為業餘創作，作品同作者的生平相對會有更多的連結。歸功於陳大川的岳父黃藏錦在自家女兒婚事上的開明。讓這位外省青年能夠較為輕鬆地在臺灣成家立業，這也讓他這位異鄉人對臺灣有了更深一重的歸屬感。

臺灣光復後，黃鑑村被派回基隆擔任臺灣石炭調整委員會基隆辦事處主任。身在臺南的家人們也都曾前去探望。小黃鑑村二十二歲的兩位雙胞胎妹妹黃清涔、黃貴渶自然也在其中。她倆在九四五年三月底自臺南第二高女畢業。據姐妹倆的口述歷史，她們在大哥黃鑑村的介紹下分別到臺中大肚紙廠與臺南三崁店糖廠工作。在工作中她們遇見了各自的人生伴侶。巧合的是，這兩位伴侶均是來臺工作的外省年輕人。黃清涔就這樣在臺中的大肚紙廠遇見了來自重慶的陳大川。

在談婚論嫁時，陳大川剛來臺工作不久手頭並不寬裕，在這樣的情況下，顯然很難承擔臺灣傳統婚事習俗上的支出。他倆在一九四七年五月成婚時，恰好在二二八事件之後不久，處於省籍矛盾突出而又微妙的時代背景。得益於岳父黃藏錦在女兒婚事上的開明，不僅突破了當時的省籍隔閡，還一改以往代價高昂的臺灣傳統結婚禮俗，免去了聘金、喜餅、遊街等繁瑣靡費的環節。使來自重慶的女婿陳大川能以較為輕鬆的形式完成自己的終身大事。[23]

23 黃清涔、黃貴渶口述，顧振輝採訪整理，《賢兄鑑村及府城黃家的情況——黃清涔、黃貴渶、陳大川口述歷史》，2018年11月2日下午，新北市新店區三圓羅馬社區，陳大川、黃清涔夫婦家中。

在省籍衝突達到沸點的二二八事變之後，這樣跨省籍的婚姻在當時已屬難得，並且能夠以開明的態度讓子女從臺灣傳統繁瑣靡費的婚姻習俗中解脫出來，輕鬆地走入婚姻。除了移風易俗地推進現代婚姻觀念進入臺灣之外，還有促進省籍交融的意義。就當時的臺灣而言，這顯然有積極進步的意義。在此背後，更體現了黃藏錦作為一個臺南開明仕紳的胸懷與境界。

得益於此，外省遊子陳大川得以在臺灣順利地成家立業。從一九四七年五月成婚，到一九五七年動筆寫下這篇小說的十年間，也是陳大川事業快速發展的十年。一九五二年，陳大川被調到高雄小港紙廠，任該廠主任工程師。十年在茲念茲，臺灣已然成為陳大川成就事業、安身立命的第二故鄉。身為臺南女婿的他，在妻子家人的引領下，對臺灣逐步產生了歸屬感，小說中臺灣本位的書寫視角，正是映和了作者對於這段生命經歷的體驗。

2 「女性引領男性瞭解地方」的性別書寫

有文化地理學者曾指出：

男人與女人不僅被安置於空間關係中，這些關係還支持了地方經驗的內涵，以

及這對男人和女人的意義——她們都是透過地理而被分派了性別化的慾望。這顯示了空間經驗與個人認同的緊密關聯。[24]

反觀小說情節與作者人生的經歷，均存在著「男性到一個陌生的地方，在政府的安排下，由在地女性引領、安頓並了解這個地方」的潛在性敘事框架。這對於一位業餘文學創作者來說，自然是更多地源於作者家鄉的地方性別意識與生命經歷中關於書寫對象——臺灣的地方經驗的內涵。

由前述作者來臺的經歷可知，在創作該小說之前的歲月中，這位孤身來臺的外省年輕人離開了戰雲密佈的大陸故鄉，在相對安定的臺灣成家立業。其中也必然經歷了在臺灣的家人的引領下逐步了解、熟悉這片土地的過程。順遂的事業、幸福的家庭，使作者不再有異鄉的漂泊感，臺灣在他心中也自然多了一份溫情與歸屬感。

這樣的地方感自然也投射在作者的業餘寫作中。十年在茲念茲的臺灣自然成為了他的書寫的對象。作者用自己的諱名諧音命名了小說的主人公，自然也將自己的經歷投射到了小說的情節中。小說主人公是一位為了躲避戰爭而遁入山林的老者，五十年後重出深山。小說中的兩位雙胞胎女性——貴令與貴典，作者著墨頗多的貴令是一位「聰明、美

24 Mike Crang，王志弘、余佳玲、方淑惠譯，《文化地理學》，臺北：巨流圖書，2004年，頁65。

麗、而常識充分的亞熱帶姑娘」[25]。她可以聽懂郭芝帶有「古閩南語、日本語、數種部落的高山族語、與小部分北平語、吳越語、楚蜀語」[26]的口音，通曉各種常識，而她的雙胞胎妹妹貴典，則通曉農業、工業方面的新知，在她倆的引領下，郭芝得以知曉未來臺灣的樣貌。

女性引領男性進行瞭解地方的性別書寫中，雖有女性服務男性的關係存在，但這也體現了女性不再是男人的附庸而固守家庭，而是投身於社會工作中而擁有各自專長的事業。這也透射出當時臺灣隨著朝鮮半島戰事的爆發而產生的軍需裝備上的需求，令臺灣的加工業逐步興起，越來越多女性走出傳統家庭投身工作並取得經濟獨立的時代背景。

另外，作者為小說中兩位雙胞胎姐妹的年齡設在了十八歲，而這兩位的原型，亦即黃清涔、黃貴渶，兩姐妹出生於一九二九年，一九四七年兩人先後成婚時，正是十八歲。[27]再加上作者對貴令、貴典在起名上的緣由，可見作者筆下的女性人物也承載著作者對

25 陳曉禾，〈五十年後寶島奇談〉，《無線電界》，第 4 卷第 1 期（1958 年 1 月），頁 114。
26 陳曉禾，〈五十年後寶島奇談〉，《無線電界》，第 3 卷第 5 期（1957 年 11 月），頁 67。
27 參見陳大川筆述、顧振輝整理，〈陳大川先生關於〈五十年後寶島奇談〉的說明〉，2018.11.12（本文附錄 2），第 9 點。

於妻子及家人最誠摯美好的情感。亦如作者前述的經歷，使臺灣對於這位外省人而言不再是客居的異鄉，而是令他心安的第二故鄉。作者也就自然而然地對臺灣這個地方，產生了親切感與歸屬感。這些正面的地方感，也自然地投射到了他的小說創作中。

3 核戰餘生，世界大同的國族想像

該小說對於時空背景的設定雖著墨不多，但別有深意。小說中的二〇一〇年，臺灣北部的陽明山已是「中華民國復國前的神經中樞」而成為了歷史紀念地。然而，作者僅用寥寥幾筆從側面描寫了一番，從作者在小說中描述歡迎郭芝老人的橫幅中有「劫後餘生」及「原子彈不會再傷害你了」等內容來看，作者暗示了核戰爭的發生。但對此的前因後果，小說並未深入描寫。可結合這些蛛絲馬跡來看，作者所設想的未來臺灣經歷了核戰爭後，中華民國復國成功，臺海兩岸均處於該政權統轄之下。小說這樣背景設定，顯露出作者的政權認同及當時的政治正確。

由於兩岸分裂的情勢已不再，「國父」孫中山在《建國方略——實業計劃》中的宏願自然不會落下。小說中。柳調蟬為了調解郭芝老人憤而中止演講的尷尬而進行的發言中就提及了當時已然過時的水力發電在「我們四川省巫山峽與本省日月潭等處現在還存

有遺跡」。此話言淺意深，一方面在長江三峽地區建造堤壩是一件費時費力且支出浩繁的超大型工程，可見戰後政府很快就恢復了經濟，且有實力去實現國父當年的宏願。另一方面也反映了科技的高速發展，使得如此浩繁的工程沒多久就成為了歷史的遺跡。另外，四川是作者的家鄉，提及水利工程時自然會想起巫峽的水電工程。

時速高達兩百公里的高速列車可以「過了臺北市，又要經海底地道，到福州市」同時橫跨兩岸的隧道——另一浩大的交通工程也已建成，極大地便利了兩岸的交通往來。作者已然預見到了高鐵的技術的應用以及海底隧道的建成為兩岸交通往來所帶來的便捷。

以上的想像顯然是基於兩岸一統的背景上而來的，但需要注意的是，這些內容並非是小說描寫的重點。作者在小說中投注的重點還是在以一位科學家的視角來想像臺灣未來科技社會的樣貌。

作者在小說中借劉調蟬之口說出了他對於一九五〇年代以後科技與社會發展的脈絡：「五十年代以後，原子能得到正常利用，工業再起革命，所以農工商業，均不爲增加資本金之收益開門，是以獲得服務人類之最高榮譽而努力，因此人類社會始達成近日安居樂業，各盡所能，各取所需之大同生活」。此外，作者還從幾處細節描寫中，體現了他對於世界大同的構想。首先，全世界已然構建起了統一的代名卡符號，每個人都有一個獨一無二的代名符號。比如小說中政府給郭芝的代名卡符號是「CTPN99-5-1-8-3M」，作者通過貴典之口說出了其編號規則：

> **C是中國的縮寫、T是臺灣，P是臺北，N是北區，M是男性，亞拉伯碼是依出生的先後次序排下來的，你是民國九十九年五月一日八時出生的第三名。**[28]

這裡還有一個值得注意的細節，該全球唯一的代名符號的編號規則使用的是民國紀年，而非世界通行的西元紀年。雖然作者對此並未過多著墨，其中可以推敲很多原因。或許由於國家的字母在前，可使各種紀年方式並行不悖，從而使各國能夠依據各自慣用的曆法來選擇的紀年方式。或也可以從側面看出小說中的世界，亦是一個多元包容，多種紀年方式並存的世界。此外，小說中標準世界語也已然成為了流行且可實際運用於全世界的語言。「標準世界語之被世界提倡採用，自為當時聯合國機構中心工作成績之一」。[29]人類因「巴別塔」而產生的隔閡也在逐漸消弭。

28 陳曉禾，〈五十年後寶島奇談〉，《無線電界》，第 4 卷第 1 期（1958 年 1 月），頁 68。

29 陳曉禾，〈五十年後寶島奇談〉，《無線電界》，第 4 卷第 1 期（1958 年 1 月），頁 114。

4 科技昌明、生活便捷的日常描寫

小說中，作者基於其專業背景，向讀者描述了五十年後的臺灣隨著科學技術的高速發展，產生了多種先進的新興事物，極大地改善了人們的生活，甚至也改變了臺灣的地理樣貌。進而展現出作者對於未來科技發展的敏銳把握。

在通訊方面，作者設想了未來人們可以使用傳影電話，通過撥打代名符號進行聯絡，並且人的影像會栩栩如生地同步投影出來。另外，人們可以通過傳影送話器就能向圖書館預約借書，不日便有專員送書上門，使人們學習研究的便利性大大提高。

在生活起居上，由於材料科技的發展，作者在描寫政府為郭芝老人準備的房屋時，設想了未來房屋的樣貌：盡量利用圓弧的建築設計來減少颱風對房屋造成的傷害。依據地質因地制宜地設計彈性的地基來應對地震的危害……

陳大川從他的專業出發，在房屋內設想了許多關於未來紙製材料的發展與應用。房間中的榻榻米下帶有自動清潔裝置，由高科技材料製成的紙門，有吸濕、發光、驅蟲、調節室溫，並能隨天氣變化而變換顏色等功能。在交通方面除了前述的高速列車，還有原子包車、直昇飛椅、直昇飛車等。隨著交通工具的變化，臺北市政建設也隨著發生了變化。

主要的街道，都改爲四線道，快慢車各不相干。這些主要街道，都有計劃地組成各種圖案，譬如這一街區，爲有名的梅花區，四線道構成花的邊緣，雙線道將花分五瓣，花心爲一廣場，廣場中心爲直昇飛車停車場，專供公共停車用。各人停車後，可由中心入口，經由放射形的地下道穿過廣場，分別轉入花瓣中各放射形的地面街道。這地面街道好似梅花蕊，由單線道構成。市民的住址，亦依圖形由大到小，分別編號。就以梅花區爲例，如果一個人的住址爲「梅 3—5—165—38」，就表示住在梅區第三瓣，第五條花蕊街，一六五號樓房內的第三十八號，地面車與直昇飛椅，都附有立體模型地圖，按圖飛停，極爲方便。……[30]

更為神奇的是，郭芝老人僅需通過名為「身臨景」的全景投影設備就能實時看到想看的景色。作者由此進一步引出了未來「在大臺北市計劃時將臺北原有的基隆河加以疏浚，一直到八堵，再將八堵與基隆間的山嶺開通，以與基隆港連接，如此一來，基隆港噸位較小的船隻，可一直航行，經過沿岸的工業區，山間住宅區，牧獵區，林間公園，文教區，以達市中的商業區，再由原來的淡水港出海」[31]。如此一來，陽明山

30 陳曉禾，〈五十年後寶島奇談〉，《無線電界》，第 4 卷第 5 期（1958 年 5 月），頁 64。

31 陳曉禾，〈五十年後寶島奇談〉，《無線電界》，第 4 卷第 1 期（1958 年 1 月），頁 114。

就成為了一個被大海與河流包圍著的「小島」。運河的建設也進一步便利了臺灣北部地區的交通往來。

在農業耕作方面，由於全自動機械耕作及使用經緯儀來劃界，改變了臺灣農田的地景。田埂的消失，使臺灣的農田已不再有連田阡陌的景象。取而代之是的一大片無邊無際的綠色。這樣也進一步增加了可耕種面積，使土地的最大邊際效用得以實現，亦增加了幾千萬噸的糧食產量。在農田水利方面，血脈化的水利工程的全面應用，在水利系統的統一調配下，使所有「農作物，永無乾旱現象，永無盈雨為異」。甚至在小說的最後，作者還提及當時的人類已經接近發展出控制氣候的科技……

5 日新月異下的人文隱憂

該小說主要從科技發展的角度想象了未來臺灣社會的風貌，但在這些變化之外，還留下了兩處看似隨意但別有深意的人文反思。

例如小說中對於郭芝老人的講演描寫，郭芝老人因不適應那時的人們隨時提問的習慣憤而中止了自己的演講。這裡有兩個層面上揭示，一者是學風的變換，使得作者認為五十年後的臺灣年輕人已然習慣「有疑必問，有問必答」，原本填鴨式的教學已成為歷史。作者的大舅哥，也是該小說的編輯潤色者黃正是長期從事無線電教育的黃鑑村，作者自然也知道當時通行的填鴨教育的弊病，於是就從理念衝突碰撞的角度在小說中予以呈現。

此外更值得思考的是，學風自由固然好。這也可能漠視基本常識，而使學生導致知識結構上的缺陷。其所伴生的隨時提問的習慣，又如何確保日常教學或講演秩序的正常進行呢？作者在此處並不是把有問題的教育方式簡單地予以翻轉，而是以冷峻而別有深意的筆觸，在翻轉的情境下點出其中過猶不及的問題，但又不直接給出評價，將此留給讀者去省思。

在小說的最後，貴典應郭芝的請求，介紹鄉村血脈化的水利工程已然將臺灣原有的河道變為農田，取而代之的是密集分佈且尺寸各異的水管，用以調節農田灌溉。聽到了這裡，主人公便沉默了下來。然而，貴典繼續提到在人定勝天的原則下，人們已經開始研究並試驗如何依據人類的需要來改變天氣的技術，比如控制雨量以及通過解壓法來消除颱風等……

小說在此處這裡結尾。雖有突兀且未完成之感。作者覺得小說寫到這裡有些鋪得太開不好結尾（詳見本書前部的作者筆述）。但這看似漫不經心的表述，卻暗含深意。科技的進步，使人類逐漸擁有了改天換地的能力。然而，人類運用科技來追求美好生活時，真就可以對大自然為所欲為嗎？

小說的最後的戛然而止，令前面看似科技昌明的一片美好之外，留下了一絲不經意的陰影。作者的猝然擱筆，反而此時無聲勝有聲地將科技倫理與人與自然的關係的思索留給讀者去品評反思。

誠如蘇恩文所論：「較好的科幻小說的典型作法，也就是他的認知，則是反省現實。它不是未來的或科學至上的。它要進一步有批判性。」[32]該小說創作於一九五〇年代，那時是全球各國剛從世界大戰中走出來，正是在著力恢復、發展經濟之時。當時的環境保護及可持續發展等觀念尚未普及。作者就敏銳而超前地發現了人類在不顧一切地發展中的隱憂。再加上對於教育問題過猶不及的反思，進一步提升了該小說的文學價值。

五　該小說的評價

該小說的創作主要得益於作者陳大川的知識結構以及豐富的想象力，使他可以敏銳地把握未來科技發展及應用的趨勢。小說中不少的設想，如今也已成為現實。不僅如此，陳大川與黃鑑村都有著相近的國族認同以及對於當時冷戰格局的認知。小說中今日臺灣的和平繁榮是歷盡核戰爭的摧殘與考驗。核災餘生，滄海桑田，總之，往昔的天塹已變通

32 蘇恩文（Darko Suvin），蕭立君譯，〈《科幻》專號導論〉，《中外文學》22卷12期（1994年5月），頁20。

途，兩岸間的戰爭陰雲早已消散。小說中對於臺灣所想像的榮景，便是在這個前提下展開的。

這樣設定，雖有當時的政治正確。但作者也盡力避重就輕，將重點放在臺灣科技社會樣態，而未深入描寫科技進展過程中的政治轉型問題。就該小說的編輯者黃鑑村的生平而言，中國大陸及國民政府是他年少時躲避日本殖民統治的壓迫，捍衛婚戀自由、實現人生價值的所在。[33] 對於陳大川而言，他雖是一位外省人，但臺灣是他成就事業、收穫愛情與家庭的所在。基於這樣的生平經歷與國族認同，臺灣本位的書寫，兩岸一統的時空設定就自然也就出現在該小說中了。此外，小說中描寫郭芝因懷念往事而悵望惶惑時，又何嘗不是身為雙鄉人的他倆，各自身處異鄉時的心境寫照呢？

陳大川是一位造紙工程師，黃鑑村是一位無線電教育家，他倆都是擁有理工專業背景的人才，但他倆也有著各自的人文關懷。身處在科技發展一日千里的時代，作者並沒有一味地埋頭於科技新知，而是在業餘拿起了筆寫出了他對臺灣未來的暢想，更難能可貴的是這暢想之外的反思。作者用他冷峻而不著痕跡的筆觸表露出他對於教育方式以及科技倫理的思考。這樣的處理無疑也提升了該小說的深度與價值。

33 參見顧振輝，〈《臺灣民報》劇作家青釗生平考〉，《臺南文獻》，第 15 輯（2019 年 6 月），頁 140-161。。

同時，筆者認為該小說亦可與同時代在臺灣有影響的旅港作家趙滋藩的科幻小說相比較。黃海曾對趙滋藩的小說有過生動的評價：

我讀了趙滋藩的書之後，發現裡面大多數科學知識的連串，缺乏小說趣味，飛碟每到一處，就是公公對小明的科學知識開講，整本書是「科學旅遊」故事，人物只是陪襯，類似國民小學的地理課本——也是以旅遊帶入地理知識——旅遊只是引子，科學知識的灌輸才是內容……趙滋藩的這三本書，除了是「科學故事」以外，正確的說應是「科學旅遊故事」，小說成分稀薄。[34]

相較之下，陳大川與黃鑑村的這部小說裡對於臺灣未來事物的描寫介紹都是由郭芝老人的遭遇與視角來展開的。換言之，亦是有一定的情節鋪陳來支撐的。再加上該小說所蘊含的對教育及環保的批判與反思，就讓這篇科幻小說在文學價值上就更勝一籌。

另外值得注意的是該小說的業餘性。由於作者本身並沒有豐富的創作經驗。從其筆述來看，其創作本身就是基於作者對於科技發展的預判而對未來臺灣的想像。至於人物設置、情節架構，則只能更多地從自己的生平經歷、人事交遊中擷取所來進行鋪陳。故而該小說也存在著情節不完整、人物不夠立體等問題。在情節交代方面，郭芝老人如何

34 黃海，《臺灣科幻文學薪火錄（1956-2005）》，臺北：五南圖書，2007年，頁20。

躲過核污染的威脅?主人公面對新社會他的適應過程以及同現代人觀念上的矛盾衝突也描寫不深。還有對於人物內心與情感的刻畫也存在著力不深的問題。

結語:臺灣戰後科幻文學的新先聲

〈五十年後寶島奇談〉因最早發表在由黃鑑村主編的《無線電界》雜誌上。而該雜誌一直以來都是介紹無線電知識的專業雜誌,令該小說的影響有限。陳大川曾提及該小說剛發表後:

> **我到臺北中華無線電傳習所去看望黃鑑村一家時,她的太太黃沈惠珠女士還特地和我說,大家都很喜歡我這篇東西,希望我繼續寫下去。可惜我那時……工作上千頭萬緒忙得很,所以也沒有再寫下去了。**[35]

可見該小說剛問世時,曾在無線電領域裡的小範圍內受到過一定的關注。但由於刊物及受眾的關係一直不為學界所知,該小說遺憾地蒙塵至今。所幸作者高壽,令他見證了臺灣近七十餘年滄海桑田般的發展變化之後,親筆寫下他當年的創作動機。

35 蘇恩文(Darko Suvin),蕭立君譯,〈《科幻》專號導論〉,《中外文學》22卷12期(1994年5月),頁13。

就臺灣科幻文學史的脈絡而言，傅吉毅曾論及：

> **從七〇年代以至於八〇年代，科幻小說「國族」敘事的發展過程看來，我們可以發現，臺灣科幻小說中的國族認同從黃海、張系國等人所設想的「三民主義統一中國」的未來世界，建構「中華聯邦」的大中華意識形態，而到了黃凡、張大春、葉言等作家手中，轉變成為了對臺灣社會現狀懷疑的論述，甚或開始質疑自己所相信的國族認同。**[36]

〈五十年後寶島奇談〉將二〇一〇年的臺灣置於兩岸一統的框架內進行想像。顯然，就基於國族認同的敘述而言，該小說顯然與一九六〇年代末期由張曉風、張系國和黃海等人引領下再度出發的臺灣科幻文學在脈絡上有著一脈相承之處。

從該小說創作的時代背景來看，戰鬥文藝最熾熱的一九五〇年代到一九六〇年代，「反共抗俄」、「光復大陸」被官方大力鼓吹。在這樣的社會氛圍下自然潛移默化地影響了陳大川的創作，使該小說與之後的科幻文學在書寫脈絡上形成了啟承關係。進而在一九八〇年代，國族認同與政治日趨分歧複雜的背景下，走「中國主體性『國族寓言』路線」[37]

36 楊勝博，《幻想蔓延——戰後臺灣科幻小說的空間敘事》，臺北：威秀資訊，2015 年，頁 58。

37 陳國偉，《類型風景——戰後臺灣大眾文學》，臺南：臺灣文學館，2013 年的張系國、黃海等同樣懷有「大中國」情結的科幻作家進一步提出了「科幻小說中國化」的主張而與同時期臺灣文學的「本土」論述形成對立。如林建光指出的：

> **「科幻小說中國化」與「文學本土化」兩個針鋒相對的異質論述在八〇年代瞬息多變的文學場域中共存傾軋。不過具「中國風味」的科幻小說在解嚴、民進黨合法組黨、第一位臺籍總統上任後的政治氛圍裡顯然很難再蔚為主流論述了。**[38]

即便已式微，但這樣一條基於國族認同而形成的創作脈絡是客觀存在於臺灣戰後早期科幻文學史中的。但仍需注意的是，國族認同並不完全是該小說的書寫重點，而是構成其背景的動因。

就臺灣科幻文學史而言，該小說的存在不僅填補了一九五〇年代臺灣科幻文學在創作上的空白，還證明了早在受歐美科幻文學影響前，在臺灣，就有作家從科技發展的視角，以未來臺灣為想像與書寫的對象，並且正式發表在臺灣出版的刊物上的科幻作品。故而，筆者認為，小說〈五十年後寶島奇談〉的出土，可將臺灣戰後科幻文學史的先聲，由一九六八年向前推進十一年至一九五七年。

38 林建光，〈政治、反政治、後現代：論八〇年代臺灣科幻小說〉，《中外文學》，第 31 卷第 9 期（2003 年 2 月），頁 142-143。

就一九五〇年代的臺灣文學而言，葉石濤在《臺灣文學史綱》中曾評價道：

五〇年代的文學，幾乎由大陸來臺第一代作家所把持，所以整個五〇年代的文學就反映出他們的心態。……充滿他們心靈的是沮喪與仇恨……他們的文學來自憤怒和仇恨……他們來到這陌生的一塊土地上，壓根兒不認識這塊土地的歷史和人民，也不想了解此塊土地上臺灣民眾真實的現實生活及其內心生活的理想和心願，更不用說和民眾打成一片。一個作家的根脫離了民眾日常生活的悲苦和歡樂，他們的文學無異是空中樓閣，只是夢囈和嘔吐罷了。[39]

將該小說置於一九五〇年代的臺灣文學史的緯度來看。顯然，它與同時期官方「戰鬥文藝」的號召與要求下，以「反共抗俄」為主旨的主流文學截然不同。該小說沒有劍拔弩張的戰鬥氣氛，也沒有外省人的懷鄉書寫。該小說書寫的是一個理想而又美好的臺灣，其暢想飽含著對斯土斯民的溫情與信心。這樣另類的業餘書寫的背後，是一位臺灣女婿幸福順遂的心境。正是這樣的業餘書寫，悄然地成為了臺灣戰後科幻文學的新先聲。

39 葉石濤，《臺灣文學史綱》，臺北：春暉出版社，1987 年，頁 88-89。

參考文獻

文本：

青釗，《巾幗英雄》，《臺灣民報》，1928年6月3日、6月7日，第9版。

青釗，《蕙蘭殘了》，《臺灣民報》，1929年3月10日、3月17日、3月24日、3月31日，第9版。

陳曉禾，〈五十年後寶島奇談〉，《無線電界》3卷5期，1957年11月，頁62-68。

專書：

Mike Crang，王志弘、余佳玲、方淑惠譯，《文化地理學》，臺北：巨流圖書，2004年。

Mike Crang著，王志弘、余佳玲、方淑惠譯，《文化地理學》，臺北：巨流圖書，2008年。

丁羅男，《二十世紀中國戲劇整體觀》，上海：上海百家出版社，2009年。

王宗光主編，《上海交通大學史》，上海：上海交通大學出版社，2011年。

中神長文：《臺南事情》，臺南：小出書店，1900年。

田本相主編，《中國現代比較戲劇史》，北京：文化藝術出版社，1993年。

田本相主編，《中國話劇藝術史．第二卷》，南京：江蘇鳳凰教育出版社，2016年。

田本相主編，《中國話劇藝術史．第七卷》，南京：江蘇鳳凰教育出版社，2016年。

呂應鐘、吳岩，《科幻文學概論》，臺北：五南圖書，2001年。
吳密察總編，《文協在臺南展覽專刊》，臺南：臺灣歷史博物館，2007年。
高拱乾，《臺灣府志》，《臺灣文獻叢刊》第65種，臺北：臺銀，1959年。
亞里士多德，《詩學·詩藝》，北京：中國社會科學出版社，2009年。
林丹婭主編，《臺灣女性文學史》，廈門，廈門大學出版社，2015年。
林萃鳳編，《鄭坤五研究》，臺北：文津，2004年。
林鶴宜，《臺灣戲劇史》，臺北：臺大出版中心，2015年。
周端木，《戲劇結構論》，上海：上海人民出版社，2015年。
河原功著，張文薰、林蔚儒、鄒易儒譯，《被擺佈的臺灣文學——審查與抵抗的系譜》，臺北：聯經出版，2017年。
劉柳書琴，《荊棘之道：臺灣旅日青年的文學活動與文化抗爭》，臺北：聯經，2009年。
劉柳書琴主編，《日治時期臺灣現代文學辭典》，臺北：聯經，2019年。
陳白塵、董健主編，《中國現代戲劇史稿》，北京：中國戲劇出版社，2008年。
陳芳明，《左翼臺灣——殖民地文學運動史論》，臺北：麥田，1998年。

陳國偉，《類型風景——戰後臺灣大眾文學》，臺南：臺灣文學館，2013 年。

陳從周編，《徐志摩年譜》，臺北：文海，1983 年。

陳淑蓉，《吳坤煌詩文集》，臺北：臺灣大學出版中心，2013 年。

陳瑞麟，《科幻世界的哲學凝視》，臺北：三民書局，2006 年。

黃海，《臺灣科幻文學薪火錄》，臺北：五南，2007 年。

葉石濤，《臺灣文學史綱》，臺北：春暉，1987 年

葉榮鐘，《葉榮鐘早年文集》，臺中：晨星，2002 年。

傅吉毅，《臺灣科幻小說的文化考察 1968-2001》，臺北：秀威資訊，2008 年。

楊勝博，《幻想蔓延——戰後臺灣科幻小說的空間敘事》，臺北：秀威資訊，2015 年。

楊渡，《日治時期臺灣新劇運動》，臺北：時報出版公司，1994 年。

鈴木清一郎，《臺灣出版關係法令釋義》，臺北：杉田書店，1937 年。

蔣朝根，《飛揚的年代——「文化協會在臺南」特展專刊》，臺北：臺北市文化局、臺灣新文化運動紀念館籌備處，2008 年。

藍博洲編著，《日治時期臺灣學生運動》，福州：海峽學術出版社，2006 年。
謝國興訪問、蔡淑瑄、陳南之記錄，《吳修齊先生訪問記錄》，臺北：中央研究院近代史研究所，1992 年。
蘇關鑫：《歐陽予倩研究資料》，北京：智慧財產權出版社，2009 年。
顧仲彝，《編劇理論與技巧》，上海：上海人民出版社，2015 年。
《交通大學同學錄》，國立交通大學圖書館藏書。
《交通大學旅臺同學錄》，國立交通大學圖書館藏書。
《臺灣省各職員機關錄》，臺北：臺灣省行政長官公署人事室，1946 年。

學位論文：

石婉舜，《搬演「臺灣」，日治時期臺灣的劇場、現代化與主體形構（1895-1945）》，臺北：臺北藝術大學戲劇學系博士論文，2011 年。
陳煒翰，《日本皇族的殖民地臺灣視察》，臺北：臺灣師範大學臺灣史研究所碩士論文，2011 年。
解佳蓉，《日治時期臺灣知識分子新劇與中國戲劇的關係探討》，臺北：臺灣大學文學院戲劇學系碩士論文，2016年。

吳宗佑，《「民眾」的戲劇實踐：以日治時期臺日知識人的劇本為中心（1923-1943）》，臺北：政治大學臺灣文學研究所碩士學位論文，2019年。

張晏菖，《反思社會運動自我：「編輯者賴和」與《臺灣民報》的戲劇》，新竹：清華大學臺灣文學研究所碩士論文，2020年。

專書論文：

李宛儒，〈臺灣新式戲劇的早期發展——日治時期臺灣知識分子的新劇運動〉，《清末民初新潮演劇研究》，廣州：廣東人民出版社，2011年。

黃美娥，〈關乎「科學」的想像：鄭坤五〈火星探界奇聞〉中火星相關敘事的通俗文化／文學意涵〉，李勤岸、陳龍廷主編，《臺灣文學的大河：歷史．土地與新文化》，高雄：春暉出版社，2009年。

耐霜，〈劇本評〉，《日治時期臺灣文藝評論集》（第二冊），臺南：臺灣文學館籌備處，2006年。

鄭鳳晴，〈媒體中登場的殖民地新女性——以〈漢文臺灣日日新報〉與〈臺灣民報〉為主〉，《臺灣文學論叢》，新竹：清華大學出版社，2009年。

譚霈生，〈論戲劇性〉，《譚霈生文集（一）》，北京：中國戲劇出版社，2005年。

期刊論文：

《無線電界》編輯部，〈本刊創刊人——黃鑑村事略〉，《無線電界》，2000年第3期。

白春燕，〈從1929年戲劇論爭看葉榮鐘的文藝觀〉，《臺灣文學學報》，第34期，2019年6月。

朱雙一，〈臺灣民報對於五四新文學作品的介紹及其影響和作用〉，《臺灣研究集刊》，2008年第4期。

何笑梅，〈臺灣科幻小說的創作及其特點〉，《臺灣研究集刊》，1992年第3期，1992年3月。

吳孟鏗，〈田漢年表〉，《廣西大學學報》，1984年第2期。

周炎生，〈評徐志摩的戲劇活動〉，《中國現代文學研究叢刊》，1993年第1期。

林建光，〈政治、反政治、後現代：論八〇年代臺灣科幻小說〉，《中外文學》，31卷9期，2003年2月。

春原昭彥、劉明華譯：〈日本統治下的臺灣報紙〉，《新聞研究資料》，1988年第3期。

張正傑口述、黃華容記錄，〈無線電界創辦史〉，《無線電界》，無線電界雜誌社，2000年第6期。

紫鵑，〈小式倍率表的製造〉，《無線電雜誌》，1933年第2期。

黃炳煌，〈臺灣科幻小說的發展概述〉，《大眾科學》，第3卷第3期，1983年6月。

蘇恩文（Darko Suvin），蕭立君譯，〈《科幻》專號導論〉，《中外文學》22卷12期，1994年5月。

檔案：

南京大學檔案

上海交通大學檔案

國史館檔案

臺灣戶籍檔案

臺灣總督府檔案

報刊：

《申報》，上海：申報館。

《漢文臺灣日日新報》，臺北：臺灣日日新報社

《臺南新報》，臺南：臺南新報社。

《臺灣日日新報》，臺北：臺灣日日新報社

《臺灣民報》，臺北：臺灣民報社。

口述歷史：

顧振輝採訪整理，《賢兄鑑村及府城黃家的情況——黃清涔、黃貴渶、陳大川口述歷史》，2018 年 11 月 2 日下午，新北市新店區三圓羅馬社區，陳大川、黃清涔夫婦家中。

顧振輝採訪整理，《先父黃鑑村先生——黃華馨、黃華容口述歷史》，2017 年 11 月 30 日上午，臺北市中正區，中國無線電協進會。

顧振輝採訪整理，《黃華馨、黃華容口述歷史的補充》，2018 年 10 月 5 日中午，臺北市隆記上海飯店。

族譜：

《黃氏族譜》，黃華容提供。

《碧溪黃氏祧譜．金墩千一公派下支系》，福建晉江安海金墩黃氏家廟所藏，2015 年重修，黃雙路提供。

筆述手稿：

陳大川筆述，顧振輝整理，《陳大川先生關於〈五十年後寶島奇談〉的說明》，2018 年 11 月 12 日。

黃麗鈴筆述，顧振輝整理，〈我的父親黃鑑村先生〉，22017 年 12 月 12 日以及 2017 年 12 月 12 日深夜 12:30。

網絡文獻：

《歷史建築—原花園尋常小學校本館（公園國小）》，公園國小，網址：http://culture.tnnorth.gov.tw/tourist_details1-6.html。

詞條：徐志摩，維基百科，網址：https://zh.wikipedia.org/zhtw/%E5%BE%90%E5%BF%97%E6%91%A9。詞條：吳明倫撰，〈臺南共勵會演劇部〉，《臺灣大百科全書》，

網址：http://nrch.culture.tw/twpedia.aspx?id=15386。

徐國章，〈明治30年（1897年）1月律令第2號「臺灣鴉片令」之制定〉，《國史館臺灣文獻館》電子報，網址：https://www.th.gov.tw/epaper/site/page/65/875。

其他：

〈黃鑑村先生事略〉，《黃公鑑村先生之遺像》背面，黃華容提供。

後記

我是一位渡海來臺求學的上海學子。在進入清大臺文所博士班之前，在中國大陸的兩所戲劇學院學習，專業方向是中國現當代戲劇研究。能與黃鑑村先生結緣是在臺求學期間，在清大修習石婉舜老師的「臺灣戲劇劇場史」課程的過程中。在《臺灣民報》上讀到了署名為「青釗」的兩部劇作。

一部發表於一九二八年的《巾幗英雄》塑造了一位敢於當眾斥責日籍校長的高女學生施蕙蘭。她因為在校外說了一句臺灣話而被取消優秀畢業生資格，面對典型的殖民歧視，她沒有默默忍受命運暴虐的毒箭，而是奮起反抗這世間的不公。她置身於殖民地而敢於拍案而起的颯爽英姿，讀來不禁令人敬佩。另一部發表於一九二九年的《蕙蘭殘了》，作者在該劇中筆鋒一轉，塑造了一位受到殖民與封建雙重壓迫的盛蕙蘭，她最終因其始亂終棄的愛情悲劇而最終自殺身亡。

一首壯歌、一段悲曲，寫盡了臺灣女性在日本殖民統治下的苦痛。這兩部劇作因直接描寫殖民地臺灣女性的而被學界所關注。因其鮮明的女性意識與細緻的女性人物的塑造，令石婉舜教授在她的博士論文中直接稱青釗為「女性作家」。在《臺灣民報》刊載的青釗劇作中，透露出「贈南一中諸鄉學友」「南京首都學府」「南京中央大學」等蛛絲馬跡。顯然，青釗是一位當時在南京求學的臺灣學子。

光陰荏苒九十載，新竹赤土崎山坡上綠樹掩映著清大人社院。青釗發表在《臺灣民報》上的劇作就這樣呈現在我眼前。我與青釗都曾跨過同一道海峽，來到各自的「對岸」求學，冥冥之中，我與青釗就這樣產生了微妙的連結。舊報紙上略顯模糊的字跡間，激發了我極大的好奇心。這位青釗究竟是誰？能否通過這些蛛絲馬跡去追索考證他的真實身份與生平行略呢？

一開始，我是以臺灣戲劇史上第一位女性劇作家的定位去理解青釗的。我曾向李癸雲教授請教，如何從創作心理出發以文本內容出發去推斷作者的性別？癸雲老師提醒我多關注文本呈現中人物心理刻畫的深度。一般功力不高的作家往往無法深入刻畫作品中異性人物的內心波瀾。我在研讀青釗文學作品時就感覺作者對於女性人物的描寫尤其是內心的刻畫總有一點「隔靴搔癢」、「畫骨難畫皮」的感覺。婉舜老師曾在課後討論時提醒我青釗劇中對於女性人物間「姐妹淘」活靈活現的描寫，還是可以推斷出這應是一位女性作家的手筆。老師這麼說，我自然深信不疑。若能出土臺灣第一位女性劇作家，亦是我對該研究的期待與興奮之處。

然而，做研究自應有一份材料說一份話的謹嚴。循著作品中的線索進行柯南式的層層深入的探尋與辨析，當我從清大圖書館裡找到《彩色電視製作技術》一書時，扉頁淡綠色的玉照中那英俊斯文的臉龐，恰好印證了我最初的直覺。而後在跨兩岸搜山撿海般的史料檢索、尋訪與爬梳之下。最終在《無線電界》的雜誌中刊載的對於黃鑑村先生事略的文章中，確定青釗即是以無線電教育聞名於世的黃鑑村先生。青釗是他的字。後來有幸得到了中國無線電協進會理事長李文益先生的幫助，結識了黃鑑村先生的次子黃華馨先生及六子黃華容先生，在兩位後人的介紹下，令我進一步瞭解了黃鑑村先生的生平事略。並在南京大學的檔案館內，查到了黃鑑村先生當年的學籍檔案……於是，青釗的生平概貌逐漸浮現。

原來，黃鑑村先生出生於臺南仕紳家庭，祖籍福建晉江安海金墩，祖上早年即來臺經商，歷黃年淮、黃鷺汀、黃藏錦三代，在清領日治時期黃家就是臺南政商兩界頗有影響力的名門望族。同時，從文獻記載就可發現，黃家幾代人同廣大「好戲劇」的臺灣民眾一樣，都有雅好戲劇的習慣。黃鑑村的曾祖父黃年淮名列建於乾隆年間的南管館閣——振聲社的「先賢圖」。其父黃藏錦在黃鑑村七歲時更有在子弟戲的演出中粉墨登場的記載。黃家本身就住在臺南大天后宮正門對面的街區的。每逢節慶時，從黃家家中的窗戶都能直接看到大天后宮前小廣場上戲班的熱鬧開演……

身為家中長子的黃鑑村自小便聰慧過人，九歲時，象棋水平之高在家鄉遠近無敵手。在臺南竹園小學畢業時，就已經成為優秀學生代表在畢業典禮上致辭，並接受日本皇族贈予的獎牌。在進入以日本學生為主的臺南一中不久，黃鑑村就遭遇了日籍教師的不公對待以及日本學生的歧視。衝冠一怒之下，黃鑑村便渡海來到了廈門集美中學求學。不久後便開始報考廈門大學、交通大學等高校。

一九二七年，黃鑑村先生正式被南京中央大學的前身國立第四中山大學錄取。成為了南京中央大學首批的臺灣籍學生。在國民政府的核心地區，黃鑑村積極學習各種知識。根據學籍檔案的記載，在大學預科階段，「社會科學」是他成績最好的課程。當時國民政府北伐正在反帝反封建的浪潮中顯得蒸蒸日上。同時，他又和著名的新月派詩人，也是國劇運動倡導者的徐志摩有過交往。在此期間，他的婚戀自由曾受家長的阻撓……以上種種都在無形間，影響著身處南京的黃鑑村。於是，在學業之餘，他用手中的筆，從自己的親身體驗出發，以戲劇的形式寫下了他對殖民地故鄉臺灣的一聲吶喊、一聲歎息。

後來黃鑑村因為與愛人私奔而被斷絕了經濟資助，在求學期間，雖有來自官方對中大學生的補助，但黃鑑村還是得承擔起生活的重擔。本著當時實業救國的主流思潮，畢業後的黃鑑村先生放下了文藝創作，開始在上海投入無線電及日語的教育事業中。從他這一時期編撰的專書與期刊中，又能看出他與胡適、蔡元培、魯迅、陶行知、王白淵、張我軍等人有一定的往來。

臺灣光復後，黃鑑村被經濟部委派回臺。做了一段接收工作後，志不在此的他依舊投身於無線電教育。在臺北開設中華無線電傳習所繼續作育英才。他還主持編輯《無線電界》雜誌，推廣譯介相關資訊，並在電臺進行空中教學。在教書育人之外，他還是中國無線電協進會創始會員。對協會的會務與發展，可謂盡心盡力，居功甚偉。一九六〇年代後，他緊隨科技的進步與發展，參與了臺視的籌建，為臺視信號基站的建設作出了傑出的貢獻。

從黃鑑村先生橫跨兩岸的生平行誼可以看出，對岸的是他躲避殖民統治，捍衛戀愛自由，實現自我價值的所在。近一個世紀前，鑑村先生渡海離臺，最終在上海立業。近一個世紀後，我離開家鄉上海，渡過海峽，在梅貽琦校長創設的清華園內攻讀博士學位。冥冥間似有天意。即便相距近百年，在查考研究黃鑑村先生生平的過程中，時常往返於風雲詭譎的兩岸間時，也令我常有時空交錯之感。黃鑑村先生的學者風範、家國情懷也無時無刻地在打動著我。

被譽為日治時期「臺灣新文學陣地」的《臺灣民報》前後一共刊載了五部臺人劇作，黃鑑村即有兩篇。亦可見黃鑑村先生的作品在其間的分量。遺憾的是，由於自一九三一年九一八事變之後，日本在臺灣的殖民政策逐漸收緊，以至漢文在臺灣被禁止使用。在這樣的情勢下，再加上黃鑑村先生並不以戲劇為業……在諸多因素影響下，使得他的劇作沒有上演的可能。但它在臺灣戲劇文學發展的脈絡上，無疑有著重要的地位。黃鑑村在置身當時國民政府的核心地區，其交遊也令其劇作必然受到中國大陸現代戲劇發展的影響。青釗的劇作無疑是臺灣戲劇文學發展過程中的重要作品，也代表了兩岸戲劇文學同聲相和的另一種面向。

同時，我也在黃鑑村先生戰後在臺主編的《無線電界》雜誌中，發現了《五十年後寶島奇談》。在訪問黃鑑村先生雙胞胎妹妹時，意外結識了年逾百歲的陳大川先生。並從他詳細的講述中，釐清了該小說的作者身份及創作的來龍去脈。由此，並順著臺灣科幻文學史原有的脈絡，將臺灣戰後科幻文學史向前推進了十一年。

日前，十分有幸在指導教授劉柳書琴教授及前輩陳萬益教授的引薦之下，臺南市文化局將黃鑑村先生評定為「臺南市歷史文化名人」。同時，黃鑑村先生的文學成就也被收錄於去年（二〇一九年）出版的《日治時期臺灣現代文學辭典》中。此次承蒙臺南市文化局的認可與資助，拙著得以出版。期望新近出土的黃鑑村先生在臺灣文學史上地位能因此得以確立，也期望能讓更多人了解與臺南該黃家與府城的深厚淵源。在此由衷感謝這一路來支持、鼓勵並幫助過我的諸位師長、學友與家人。感恩之情，永記於心。感謝你們為我源源不斷地提供著前進的動力！

時間不斷前行，歷史也不斷遺落在我們的身邊。劇作家在稿紙上沙沙作響的前後想了些什麼？經歷了些什麼？舞臺大幕的拉開合攏間、觀眾的聚散泣笑譽罵間，又有多少塵封往事待我們細細考察、慢慢品味？有意識地把它們撿拾起來，整理出來，垂顯後世。這是我想做的。然而，多歧路，今安在？前路漫漫，世事無常，希望自己還有機會能接著做吧。

顧振輝 謹誌

二〇二〇年十一月二十六日

於新竹清華園

臺南作家作品集 68（第十輯）
02　電波聲外文思漾——黃鑑村（青釗）文學作品暨研究集

作者　顧振輝
總監　葉澤山
編輯委員　呂興昌　李若鶯
　陳昌明　陳萬益　廖淑芳
行政編輯　何宜芳　陳慧文　申國艷
社長　林宜澐
總編輯　廖志墭
編輯　林廷璋（餘桄文庫）
封面設計　陳文德
內文排版　Aoi Wu

出版　臺南市政府文化局
地址　永華市政中心　70801 臺南市安平區永華路 2 段 6 號 13 樓
　民治市政中心　73049 臺南市新營區中正路 23 號
電話　06-6324453
網址　http：// culture.tainan.gov.tw

出版　蔚藍文化出版股份有限公司
地址　10667 臺北市大安區復興南路二段 237 號 13 樓
電話　02-22431897
臉書　https://www.facebook.com/AZUREPUBLISH/
讀者服務信箱　azurebks@gmail.com

總經銷　大和書報圖書股份有限公司
地址　24890 新北市新莊市五工五路 2 號
電話　02-8990-2588

法律顧問　眾律國際法律事務所
著作權律師　范國華律師
電話　02-2759-5585
網站　www.zoomlaw.net

印刷　世和印製企業有限公司
定價　新臺幣 450 元
初版一刷　2021 年 5 月

GPN：1010901851 ｜臺南文學叢書 L137 ｜局總號 2020-593

國家圖書館出版品預行編目 (CIP) 資料

電波聲外文思漾：黃鑑村（青釗）文學作品暨研究集 / 顧振輝著

-- 臺北市：蔚藍文化出版股份有限公司；臺南市：臺南市政府文化局，2021.05

面；　公分. --（臺南作家作品集．第十輯；2）　ISBN 978-986-5504-21-2(平裝)

1. 黃鑑村 2. 臺灣文學 3. 民間文學 4. 文學評論

863.28　　109018047

臺南作家作品集全書目

●第一輯				
1	我們	‧黃吉川 著	100.12	180 元
2	莫有無—心情三印一	‧白 聆 著	100.12	180 元
3	英雄淚—周定邦布袋戲劇本集	‧周定邦 著	100.12	240 元
4	春日地圖	‧陳金順 著	100.12	180 元
5	葉笛及其現代詩研究	‧郭倍甄 著	100.12	250 元
6	府城詩篇	‧林宗源 著	100.12	180 元
7	走揣臺灣的記持	‧藍淑貞 著	100.12	180 元
●第二輯				
8	趙雲文選	‧趙雲 著 ‧陳昌明 主編	102.03	250 元
9	人猿之死—林佛兒短篇小說選	‧林佛兒 著	102.03	300 元
10	詩歌聲裡	‧胡民祥 著	102.03	250 元
11	白髮記	‧陳正雄 著	102.03	200 元
12	南鵲是我，我是南鵲	‧謝孟宗 著	102.03	200 元
13	周嘯虹短篇小說選	‧周嘯虹 著	102.03	200 元
14	紫夢春迴雪蝶醉	‧柯勃臣 著	102.03	220 元
15	鹽分地帶文藝營研究	‧康詠琪 著	102.03	300 元
●第三輯				
16	許地山作品選	‧許地山 著 ‧陳萬益 編著	103.02	250 元
17	漁父編年詩文集	‧王三慶 著	103.02	250 元
18	烏腳病庄	‧楊青矗 著	103.02	250 元
19	渡鳥—黃文博臺語詩集 1	‧黃文博 著	103.02	300 元
20	噍吧哖兒女	‧楊寶山 著	103.02	250 元
21	如果‧曾經	‧林娟娟 著	103.02	200 元
22	對邊緣到多元中心：台語文學 ê 主體建構	‧方耀乾 著	103.02	300 元
23	遠方的回聲	‧李昭鈴 著	103.02	200 元
●第四輯				
24	臺南作家評論選集	‧廖淑芳 主編	104.03	280 元
25	何瑞雄詩選	‧何瑞雄 著	104.03	250 元

26	足跡	· 李鑫益 著	104.03	220 元
27	爺爺與孫子	· 丘榮襄 著	104.03	220 元
28	笑指白雲去來	· 陳丁林 著	104.03	220 元
29	網內夢外—臺語詩集	· 藍淑貞 著	104.03	200 元
●第五輯				
30	自己做陀螺—薛林詩選	· 薛林 著 · 龔華 主編	105.04	300 元
31	舊府城 · 新傳講 —歷史都心文化園區傳講人之訪談札記	· 蔡蕙如 著	105.04	250 元
32	戰後臺灣詩史「反抗敘事」的建構	· 陳瀅州著	105.04	350 元
33	對戲，入戲	· 陳崇民著	105.04	250 元
●第六輯				
34	漂泊的民族 - 王育德選集	· 王育德原著 · 呂美親 編譯	106.02	380 元
35	洪鐵濤文集	· 洪鐵濤原著 · 陳曉怡 編	106.02	300 元
36	袖海集	· 吳榮富 著	106.02	320 元
37	黑盒本事	· 林信宏 著	106.02	250 元
38	愛河夜遊想當年	· 許正勳 著	106.02	250 元
39	台灣母語文學：少數文學史書寫理論	· 方耀乾 著	106.02	300 元
●第七輯				
40	府城今昔	· 龔顯宗 著	106.12	300 元
41	台灣鄉土傳奇 二集	· 黃勁連 編著	106.12	300 元
42	眠夢南瀛	· 陳正雄 著	106.12	250 元
43	記憶的盒子	· 周梅春 著	106.12	250 元
44	阿立祖回家	· 楊寶山 著	106.12	250 元
45	顏色	· 邱致清 著	106.12	250 元
46	築劇	· 陸昕慈 著	106.12	300 元
47	夜空恬靜一流星 台語文學評論	· 陳金順 著	106.12	300 元
●第八輯				
48	太陽旗下的小子	· 林清文 著	108.11	380 元
49	落花時節 - 葉笛詩文集	· 葉笛 著 · 葉蓁蓁 葉瓊霞編	108.11	360 元
50	許達然散文集	· 許達然 著 莊永清 編	108.11	420 元

51	陳玉珠的童話花園	· 陳玉珠 著	108.11	300 元
52	和風人隨行	· 陳志良 著	108.11	320 元
53	臺南映像	· 謝振宗 著	108.11	360 元
54	【籤詩現代版】天光雲影	· 林柏維 著	108.11	300 元
●第九輯				
55	黃靈芝小說選（上冊）	· 黃靈芝 原著 · 阮文雅 編譯	109.11	300 元
56	黃靈芝小說選（下冊）	· 黃靈芝 原著 · 阮文雅 編譯	109.11	300 元
57	自畫像	· 劉耿一 著 · 曾雅雲 編	109.11	280 元
58	素涅集	· 吳東晟 著	109.11	350 元
59	追尋府城	· 蕭文 著	109.11	250 元
60	台江大海翁	· 黃徙 著	109.11	280 元
61	南國囡仔	· 林益彰 著	109.11	260 元
62	火種	· 吳嘉芬 著	109.11	220 元
63	臺灣地方文學獎考察 ——以南瀛文學獎為主要觀察對象	· 葉姿吟 著	109.11	220 元
●第十輯				
64	素朴の心	· 張良澤 著	110.05	320 元
65	電波聲外文思漾 ——黃鑑村文學作品暨研究集	· 顧振輝 著	110.05	450 元
66	記持開始食餌	· 柯柏榮 著	110.05	380 元
67	月落胭脂巷	· 小城綾子（連鈺慧）著	110.05	320 元
68	亂世英雄傾國淚	· 陳崇民 著	110.05	420 元